人民共和國文化與文學叢書

三 編

李 怡 主編

第 **12** 冊

「文革」文學史料箚記

吳 俊 著

花木蘭文化出版社

國家圖書館出版品預行編目資料

「文革」文學史料箚記／吳俊 著 — 初版 — 新北市：花木蘭文
化出版社，2016〔民 105〕
序 2+ 目 2+192 面；19×26 公分
（人民共和國文化與文學叢書 三編：第 12 冊）
ISBN 978-986-404-659-1（精裝）
1. 中國當代文學 2. 文學史料學
820.8   105012614

ISBN-978-986-404-659-1

9 789864 046591

人民共和國文化與文學叢書
三　編　第十二冊　　　　　ISBN：978-986-404-659-1

「文革」文學史料箚記

作　　者　吳　俊
主　　編　李　怡
企　　劃　北京師範大學民國歷史文化與文學研究中心
　　　　　四川大學現代中國文化與文學研究中心
總 編 輯　杜潔祥
副總編輯　楊嘉樂
編　　輯　許郁翎、王　筑　美術編輯　陳逸婷
印　　刷　普羅文化出版廣告事業
出　　版　花木蘭文化出版社
社　　長　高小娟
聯絡地址　235 新北市中和區中安街七二號十三樓
　　　　　電話：02-2923-1455／傳眞：02-2923-1452
網　　址　http://www.huamulan.tw 信箱 hml810518@gmail.com
初　　版　2016 年 9 月
全書字數　159201 字
定　　價　三編 20 冊（精裝）台幣 36,000 元　　版權所有・請勿翻印

「文革」文學史料簡記

吳俊　著

作者簡介

吳俊，男，1962 年生於上海市。1980 年代先後就讀於復旦大學、華東師範大學中文系，1990 年獲文學博士學位，同年留任華東師大教職，直至 2007 年。期間歷講師、副教授、教授，並任博士生導師。2007 ～ 2008 年調任南京大學文學院教授。主要從事中國現當代文學研究和文學批評等。出版各類著作約 20 種，主要有《文學批評的向度》（人民文學出版社，2015）、《向著無窮之遠》（吉林出版集團，2012）、《中國現代文學期刊目錄新編》（上海人民出版社，2010）、《遮蔽與發現》（上海文藝出版社，2007）、《暗夜裏的過客》（東方出版中心，2006）等。獲得過教育部、中國作家協會、上海市和江蘇省等各級機構的文學、學術獎項十餘種。目前正在進行中國當代文學批評史的研究和撰寫。現任南京大學研究生院副院長。

提　要

　　本書是作者近十幾年裏有關大陸「文革」文學史料整理文章的結集，範圍也涉及到十七年（1949 ～ 1966）文學。內容主要依據作者在此期間的史料收集成果，以及為研究中國當代文學批評史而進行的相關資料整理；撰寫文體以札記為主，間輔析論。運用有限而不失為獨特的史料，辨析案例的真相及意義，或以個人心得之見，有助於專業領域研究方向的開拓，在塵封的歷史凝視與思考中體現當下關懷的衷曲。所有文章均發表在各專業刊物，雖言猶未盡，旨趣當也不失大概。用文學史料整理的方式談論「文革」，既是作者的專業所限，或也是一種不得已的選擇。本書內容及探討方式對於同道的研究及學院學生的專業瞭解，應該會有參考的價值。

正在成爲「知識」建構的中國現當代文學研究——「人民共和國文化與文學叢書」三輯引言

李　怡

一

　　回顧自所謂「新時期」以來的中國現當代文學研究的發展，我們會明顯發現一條由熱烈的思想啓蒙到冷靜的知識建構的演變軌跡：1980 年代的鋪天蓋地的思想啓蒙讓無數人爲之動容，1990 年代以來的日益冷靜的學科知識建構在當今已漸成氣候。前者是激情的，後者是理性的，前者是介入現實的，後者是克制的，與現實保持著清晰的距離，前者屬於社會進步、思想啓蒙這些巨大的工程的組成部分，後者常常與「學科建設」、「知識更新」等「分內之事」聯繫在一起。

　　當文學與文學研究都承載了過多的負荷而不堪重負，能夠回返我們學科自身，梳理與思索那些學科學術發展的相關內容，應當說是十分重要的。很明顯，正是在文學研究回返學科本位之後，我們才有了更多的機會與精力來認眞討論我們自己的「遊戲規則」問題——學術規範的意義，學術史的經驗，以及學科建設的細節等等。而且，只有當一個學科的課題能夠從巨大而籠統的社會命題中剝離出來，這個學科本身的發展才進入到一個穩定有序的狀態，只有當旁逸斜出的激情沉澱爲系統的知識加以傳播與承襲，這個學科的思想才穩健地融化爲文明體系的有機組成部分。從這個意義上說，正在成爲「知識」建構的中國現當代文學研究，是我們學科成熟的眞正標誌。

　　當然，任何一種成熟都同時可能是另外一些新的危機的開始，在今天，當我們需要進一步思考學科的發展與學術的深化之時，就不得不正視和面對這樣的危機。

二

　　當中國現當代文學研究在日益嚴密的「學術規範」當中成為文明體系知識建設的基本形式，這是不是從另外一個方向上意味著它介入文明批判、關注當下人生的力量的某種減弱，或者至少是某些有意無意的遮蔽？

　　學術性的加強與人生力量的減弱的結果會不會導致學科發展後勁的暗中流失？例如，在 1980 年代，中國現當代文學研究的曾經輝煌在很大程度上得之於廣大青年學子的主動投入與深切關懷，在這種投入與關懷的背後，恰恰就是中國現當代文學研究的人生介入力量：中國現當代文學與廣大青年思考中、探索中的人生問題密切相關。在這個時候，中國現當代文學的存在主要不是作為一種「學科知識」而是自我人生追求的有意義的組成部分。在那個時候，不會有人刻意挑剔出現在魯迅身上的「愛國問題」、「家庭婚姻問題」乃至「藝術才能問題」，因為魯迅關於「立人」的設想，那些「任個人而排眾數，掊物質而張靈明」的論述已經足以成為一個「重返人性」時代的正常的人生的理直氣壯的張揚。同樣，在「五四」作家的「問題小說」，在文學研究會「為人生」，在創造社曾經標榜「為藝術」，在郭沫若的善變，在胡適的溫厚，在蔡元培的包容，在巴金的真誠，在徐志摩的多情，在蕭紅的坎坷當中，中國現當代文學不斷展示著它的「回答人生問題」的能力，而中國現當代文學研究則似乎就是對這些能力的細緻展開和深度說明。今天的人們可能會對這樣的提問方式及尋覓人生的方式感到幼稚和不切實際，然後，平心而論，正是來自廣大青年的這份幼稚在事實上強化了中國現當代文學的魅力，造就和鞏固了一個時代的「專業興趣」。今天的學術界，常常可以讀到關於 1980年代的批判性反思，例如說它多麼的情緒化，多麼的喪失了學術的理性，多麼的「西化」，也許這些反思都有它自身的理由，然而，我們也不得不指出，正是這些看似情緒化的中國現當代文學研究方式，不斷呈現出某些對現實人生的傾情擁抱與主體投入，來自研究者的溫熱在很大的程度上煽動了青年學子的情感，形成了後來學術規範時代蔚為大觀的學術生力軍。

　　從 1980 到 1990，從「人生問題」的求解到「專業知識」的完善，這樣的轉換包含了太多的社會文化因素，其中的委曲非這篇短文所能夠道盡。我這裏想提到的一點是，當眾所週知的國家政治的演變挫折了知識分子的政治熱情，是否也一併挫折了這份熱情背後的人生探險的激情？當知識分子經濟地位的提高日益明顯地與專業本位的守衛相互掛靠的時候，廣大的中國現當代

文學工作者的自我定位是否也因此已經就發生了根本性的改變？

　　而這些自我生存方式的改變是不是也會被我們自覺不自覺地轉化爲某種富有「學術」意味的冠冕堂皇的說明？

　　如果眞是這樣，那麼，作爲今天的文學研究者，我們不僅要保持一份對於非理性的「激情方式」的警惕，同樣也應該保持一份對於理性的「學術方式」的警惕。

三

　　在中國現當代文學研究日益成爲知識建構工程的今天，有一種流行的學術方式也值得我們加以注意和反思，這就是「知識社會學」的研究視野與方法。

　　知識社會學（sociology of knowledge）著力於知識與其它社會或文化存在的關係的研究。其思想淵源雖然可以追溯到歐洲啓蒙運動以來的懷疑論傳統和維科的《新科學》，首先使用這一詞彙的是 1924 年的馬克斯・舍勒，他創用了 Wissenssoziologie 一詞，從此，知識社會學作爲一門獨立的學科確立了起來。此後，經過卡爾・曼海姆、彼得・伯格和托馬斯・盧克曼的等人的工作，這一研究日趨成熟。1970 年代以後，知識社會學問題再次成爲西方社會科學研究中的焦點。據說，對知識的考察能夠從知識本身的邏輯關係中超越出來，轉而揭示它與各種社會文化的相互關係，乃是基於知識本身的確在一個充滿了文化衝突、價值紛爭的時代大有影響，而它所置身的複雜的社會文化力量從不同的方向上構成了對它的牽引。

　　同樣，文化的衝突與價值的紛爭不僅是 1990 年代以降中國知識界的普遍感受，它們更好像是中國近現當代社會發展過程的基本特徵。中國現當代文化的種種「知識」無不體現著各種文化傳統（西方的與古代的）、各種社會政治力量（政黨的、知識分子的與民間的、國家的）彼此角逐、爭奪、控制、妥協的繁複景象，中國現當代文化的許多基本概念，如眞、善、美，「爲人生」、「爲藝術」、現實主義、浪漫主義、現當代主義、古典主義、象徵主義、生活等等至今也沒有一個完全統一的解釋，這也一再證明純知識的邏輯探討往往不如更廣闊的社會文化的透視，此種情形聯繫到馬克思「社會存在決定社會意識」這一著名的而特別爲中國人耳熟能詳的觀點，當更能夠見出我們對「知識社會學」的強大的需要。事實是，在西方知識社會學的發生演變史上，馬

兌思的確就是爲知識社會學給出了一條基本原理，即所有知識都是由社會決定的。正如知識社會學代表人物曼海姆所指出的那樣：「事實上，知識社會學是與馬克思同時出現：馬克思深奧的提示，直指問題的核心。」〔註1〕

今天的中國現當代文學研究，正需要從不同的角度揭示出精神的產品背後的複雜社會聯繫。這樣的揭示，將使我們的文化研究不再流於空疏與空洞，而是通過一系列複雜社會文化的挖掘呈現其內部的肌理與脈絡，而這樣的呈現無疑會更加的理性，也更加的富有實證性，它與過去的一些激情式的價值判斷式的研究拉開了距離。近年來，學術界比較盛行的關於現當代傳媒與現當代文學關係、現代社會體制與現當代文學關係、現代政治文化與現當代文學關係、現代經濟方式與現當代文學關係等等的探索都是如此。

當然，正如每一種研究方式都有它不可避免的局限一樣，知識社會學的視野與方法也有它的限度。具體到中國現當代文學的闡釋當中，在我看來，起碼有兩個方面的局限值得我們加以注意。

其一是「關係結構」與知識創造本身的能動性問題。知識社會學的長處在於分析一種知識現象與整個社會文化的「關係」，梳理它們彼此間的「結構」，這樣的研究，有可能將一切分析的對象都認定爲特定「結構」下「理所當然」的產物，從而有意無意地忽略了作爲知識創造者的各種能動性與主動性，正如韋伯認爲的那樣，把知識及其各種範疇歸併到一個以集體性爲基礎的潛在結構之中容易導致忽視觀念本身的能動作用，抹殺人作爲主體參與形成思想產品的實踐活動。關於中國現當代文學的研究也是如此，一方面，我們應該對各種社會文化「關係網絡」中的精神現象作出理性的分析，但是，在另一方面，卻又不能因此而陷入到「文化決定論」的泥沼之中，不能因此忽略現代中國知識分子面對種種文化關係之時的獨立思考與獨立選擇，更不能忽視廣大知識分子自身的生命體驗。在最近幾年的中國現當代文學與現當代文化研究當中，我以爲已經出現了這樣的危險，值得我們加以警惕。

其二便是知識社會學本身的難題，即它學科內部邏輯所呈現出來的相對主義問題。正如默頓指出的那樣，知識社會學誕生於如下假定，即認爲即使是眞理也要從社會方面加以說明，也要與它產生於其中的社會聯繫起來，因爲不僅謬誤、幻覺或不可靠的信念，而且眞理都受到社會（歷史）的影響，這種觀念始終存在於知識社會學的發展中。西方批評界幾乎都有這樣的共

〔註1〕曼海姆：《知識社會學導論》中譯本97頁，臺灣風雲論壇有限公司1998年。

識：知識社會學堅持其普遍有效性要求就意味著主張所有的知識都是相對的，所以說全部知識社會學都面臨著一個共同的相對主義問題，知識社會學止步於眞理之前，因爲這門學科本身即產生於用一種對稱的態度看待謬誤和眞理。應該說，中國現代文化的發展本身是一個「尙未完成」的過程，包括今天運用著知識社會學的我們，也依然置身於這樣的歷史進程，作爲一個時代的知識分子，並且必須爲這樣的過程做出自己的貢獻，因而，即便是學術研究，我們也沒有理由刻意以學術的所謂中立性去消解我們對眞理本身的追求和思考，我們不能因爲連續不斷的「關係結構」的分析而認爲所有的文化現象都沒有歷史價值的區別，在這裏，「公共知識分子」的精神應該構成對「專業知識分子」角色的調整甚至批判，當然，這首先是一種自我的反省與批判。

總之，知識社會學的視野與方法無疑有著它的意義，但是，同樣也有著它的限度，在通常的時候，其研究應該與更多的方法與形式結合在一起，成爲我們思想的延伸而不是束縛。

在中國現當代文學研究日益成爲「知識化」過程一部分的時候，我們能夠對我們所依賴的知識背景作多方面的追問，應當是一件富有意義的事情。

自　序

　　本書名爲《「文革」文學史料箚記》，即指書中內容主要是有關大陸「文革」時期文學史料的一些箚記文字。箚記區別於通常的論文，文體上以資料的梳理爲主，其間也有現象或論題的歸納與分析，但並不重在研究性的論述。各篇先後成文於近十餘年間，並陸續在刊物上公開發表。編入本書時，個別文字做了修訂。

　　今年是「文革」正式發動的 50 週年，在這個時間有機會用這樣一本書來聚焦這一重大歷史事件，或許也是一個中國現代文學研究者對自己從事專業的一個交代。更進一步說，也是一個當代中國人文知識者對自身責任的一種回答。我的人生最早記憶即是「文革」，半個世紀了，「文革」眼看著就變得有些模糊了。重溫「文革」，凝視「文革」，研究「文革」，應該是我以及上代人的使命。之所以說是使命，因爲「文革」對當代中國的重要性無與倫比，不能面對和探討「文革」問題，我們很難說已經能夠走出「文革」了。不管你對「文革」的具體評價究竟如何，「文革」總是不應該被迴避、被遺忘的。所以，用力所能及的方式，包括文字，防止「文革」的消失，特別是防止「文革」的被歪曲或虛構，不能不是一件重要的使命，這與中國的當下和未來都有關聯。

　　承蒙李怡教授的多次邀稿，激勵我終於將散篇結集成稿，感謝無已。李怡教授近年在民國文學、文革文學方面的研究和出版貢獻，已經爲相關研究開拓出了非常廣闊的學術空間，學界的好評不待贅述，就其爲此所花費的時間和精力來說，就已值得我們欽敬。希望我的書稿也能不負他的期待，且有用於同道。如蒙教正，則幸莫大焉。

2016 年 3 月 25 日序於金陵仙林桂山之麓南京大學和園寓所

目次

施燕平《〈人民文學〉復刊和編輯日記》[註1] 箚記（一）——解放軍文藝社學習毛主席關於《創業》批示的情況紀要（1975 年）

一

1975 年下半年，隨著毛澤東有關《創業》的批示 [註2] 的傳達及其影響力的擴大，權力政治和意識形態的博弈又起了一個波瀾。相似的情形在文革期間算是常態，但這一次的態勢已經可以見出文革政治的頹勢實在到了無可挽回的地步。

有關文藝界的輿論中，首當其衝的當然是文化部成爲矛頭所指：

> ……很多人對文化部的意見多，特別是主席對《創業》的批示出來後，文化部的壓力很重。

> （日記 1975 年 10 月 28 日）

> ……講到文化部，説現在正處於不景氣的時候，幾個頭頭過去盛氣凌人，不可一世，毛主席對《創業》批示一下來，現在都垂頭喪氣了，在傳達批示時草草了事，下面的同志意見頗大。

> （日記 1975 年 11 月 27 日）

[註1] 施燕平著《〈人民文學〉復刊和編輯日記》，新地文化藝術有限公司，2015 年 3 月。本文所引施著日記文字，包括行文格式等，均據該書，下不再注。

[註2] 1975 年 7 月 25 日。

　　　　舞劇團去新疆演出，有人罵道：文化部都受到毛主席批評了，
你們還來幹嗎！

　　　　在毛主席對《創業》批示後，鄧小平公開說，《創業》問題實質
是路線問題，因而有的人就跟著說文化部要檢查路線錯誤，要挖文
化部後臺。

　　　　　　　　　　　　　　　　　　　　（日記 1976 年 3 月 17 日）

這種批評或批判，名義上都是由學習毛主席的《創業》批示生發而來。可見
當時對於文革政治和文革文藝的不滿已經相當普遍。除了散見的幾處外，日
記中的相關記錄，以解放軍文藝社的學習座談會紀要為最重要，後來也被追
究、追查了。

　　　　解放軍文藝社學習主席關於《創業》批示的情況在討論中取得
基本一致的意見：

一、關於怎樣調整黨的文藝政策，同志們談到如下幾點：

　　　　（1）調整應按照主席三條重要指示的原則精神進行。……
調整是必須的……

　　　　（2）調整應是堅持方向（為工農兵服務的方向）、肯定成績的
前提下調整。……總的是基本肯定，局部調整，注意劃清延安和西
安，成績與錯誤和缺點的界限。成績主要是什麼？一是革命樣板戲，
二是對文藝黑線的批判。

　　　　（3）調整中要注意一種傾向掩蓋另一種傾向的情況。……所謂
防止另一種傾向，就是把馬克思主義也當成教條主義反了，把革命
樣板戲這個文藝革命的重大成果也否定了，把塑造無產階級英雄典
型這個根本任務也取消了，這就不是調整，而是搞修正主義了。

　　　　（4）但，一定要調整，這是堅決的，如果在毛主席黨中央指示
以後，無動於衷，拒絕調整，就是一種非黨性的立場態度，對黨的
文藝事業是有害的。

二、關於調整什麼？……主要意見如下：

　　　　（1）關於塑造無產階級英雄典型是社會主義文藝的根本任務和

「三突出」，同志們認爲強調塑造無產階級英雄典型是社會主義文藝的根本任務是正確的，應堅持。……

塑造和樹立哪個階級的英雄典型，歷來是文藝戰線上兩個階級、兩條道路鬥爭的一個焦點。……但是在塑造無產階級英雄典型的前提下，同志們認爲在有關「三突出」創作原則的宣傳和推行中，有一些問題是需要調整的：

一是「泛用」。如對抒情詩、短詩、山水畫也要求三突出；二是主要人物只能有一個，如有兩個往往被批評爲「平分秋色」。……突出唯一，並不一定都好。……三是「起點要高」，即成長中的英雄人物不能成爲作品中的主要人物……

同志們在學習討論中還認爲在總結創作經驗、研究和評論作品、發表創作問題的文章時，要切實地探討創作的成敗得失，引出經驗教訓，但是不要搞成一種「作文規則」、「創作法大全」之類的東西。……不要再搞繁瑣哲學，搞程序化，現在這方面的東西多了：三突出，三陪襯；遠鋪墊，多側面；立體化等等。一講情節、結構（矛盾衝突），又有多層次、多回合，多波瀾、多浪頭等等。一搞繁瑣哲學，革命原則反而被淹沒了，創作精神反而被束縛住了。

實際上已經形成了四突出，即加上了一個主要英雄人物又要突出主要性格特徵，主要性格特徵又往往只兩個字或四個字來概括。這樣搞下去，容易搞成概念化、簡單化、八股化。

有的屬一般技巧，常用，但有時也可以不用；有的局部經驗，未必放之四海而皆準，所以不宜搞成程序。……理論工作的繁瑣傾向，不利於文藝創作的繁榮。

（2）關於文藝創作不受眞人眞事局限的問題。

同志們認爲文藝創作不受眞人眞事的局限，總的原則是正確的，實踐中產生的一些問題：一是用得太「泛」。……二是一些不適當的做法引起了對源於生活重視不夠的副作用。生活是文藝創作的源泉。生活在一定意義上可以理解爲眞人眞事的總和。創作總是不能離開眞人眞事的，過分地追求素材來源，作品中有一點可與生活相互印證的，就認爲是受眞人眞事的局限，這種做法不適宜。……把不受眞人

真事局限這一原來正確的提法絕對化到要同志脫離真人真事，甚至實際上要搞到「絕源」那樣的程度，就是違背創作規律的了。

（3）關於社會主義時期的階級鬥爭。

……這個提法本來也是正確的和必要的……產生一些問題和意見，也在於用得太「泛」。如要求每個小戲，短篇小說，都要寫階級鬥爭，就有點絕對化。

……

下面是總政文化部於 1975 年 9 月 22 日的批文：

送上《解放軍文藝》社的同志學習毛主席關於影片《創業》重要批示的情況，請參閱。我們認為這些見解是可取的。目前許多作者在創作思想上一些問題不明確，影響創作，文藝社同志們的這些見解似可以用於他們編稿和指導作者進行寫作。

（日記 1975 年 11 月 12 日）

文革政治、文革文藝到了 1975 年後，已成強弩之末，對其的質疑在一定程度上也已經公開化。鄧小平的復出及對文化部的批評〔註3〕，體現了權力高層在意識形態主導權上的爭奪。而毛澤東《創業》批示的傳達，則使文藝政策的「調整」問題成為公開的合法的討論話題。上述解放軍文藝社學習《創業》批示的情況，即圍繞著「調整」打開文藝政治的話題空間。其第一部分強調的是調整的必要性和重要性，措辭中雖然必須維護文革文藝、革命樣板戲等的政治正確性，但對於調整必要性的極端強調，也透露了對於文革文藝、樣板戲之類的批評潛臺詞，否則就無從理解毛澤東有關調整問題的提出。

解放軍文藝社學習情況的核心意見是在第二部分，就是對於具體的調整對象、內容和問題的實際探討，這是結合了文革文藝、樣板戲的文藝現實而提出的一系列文藝實踐問題，突出的是文革文藝、樣板戲的弊端。包括三突出、真人真事、階級鬥爭等，都與文革文藝、樣板戲的理論和實踐所提倡、

〔註3〕在于會泳簽發並以文化部核心小組名義向國務院請示創辦《人民文學》的報告上，鄧小平圈閱並批示：「看來現在這個文化部要領導好這麼一個刊物也不容易」。（日記 1975 年 10 月 23 日注一）

樹立的主要文藝指標有關，原本具有文藝政治典範地位和指導作用，但它們現在都受到了批評和質疑。——這是這份學習情況意見在文革政治中出現的價值所在。當時也就引起了各方的關注。

文革期間有關文藝的政治歧見體現的絕不僅是文藝觀的不同，而主要是權力格局和政治生態的分佈。因此各方對於解放軍文藝社學習《創業》批示情況的態度就極爲敏感，對其眞實意圖和現實風向的揣摩就費盡了心思。

日記主人施燕平（時任《人民文學》常務副主編）是從《人民文學》編輯部的下屬同事處看到解放軍文藝社學習《創業》批示情況紀要的筆記，認爲「其中有不少眞知灼見」（日記 1975 年 11 月 1 日）。其後，就有人來借閱（日記 1975 年 11 月 6 日），並因多日未還而遭筆記主人催要歸還（日記 1975 年 11 月 12 日）。11 月 14 日，施燕平回上海組稿，在《朝霞》編輯部與以前的領導和同事再聚歡談，過程中提到了：「有一份解放軍文藝社一個座談會材料，倒有些新的提法，於是憑我記得的有關內容，扼要講了幾點，他們倒聽得很認眞。」（日記 1975 年 11 月 14 日）

施燕平的轉述介紹應該是當天就被彙報到了上海主要領導那裏，次日一大早他就被通知領導要急看這份材料。

> 今天一早，《朝霞》編輯部打傳呼電話來，要我馬上打電話給陳冀德……我馬上給陳打了電話，她問昨天我在她那裏講的解放軍文藝社的那份材料帶來沒有，我說在我筆記本上。她要我抄一份給她，我說內容你都知道了怎麼還要抄。

> 她說徐景賢要看一下。這份材料是總政作爲正式文件發到部隊的，他怎麼會看不到呢？這件事有點麻煩，徐景賢看了這份材料，萬一發現裏面有什麼不妥之處，告到春橋同志那裏，而春橋同志又是總政的什麼負責人，將來查這件事查到我身上，我吃不消，何況這份東西轉抄來的，有沒有差錯，我也沒把握。我在電話裏支吾了一陣說，這事情我有點怕。她說這有什麼好怕的，你抄好後交給我好了。說到這個份上，我硬了頭皮答應了下來。〔註4〕

> （日記 1975 年 11 月 15 日）

〔註 4〕陳冀德是上海市委寫作組下屬文藝組負責人，直接管《朝霞》。

兩天後的 17 日，施燕平帶著抄好了的材料去《朝霞》編輯部，「《朝霞》同志聽說有什麼材料，吵著要我給他們介紹，我只好把封好的材料取出給大家讀了一遍。大家聽後，議論紛紛，有的說，這裏有些意見顯然是針對樣板戲創作經驗談的，也有的認為觀點有道理，百家爭鳴嘛，有些不同的聲音也好。」（日記 1975 年 11 月 17 日）

> 正要離開編輯部時，陳冀德打來電話，說徐景賢知道我回來，想約個時間見見面，暫定於明天下午三點，地點在市委小禮堂……
>
> （同上）

施燕平將次日徐景賢的談話要點整理記錄在了日記中：

> 現在的形勢有點像 1956 年時一樣，當然不完全相同，56 年時，毛主席根據當時的形勢，就提到了雙百方針，調動人的積極性，正確處理人民內部矛盾等。當時黨內部分人思想，有反對的，也有一些人從另一方面去理解。現在呢，也有些人思想不通，但得注意，比如革命樣板戲，它對文藝革命有著深刻的意義，有不能否定的功績，對此是不能動搖的。
>
> （日記 1975 年 11 月 18 日）

毛澤東關於《創業》批示的「調整」指示精神，使徐景賢聯想到了 1956 年的形勢和雙百方針，這意味著他已經感覺或判斷出了此時此刻意識形態需要寬鬆的政治氣候。作為文革期間上海文化宣傳的最高領導人，他自己也需要調整，需要順應當下形勢的變化，並需要對當下形勢的變化做出解釋。他將當下形勢與 1956 年提出雙百方針的形勢做類比，懷抱的應該就是這種心態吧。

但徐景賢的政治立場和思想原則仍是堅定而清晰的，不管形勢如何變化，革命樣板戲這一文化大革命的文藝成果及其不可撼動的政治地位，則是無論如何也是必須要維護的。這是一個根本性的問題，也是討論和評價一切文藝問題的基本前提。因此，說到的調整，也就不可能是否定樣板戲而進行的調整，應該是在全面肯定樣板戲的前提下再談文藝（政策）的具體調整問題。換言之，調整不能產生批評和否定樣板戲的負效應（副效應），否則就是首先犯了政治錯誤。徐景賢告誡他的下屬的最要之點就在於此。

對徐景賢的這次談話記錄很長，內容相當豐富。主要的還有：

關於重大題材問題的認識，強調「是否反映了比較深刻的階級鬥爭和路線鬥爭」，並舉例說「《春苗》雖說是寫小單位，但接觸到無產階級文化大革命，寫了文化大革命的必要性，這題材還不大嗎！題材還是要講的，題材無差別同反題材決定論，不是一回事。」

對《人民文學》的編輯建議是要突出工農兵作者，老作家則應做區別和選擇。

關於上海的文藝工作，他認為要謹慎對待上海的幹部和作品，「上海的稿子不要發得太多」。

對文藝創作和評論的「地方化」傾向則表現出明顯的憂慮和批評。（以上俱見日記 1975 年 11 月 18 日）

從徐景賢的談話中不難看出，作為地方政府的文化主管大員，他對文革政治的立場、文革文藝的策略、文革文藝的問題和弊端等，其實都有比較清晰的體認和把握。而文革政治中的複雜性包括一些（重要）人物的思想性格的體現方式等，也可以在其中獲得一些基本的呈現。

二

「四人幫」倒臺之後，事情的演變當然就逆轉了。日記主人施燕平所遭遇的清查和交代內容中，這份解放軍文藝社學習《創業》批示情況紀要也被重點關注，但有關的評價顯然已經顛倒了。

> 按軍代表高蘭亭的要求，今天下午，再次在黨內向大家作交待，今天重點檢查我在《朝霞》工作期間所犯的錯誤，一些錯誤作品的出籠經過，以及關於一份《解放軍文藝社學習主席關於〈創業〉批示的情況》向陳冀德提供的情況，有許多問題，當初是無意識的或者並未意識到它的嚴重性，今天提高到路線鬥爭的高度來檢查，問題就嚴重了。如「解放軍文藝社」的那份材料，事實上成了向四人幫提供了攻擊部隊的炮彈……〔註5〕

（日記 1977 年 3 月 19 日）

〔註 5〕高是文革後出版局派來《人民文學》負責清查運動工作的軍代表。（日記 1977 年 1 月 10 日）

今上午，再次向編輯部作補充檢查。一開始老高就作了提示，他提出：

一份有關《解放軍文藝》的座談紀要抄給上海，所起的後果怎樣，進一步講清。

（日記 1977 年 6 月 5 日）

今天，編輯部開了一天會，對我上次的檢查，進行批評和幫助。……有些問題的危害性，如一份情報（指部隊的座談紀要），寫走資派，辦學習班鼓吹等等，認識很不夠。

（日記 1977 年 6 月 15 日）

如此檢查、交代了幾個月，不僅仍未講清，仍未能取信於組織，而且有關問題還在不斷地向縱深處延伸。

上午……要求寫幾份材料。

一、有關徐景賢的問題……

……

三、有關一份解放軍文藝社的座談會紀要，楊筠是怎麼提起來的，她還講過一些什麼話？

……

晚上開始寫徐景賢的材料。

我在文化大革命前就認識徐景賢……但正式與我談話，只有一次。那是 1975 年 11 月 18 日下午三時，在市委小禮堂。……

我把正式談話之間的交談，以及他的談話內容，按原先記錄，全部抄上。

我在《人民文學》的一套指導思想和方針，不是由徐景賢的這次談話形成的，但有些要點，如注意樣板戲的宣傳，注意「重大題材」的作品，發表時，注意老作家占的比例不要太多等方面，應該說同他講話的影響有一定關係。〔註6〕

（日記 1977 年 8 月 19 日）

〔註 6〕楊筠是《人民文學》編輯。

上午把有關楊筠的一個材料寫好。這件事，楊筠絕對是無辜的。
一開始談到這份座談紀要時，我們都沒有把它看作是反四人幫的東
西，只是覺得它同文化部總結樣板戲的經驗，提出了一些不同的觀
點，而且這些觀點同我們的看法是一致的或是接近的。我當時抄下
這份紀要根本沒有想到要將它作爲情報傳遞給四人幫的。……事後
我對楊筠也說了。我告訴她，在上海陳冀德要這份東西我抄給她了。

（日記 1977 年 8 月 26 日）

施燕平的日記和交代材料裏，楊筠確實只是一個受領導之託而向別人「代借」
紀要的人，施自己才是在不知情或無意識情況下起了「收集、輸送的作用」
的人。那麼他就得承擔相應的責任。

施燕平除了在自身的清查過程中對解放軍文藝社的座談紀要寫了多次交
代材料外，同時還必須協助各方外調人員提供有關的情況說明。其中主要的
一項就是配合清查他在上海工作時的老上級陳冀德的問題。

自 11 月 12 日上海市委清查組來人外調有關陳冀德和市委寫作
組的情況，問了一大堆問題。……到昨天爲止，一共寫了 61 頁稿子，
交代了這麼些問題：

一、陳冀德向我索要一份《解放軍文藝》座談會紀要的詳細經
過情況……

（日記 1977 年 11 月 18 日）

半年多後，此類外調仍未結束。如 1978 年的日記：外調有關「借閱一份《解
放軍文藝》社座談紀要的……按照老規矩，要我寫成書面材料」。（日記 1978
年 7 月 11 日）又過了半年多，日記中總算有了結束這一切的消息：

前幾天黨支部對我的問題作了研究，大家認爲對我的審查已有
兩年左右了，該爲我解脫了。……但必須向全體同志再作一次檢查，
希望我做好準備。

這次檢查，我準備主要講兩個部分。第一部分，我的主要錯誤：

一、在《朝霞》工作期間，貫徹了四人幫的反革命極左路
線。……

二、在《人民文學》工作期間所犯的主要錯誤⋯⋯

⋯⋯除工作的錯誤外，還有幾件性質嚴重的錯誤。如給上海方面提供了一份《解放軍文藝》社的座談會紀要⋯⋯

我把這一次的檢查，題爲《在11次路線鬥爭中的錯誤檢查》。

（日記1979年3月12日）

不久，在組織給出的「解脫」結論中，明確寫進了「向陳冀德抄一份《解放軍文藝》座談紀要」（日記1979年4月5日）的記錄。就此定論在案。

從小處說，解放軍文藝社學習毛主席關於《創業》批示情況紀要只是文革中的一份傳播範圍有限的「內部材料」，日記主人施燕平也不是「大人物」，兩者的社會政治影響並未形成大氣候。只是從中國政治的定性邏輯上說，塵埃落定之日，兩者的歸屬是必須徹底確認的。尤其是施燕平，長期在權力邊緣行走，對最後的政治結論應該有基本的認識和理解。但看他的日記，似乎「畢竟是書生」。——捲入文革政治漩渦，包括與權力高層有所瓜葛的人，應該各有著複雜的生存面相和曲折的精神世界，「一言以蔽之」的看法恐怕會將一切簡單化了。對具體的個人，失之武斷的結論就更可怕了。在政治大潮之下，體認渺小個人的困境應該是一件能夠顯示人性色彩的事。不縱容惡行，但不妨同情人的弱點。這或許是文學性的情感和邏輯。

從大處看，解放軍文藝社學習毛主席關於《創業》批示情況紀要之所以顯得重要，應與文革期間的權力政治及其社會影響有關，特別是與其時的權力博弈直接相關。1975年的7、8、9月，後來被批判爲鄧小平復出掌權後刮的「右傾翻案風」時期，受此影響乃至主導，文藝界借毛澤東的「調整」尙方寶劍，對文革文藝進行了某些反撥，一時有了「政出多門」的氣候，連《人民文學》都發表了蔣子龍《機電局長的一天》〔註7〕這樣的作品。解放軍文藝社作爲軍隊單位的地位既特殊又敏感，文革期間的部隊文藝常常發揮著影響全國大局的作用，著名的兩報一刊〔註8〕中的「一報」，就是《解放軍報》。軍隊的輿論堪稱政治的風向標。在此背景下出現的解放軍文藝社學習毛主席關於《創業》批示情況紀要，至少意味著若干重要信息。

文革進行到1975年下半年，政治權力問題非但沒有解決，而且還有了惡

〔註7〕《人民文學》1976年第一期。
〔註8〕文革期間的兩報一刊是指《人民日報》、《解放軍報》、《紅旗》雜誌。

化的趨勢。權力高層的政治分裂已經到了公開化的程度。能夠使之暫時平衡的力量只繫於毛澤東的健在這個唯一因素了。這是一個國家政治的危機時期。能夠測試各種力量所持的政治立場的底線，就是對於文化大革命的態度。而在文藝領域，對待文革文藝成果的樣板戲的態度，就是政治立場的「試金石」。解放軍文藝社學習毛主席關於《創業》批示情況紀要中流露出的對於樣板戲的意見，可以被理解爲是一種政治挑戰和意識形態主導權的爭奪，說得最嚴重一點，這關乎文革走向、文革評價和中國政治走向的根本問題。在這一問題上，有關方面是沒有退路也無從迴旋的。

其次，解放軍文藝社學習毛主席關於《創業》批示情況紀要中對於樣板戲的意見，既是權力系統內部出現政治歧見的表現，而且也揭示了這種歧見的影響所達到的深度和廣度。連日記主人這種政治身份的人都對紀要意見持認同態度，並還推波助瀾，可見文革文藝的「革命大廈」已經到了搖搖欲墜、即將傾覆的程度。這就不僅說明了文革政治的頹勢，而更主要預示了中國「革命」又到了一個十字路口。解放軍文藝社的學習紀要代表的是中國政治異見表達公開化的徵兆。結合稍後展開的批鄧、反擊右傾翻案風在各領域特別是社會基層遭遇抵制的現實，就能明白即使是最高領袖的指示和號召，也很難眞正起到全面政治動員的作用了。文革使政治神化達到巔峰，但同樣也使政治神化最終遭遇破產。

因爲這份紀要觸及了文革政治、文革文藝的敏感、要害問題，不僅當時各方對之極度關注，而且文革結束後的清查也將之作爲重要的政治內容，以對其的態度作爲政治劃分的標尺。不過，政治定性相對容易，文藝觀的紛紜就顯然不能完全依靠政治權力或高壓來消除。文革的政治空間尚且不能剿滅異端，甚至，在文革的政治生態中，我們依然可以發見游離於政治權威、爲政治主流之外的文藝尋求生存合法性的努力。——另外，換一種視角從相反的方面來看，爲什麼不能將有些「異端」看作或許是出於對文革文藝和樣板戲經驗及原則的一種理論補充的動機呢？如此則文革後的情形就更難簡單概括和把握了。可以「清查」政治，文藝則難以結賬。由此而言，宏觀意義上的文革文藝應該同樣是一種多樣、多元的「場域」概念，博弈不僅發生在政治方面，實際也在文藝的特殊方面或技術方面一直進行著。只是我們更多習慣了將（文革）文藝完全拴在文革政治上的思維方式，就像文革中習慣了將政治籠罩於文藝一樣。複雜而隱秘的往往是事實，簡單而浮面的倒是我們的思維。

解放軍文藝社學習毛主席關於《創業》批示情況紀要在一個特定的時期出現了，它會遭遇到的各種反應和應對也就是必然的。特別是它的傳播時期其實已經在發生著權力的再度分割和演變，當反擊右傾翻案風露出端倪、形成氣候時，這份紀要就成為文革文藝主流所代表的政治勢力的對立面了。其間曲折姑待後續。

施燕平《〈人民文學〉復刊和編輯日記》箚記（二）[註1]——文化部的兩次會議：創作評論座談會（1975年）、創作會議（1976年）

一、文化部創作評論座談會（1975年12月1日～30日）

　　1975年下半年的政治形勢堪稱波譎雲詭。7、8、9月後來被說成是鄧小平主政整頓刮了三個月的右傾翻案風；在文藝界，所謂右傾翻案風其實與毛澤東的《創業》批示（7月）[註2]所形成的政治氣候有直接關聯，黨的文藝政策需要「調整」。文藝的政治風向轉了，習慣性的跟風現象也就必然出現了。所以右傾翻案風和調整的慣性影響一直持續到了幾乎整個下半年。最具說明性的顯例就是連文化部直接控制、并由張春橋一直關懷的新創刊的《人民文學》，也在第一期發表了後被批爲毒草的小說《機電局長的一天》[註3]。而解放軍文藝社學習毛主席關於《創業》批示的情況紀要，更是直接挑戰了文藝革命的偉大成果樣板戲的欽定地位[註4]。

〔註1〕施燕平著《〈人民文學〉復刊和編輯日記》，新地文化藝術有限公司，2015年3月。本文所引施著日記文字，包括行文格式等，均據該書，下不再注。又，吳俊撰《施燕平《〈人民文學〉復刊和編輯日記》札記（一）》首發於《揚子江評論》2016年第1期。另參見：施燕平著《塵封歲月》，華東師範大學出版社2014年1月版。

〔註2〕1975年7月25日。

〔註3〕蔣子龍《機電局長的一天》，《人民文學》1976年第一期。參見吳俊：《環繞文學的政治博弈》，《當代作家評論》2004年6期，收入吳俊著《向著無窮之遠》，吉林出版集團2010年版等。

〔註4〕參見《施燕平《〈人民文學〉復刊和編輯日記》札記（一）》，《揚子江評論》2016年第1期。

但事實上進入第四季度，右傾翻案風一面仍在繼續，一面就已經開始被叫停了。只是權力最高層的決定傳導到機關基層乃至社會，難免有些滯後。加之政治博弈也還待收尾。但清華大學劉冰的信及毛澤東圈閱的打招呼會指示〔註5〕的公開傳達，則使可能的懸念終於冰釋。因此，右傾翻案風充其量也就是猛刮了大概三個月。年內，對鄧的反擊戰就在毛澤東的指示下全面打響了。

中直機關的消息總是傳得最快的。施燕平的日記有記載：

　　　　水拍〔註6〕同志到編輯部來談：部裏對司局長一級的幹部，就「清華」「北大」的問題打了招呼。說「清華」劉冰等人寫的信，不是一個孤立的事件。主席講：

　　　　「清華」劉冰等人寫的信，動機不純，他們想打倒遲群和小謝，我看主要矛頭是針對我的。這件事一定要波及全國。這是近幾個月來刮的一陣右傾翻案妖風，是兩條路線、兩個階級、兩條道路鬥爭的反映。有些人對文化大革命總是不滿，他們要算賬、翻案。

　　　　……水拍同志估計，過些時，出版局會正式傳達，他先來通通氣。

　　　　　　　　　　　　　　　　　　　　　　（日記 1975 年 11 月 28 日）

果然——

　　　　水拍同志講的關於清華、北大的事，今天出版局正式由西民〔註7〕同志傳達了。

　　　　比水拍同志傳達的要詳細得多：

　　　　清華大學的黨委副書記劉冰等人於 1975 年 8 月、10 月兩次寫信給毛主席，他們用造謠污蔑、顛倒黑白的手段，誣告 1968 年 7 月帶領工宣隊進駐清華，現任清華大學黨委書記遲群、副書記謝靜誼兩同志，他們的矛頭實際上是對著毛主席的。根據毛主席指示，

〔註5〕1975 年 8 月 13 日、10 月 13 日，清華大學黨委副書記劉冰等人聯名兩次寫信，經由鄧小平轉呈毛澤東，揭發該校黨委書記遲群的問題。中共中央轉發了毛澤東圈閱過的《打招呼的講話要點》（中共中央關於轉發《打招呼的講話要點》的通知，1975 年 11 月 26 日），將劉冰等的信定性為矛頭針對毛主席的「右傾翻案風」。
〔註6〕袁水拍時任文化部副部長、《人民文學》主編。
〔註7〕石西民時任國家出版局局長。

清華大學黨委自 11 月 3 日召開常委擴大會議，就劉冰等同志的信展開了大辯論。

清華大學的這場大辯論，必然影響全國。毛主席指示要向一些同志打個招呼，以免這些同志犯新的錯誤，中央希望大家認真學習，正確對待自己，以階級鬥爭爲綱，把各項工作做好。

（日記 1975 年 12 月 12 日）

毛澤東的態度顯然一下子便扭轉了他關於《創業》批示傳達後確認的調整形勢，吹響了反擊右傾翻案風的進軍號角。

實際上早於文化系統對毛澤東打招呼指示的正式傳達，1975 年 12 月 1 日，文化部就召開了旨在反擊右傾翻案風的創作評論座談會（日記 1975 年 12 月 1 日）。次年 1 月 12 日，《人民文學》編輯部請參加會議的兩位編輯（傅棠活、吳泰昌）傳達會議的主要精神和有關報告（日記 1976 年 1 月 12 日），主旨集中在保衛樣板戲這一文化革命的偉大成就，批駁對於樣板戲創作理論的種種「誣衊」言論上。其時正值《人民文學》第二期發稿，當前政治形勢的轉向和文化部正在召開的創作評論座談會的主題，直接影響到了刊物的發稿方針。

下午和編輯部同志把第二期擬發的稿子湊了一下，準備發一組學習主席詞〔註 8〕的座談會發言選登，另外由編輯部寫的一篇紀要，還有一組反擊右傾翻案風的文章。加上評樣板戲的評論、小說、詩歌，分量還是可以的。

（日記 1976 年 1 月 15 日）

文化部創作評論座談會的報告和精神的正式傳達是在隔年 1 月下旬。「水拍同志通知我，文化部五個刊物〔註 9〕編輯部要傳達一些領導精神，要我去聽一下。主要有（由）蔡宏聲傳達。他先介紹了創作評論座談會情況。這個會從去年 12 月 1 日開始至 30 日結束，有 40 人參加，先開創作座談會，後開評論

〔註 8〕 毛澤東在其批示同意復刊的《詩刊》創刊號（1976 年 1 月）上發表了詞二首：《水調歌頭‧重上井岡山》、《念奴嬌‧鳥兒問答》。另參見吳俊：《〈人民文學〉的創刊與復刊》，《南方文壇》2004 年第 6 期。

〔註 9〕 《人民戲劇》、《人民電影》、《人民音樂》、《舞蹈》、《美術》。

座談會，中間交叉進行。第一天由馬濟川講了會議的宗旨、形勢。其內容我在 12 月 1 日已聽過。」〔註10〕（日記 1976 年 1 月 26 日）

現綜合 1975 年 12 月 1 日、1976 年 1 月 12 日、1976 年 1 月 26 日的日記記載，概述文化部創作評論座談會的主要報告內容。

當前文藝革命形勢一片大好，作為標誌的革命樣板戲，已有 8 個增加到 18 個；樣板戲的排列，以發表先後為序：京劇《智取威虎山》、《紅燈記》、《沙家浜》、《紅色娘子軍》（芭蕾舞）、《沙家浜》（交響樂）、《黃河》（鋼琴協奏）、《紅燈記》（鋼琴協奏）、《白毛女》（芭蕾舞）、《海港》、《龍江頌》、《紅色娘子軍》、《奇襲白虎團》、《平原游擊隊》、《杜鵑山》、《智取威虎山》（交響樂）、《草原兒女》、《沂蒙頌》（芭蕾舞）、《磐石灣》。各地方戲曲移植樣板戲的也不少，進京調演的就有 48 個劇種。這幾年在音樂、舞蹈、戲曲、電影、美術等方面都取得了巨大成就。

文藝戰線上階級鬥爭還是很激烈的，對樣板戲的態度始終是鬥爭的焦點之一，最近有人說，樣板戲阻礙了文藝的發展。（謠言）傳得廣，惡毒，在歷史上少見。分裂黨中央，甚至偽造毛主席指示……樣板戲是主席文藝路線的產物，「十大」（按：中共第十次全代會，1973 年 8 月 24〜28 日）都寫進去了，怎麼會是阻礙呢！

缺少感染力很強的作品，要調動大家的積極因素，七、八、九三個月的右傾翻案風，干擾了我們。謠言來勢兇猛，廣，甚至偽造（毛主席）「批示」，當時還傳到調演大會，傳到全國，如說樣板戲是緊箍咒，不是方向；雷同化是樣板戲造成的；三突出影響了創作；文化部成了公安部、是行會等等，這同當前翻案風聯繫起來就不是孤立的事了。……分裂中央……有些人信謠、傳謠，動搖了。

文藝創作上有些問題：

一是關於「根本任務」的問題，對「根本任務」的理解。有人說文藝的根本任務是塑造英雄人物，認為這說法不妥，應該是為工農兵服務，為政治服務，塑造英雄人物是完成根本任務的手段。

〔註10〕蔡宏聲、馬濟川時為文化部幹部。

　　有人認爲塑造無產階級英雄典型，這口號是在階級鬥爭中對文藝黑線提出來的；根本任務是文藝爲工農兵而制定的；無產階級登上歷史舞臺就有這個要求，但只有掌握政權後，才能提出這個根本任務；山水畫、曲藝、抒情詩等怎樣塑造，塑造英雄典型是對整個文藝說的，但不等於所有一切文藝形式都這樣，應用「根本任務」的精神去改革。

　　二是「塑造」問題，關於塑造無產階級英雄人物的問題。成長中的人物，算不算英雄人物。可以「塑造」完美無缺的，也可以「塑造」成長性的。有人認爲完美無缺不符合辯證法，認爲任何英雄都有成長過程。成長中的人物能不能夠當第一號人物？能不能寫人物的缺點？主要人物能否有幾個？對主要人物可以寫成長過程，但不可以寫缺點，不是本質上的缺點可寫。有的說「轉變人物」這提法不科學，有轉變爲壞人的。有的提問：醫生、教員、藝術家，作爲主要英雄人物行不行？如何塑造高大完美的形象？

　　三是寫階級鬥爭問題。努力反映階級鬥爭是對的，但是否一定寫到階級敵人，生活中新生的兩面派，打著紅旗反紅旗，這些也是階級鬥爭，當前火藥味不是濃了，而是淺了，應當寫。小戲寫內部矛盾算不算階級鬥爭。有些小戲，容量小，反映了階級鬥爭的一個側面，這不能算作無衝突論。《人民日報》文章提小戲也要寫階級鬥爭，以後不寫就不行了。另外是矛盾的對立面難找，黨委書記不行，軍人不行，青年不行，於是就找知識分子。

　　其它還有眞人眞事問題，三突出創作方法問題等……

　　關於不受眞人眞事局限的問題，這提法是正確的，但有人認爲報告文學不就是寫的眞人眞事，《人民日報》一篇文章說活人要少些，這說法不妥，毛主席在《中國農村社會主義高潮》一書的按語中說，「有一個陳學孟，在中國，這類英雄人物何止成千上萬，可惜文學家們還沒有去找他們」，這樣的活人不能寫嗎？

　　關於刊物工作，刊物應體現主席精神，貫徹雙百方針，使爭論活躍起來，許多問題通過爭鳴，才能明辨是非；刊物應當同當前鬥爭貼得緊緊的，如果同當前鬥爭游離，那刊物是辦不好的。

刊物上登反面文章的問題，刊物是難免發毒草的，關鍵在於批判，不要捂著蓋子，這樣就難改正錯誤。

五個刊物要盡快出版，應把第一期盡快搞出來，本來想有些刊物早點出版，有的稍遲點出，現在是形勢迫人，再遲不行了，要力求快出。

幾年前中央對文化部提出要有兩支隊伍：一是創作隊伍，一是評論隊伍。現在創作隊伍有了，評論隊伍相形之下，薄弱。……要求評論人員能在理論上進行討論，多寫文章。去年七、八、九、十（月）和今年比，在報上的評論文章減少了一半，思想不活躍，議論很多，但看不到文章。文藝調演搞了一年多，見報的評論不多，舞臺上不是沒有戲，而是沒有宣傳。這次會議，不是對文藝泛泛而談，而是通過討論，對一些迫切需要解決的問題，作出回答。

（以上輯錄自日記 1975 年 12 月 1 日、1976 年 1 月 12 日、1976 年 1 月 26 日）

對於文化大革命的態度和評價，是文革時期政治正確的試金石，也是最基本的政治底線問題。樣板戲是體現文革文藝成果的最高典型，有著政治和文藝的雙重「欽定」地位。對樣板戲的態度和評價便與對文革的態度和評價發生了直接關聯。廣義地說，包括樣板戲在內的共和國文藝的一系列實踐，都可以有理由視為中國社會主義文藝建設的重要組成部分；尤其是樣板戲，它的強大的國家權力支持、鮮明的意識形態傾向、精益求精的藝術打造、無與倫比的傳播影響力特徵，都已經奠定了它在中國當代戲劇、文藝乃至政治史上不可無視的地位。樣板戲在政治上堪稱國家文藝的典型表達，在藝術上則體現了中西合璧、古今一體的極致追求，樣板戲應該也是毛澤東《講話》在新中國文藝中的最為突出的示範實踐，尤其應該在中國特色、民族傳統文藝的弘揚與創新建設中佔有重要地位。

但事實上，樣板戲並未帶來文革文藝百花齊放的繁榮景象，相反，樣板戲起到的是禁錮新中國文藝發展，特別是惡化文藝生態、扭曲文藝形態的惡劣作用。其表面原因是樣板戲的政治動機，即樣板戲的創作目的是為現實的政治功利服務的，再精緻的藝術打造也是為了它的政治標準，這就注定了樣板戲的藝術生產方式不可能是一種自由的藝術活動，它只能追隨政治的權利

走向，無法獲得自身的藝術獨立性和藝術自由品格。這就不可能造就百花齊放的文藝生態。而且，用國家權力調用舉國資源投向一種單一性的藝術生產，事實上也不可持續，首先也是違背了藝術生產的一般規律，最終國家權力和國家資源的成本或代價，將不再能促進而只會限制這種藝術生產方式的進行，文革期間誕生的兩批 18 部樣板戲，已經明顯呈現出「一鼓作氣、再而衰」的景象，沒來得及正式「欽點」上臺的第三批樣板戲更就是「三而竭」的雞肋之作了。至此文革文藝只能趨於凋敝。換言之，正因為兩批樣板戲中貌似取得了文藝革命的巨大成功，樣板戲成為文藝權力金字塔的巔峰，成為文藝政治中的一種獨裁力量，成為文藝生態中的一種絕對性和壓迫性力量，——樣板戲幾乎都是通過對其它文藝種類和作品的「改編」甚或「吞噬」而產生的，最終自身成為唯一的絕對權威，這種「一花獨放」的文藝革命也就接近了壽終正寢的地步。可謂興於政治，成於權力，最終也就毀於政治，敗於權力。權力總是試圖以政治駕馭文藝，結果又總不外是這種政治文藝的破產。在文革這種極端例子裏，則是文革政治本身連帶著相關的文藝即樣板戲一起招致否定和唾棄。這也在很大程度上阻礙了後來對於樣板戲的客觀研究。

而其深層原因則在文革政治的國家權力制度結構中。文革前夕，權力之爭即漸趨白熱化。待到以陳伯達、康生、江青等為首的中央文革小組成立（1966年），新的最高權力格局才算稍定。往後是林彪事件才又是一大變。人常謂文革破壞了中國的政治秩序，文革顛覆了既有的權力格局。殊不知這只是見到了文革政治衝擊的表象。在政治權力的頂層，實際上並沒有發生實質性的顛覆，只不過是文革小組替代了政治局或最高權力機構而已。名稱變了，人也換了，但權力制度的結構並無變化。特別重要的是，最高的集權制度就在文革期間強化到了極點，毛澤東的個人權威達到神化頂峰。——文革後反思，將之批判為政治生活的不民主，個人迷信的猖獗等。權力政治的差序格局經由文革的變相而更為深刻之後，需要的是新的政治效忠和新的政治績效。文革文藝、文藝革命的成果既是文革的偉大成就，也是毛澤東文藝思想和毛主席無產階級革命文藝路線無比正確的光輝證明。——樣板戲的經典和「欽定」地位，事實上也是文革時期由毛澤東的幾次親臨現場觀看演出而奠定的。樣板戲的出現，是權力制度的特定需要及其產物，是權力制度演變的一種自然結果。樣板戲的地位對應的是權力制度和最高權力的神化地位，除了「毛主席詩詞」，樣板戲就是凌駕於一切（文藝）之上的「尊神」。因此，文藝民主

的權利就像政治民主的權利一樣，已無任何生存的環境。樣板戲獨佔了文藝的最高權利，這就是在制度上剝奪和扼殺了其它文藝產品的尊嚴和權利，任何作品只能仰視樣板戲，或匍匐在樣板戲的腳下。即便還有其它作品的存在，也只能說成是學習了樣板戲經驗的結果。所以，當樣板戲遭遇質疑時，「保衛樣板戲」的權力號召就出現了，並形成了這樣一種邏輯：保衛樣板戲就是捍衛文藝革命成果，就是堅持文革的革命路線，就是遵循毛澤東的文藝思想。與其說這是一種意識形態的邏輯，不如說就是一種權力邏輯，或制度邏輯。

正因如此，文革期間的重大文藝攻防博弈，基本都圍繞著如何看待樣板戲的評價問題。與樣板戲相關聯的則是諸如三突出原則、階級鬥爭主題、為政治服務問題等，無不與根本性的利益和立場直接相關。無奈的是，樣板戲雖然獲得了欽定地位，但它在政治上的先天制度性缺陷和藝術上的雷同化、類型化等弊端，依然不能避免輿情的非議和質疑。權力並不能一手遮天。並且，同樣重要的一個事實就是，樣板戲理論包括文革文藝的理論資源，已經明顯枯竭；兩批樣板戲誕生了，但理論評論卻呈瓶頸狀態，評論隊伍已軟弱渙散，所謂的爭鳴、爭論也無力發動，甚至連發表的刊物也寥寥無幾。樣板戲獨步中國舞臺的同時，正是中國文藝萎靡不振、中國文藝生態禁錮凋零的時代。——這種狀況也正是文革的理論生命和文革的政治生命的反映。文化部召開的這次創作評論座談會，主旨是反擊右傾翻案風，再為樣板戲正名，同時，會議報告中雖然也暴露出了文革文藝的一些問題和弱點，這些問題和弱點暴露出的其實就是樣板戲的此路不通，但由於立場的限制，這些問題和弱點就有了另外的解釋，解決方案也只能是另外的思路。這就注定了不會觸及到任何關鍵癥結。一個月的長會，除了老調重彈外，什麼問題也沒解決。直到不久後出現了「寫與走資派鬥爭」的作品，才總算又找到了一個新議題。但苟延殘喘時日不多，文革政治卻整個崩盤了。

二、文化部創作會議，又稱「18棵青松會議」（1976年3月15日～23日）

反擊右傾翻案風運動既在政治層面全面展開，也在文藝領域有針對性地著重進行，而且文藝領域的批判還有著特殊的政治功能、社會使命和文藝革命的建設目的，當然在高層權力決策中佔有突出的重要性。

接蕭木〔註11〕來信，寄給他的刊物和信他已收到。說第一期《人民文學》他初看了幾篇，還是好的。說春節前，春橋同志曾順便談到文學創作問題，認爲有一個值得研究的問題，就是如何反映社會主義革命深度的問題。社會主義革命時期革命的主要對象就在黨內，就是黨內的走資派，就是資產階級。無論正面英雄形象和對立面的走資派形象，都有待我們去努力地認識和塑造。評論同樣有這個問題。這不是短時間所能解決的，急了不行，但很值得認眞研究。作爲讀者，他希望在《人民文學》上能逐步看到這類作品。他說這是非正式講的，要我不要傳達。對《機電局長的一天》的討論，他個人認爲暫時不搞爲好。

（日記 1976 年 3 月 2 日）

社會主義時期的革命理論及「黨內走資派」問題，是文革後期一個十分突出的政治理論問題和中國社會主義革命的實踐問題，某種程度上也是當時重要的執政黨建設問題。作爲黨內的意識形態最高領導人，本身也是理論家的張春橋，經過一系列的政治鬥爭，在文革後期尤其重視、重提了這一問題，並有了實際推動探究和解決這一問題的打算。而從建國後的中國革命理論和實踐來說，這或許也深刻地關乎到文革的發生根源。但本札記不做主要是政治方面的議論，專就相關的文藝現象進行探討，即寫與走資派作鬥爭的作品與文革及社會主義時期革命的事實關聯問題。

張春橋對於《人民文學》和整個文藝創作的希望，其實也是當時的宏觀文藝形勢的要求。甚至可以說是文藝革命、文革在新形勢下繼續深入進行和發展的一大推動力和重要契機。這就必然會影響到文藝工作的具體部署。在接到蕭木來信消息後的第三天，《人民文學》編輯部開會，主要研究第三期稿子。鑒於目前反映文化大革命鬥爭生活的作品很少，寫同走資派作鬥爭的作品質量不高，主持工作的施燕平提出要舉辦一個學習班，召集各地有創作基礎的作家，集中到編輯部，現場組稿創作，期待抓出一批質量高的作品。先前，刊物主編袁水拍就指示，要找天津的蔣子龍等幾位作家來京，組織他們寫與走資派作鬥爭的作品。現在就擴大而爲學習班了。（日記 1976 年 3 月 5 日）會議次日，張春橋的指示和意見就有了更重要、更廣泛的落實與執行。

〔註11〕蕭木時爲王洪文的秘書。

　　今上午給水拍同志打電話，彙報了昨天編輯部開會，決定要辦的幾件事，他表示完全贊同。隨後，他告訴我說文化部爲了落實春橋同志的指示，準備召開一次創作會議，他已向會泳同志建議讓我參加，但會泳同志要他轉告我：可以參加會議，但要注意保密，不要向外講。他還要我同編輯部同志商量，在全國的作者隊伍中，提出幾個名單。具體情況要我與蕭子才〔註 12〕聯繫，蕭在抓此項工作。

　　我馬上與蕭聯繫。據蕭說，此次會議十分重要，除了文學方面，還有戲曲方面和電影系統的人參加，名單定了後要報給春橋同志直接批准。參加會議的成員，開會期間享受縣團級待遇，因此一定要挑成就突出的尖子，他要我們在文學創作方面提六、七個名單即可。

　　我同編輯部同志商量，我提了三個名單，一是上海寫長篇的李良傑，二是短篇作者段瑞夏，另一個天津作者蔣子龍，編輯部其它同志提了山東作者郭澄清，安徽作者徐瑛等幾人〔註 13〕，然後打電話告訴蕭子才。

　　對會泳同志要我注意保密的事，我很納悶。這創作會議，有何保密可言，是否別有所指。

（日記 1976 年 3 月 6 日）

文革之後，批判四人幫搞的政治幫派文藝是「陰謀文藝」，其它不談，由此證之，似乎也可以說得通。興師動眾召集全國會議，且如此之高待遇、高規格，同時又要求保密，防外傳，這不像是在文藝界拉幫結派搞陰謀嗎？如此產生的文藝作品不是陰謀文藝的產物嗎？不過，即便是陰謀文藝，恐怕也只是權力上層有此動機和策劃，並非捲入其中者都是陰謀文藝的自覺者。日記作者顯然一面在積極參與，一面卻又並不知情，仍是有不少的懵懂。甚至連他的老上級，上海的陳冀德也不明所以「爲什麼搞得這麼神秘」（日記 1976 年 3 月 15 日）。陳冀德在自己的回憶錄中還很不平地直接否認了自己參與了所謂的陰謀文藝，並連陰謀文藝本身的存在及說法的事實合

〔註 12〕蕭子才時爲文化部辦公廳負責人。
〔註 13〕李良傑、段瑞夏均爲當時的上海工人寫作者。郭澄清爲山東作者，有長篇小說《大刀記》。徐瑛爲安徽作者，有《向陽院的故事》等。

理性等，都一概否定了。〔註 14〕所以，很多時候事理邏輯還是不能代替實際事實本身。

　　當然，如此大動作，又要求保密，原因也是有跡可循的。其最重要的一點就是，當時毛澤東一方面發動了批鄧反擊右傾翻案風的全國運動，同時另一方面還沒有完全拋棄鄧小平，並對批判運動的展開方式和強度做了一些具體的限制，以防超越界限。所以，批鄧可以，但也不能公然過火，有些組織活動和組織行爲更須做好掌控，否則就可能違背了最高領袖的指示部署，打亂了目前的政治步驟和運動節奏。

　　以下概述徵引幾項當時的會議記錄，以求窺測那個時代的政治運動玄機。

　　西民同志在（出版）局領導小組擴大會議上講話：

　　積極投入目前開展的鬥爭，中央已發 1、2 號文件（念 1、2 號文件）。

　　今年 1 月 31 日，參加了政治局由張春橋同志主持的會議，副總理也都參加了。

　　局裏進行了學習討論，認爲這是毛主席黨中央的英明決策，是捍衛革命路線，保衛文化大革命成果，鞏固無產階級專政，具有重大的意義。一致擁護提議和決定，擁護華、陳〔註 15〕的工作，堅決貫徹執行，把反修防修的這場運動進行到底。……

　　從去年夏季前後開始，社會上翻起了一股右傾翻案風，他們極爲險惡地製造了一條理論，叫做「以三項指示爲綱」〔註 16〕，這個手法，極其陰險，頗能迷惑人。從揭出的問題來看，不只是教育界、科技界，總有這麼幾個人……製造政治謠言，分裂黨中央，把矛頭直指毛主席，這就很值得深思。這說明，這場鬥爭，有著深刻的背景，絕不偶然，說明黨內存在一條對立路線。……出版局在討論

〔註 14〕 參見陳冀德：《生逢其時》，香港時代國際出版有限公司 2010 年版。
〔註 15〕 華、陳是指華國鋒、陳錫聯。1976 年中央 1 號文件傳達：由華國鋒同志任國務院代總理。在葉劍英同志生病期間，由陳錫聯同志主持中央軍委工作。
〔註 16〕 1975 年鄧小平在主持全面整頓工作中提出「以三項指示爲綱」：「毛澤東同志有三條重要指示：第一，要學習理論，反修防修；第二，要安定團結；第三，要把國民經濟搞上去。這三條指示互相聯繫，是個整體，不能丟掉任何一條。這是我們這一時期工作的綱。」（據《鄧小平文選》第二卷）

中……認識到這條修正主義路線，對我們有影響。去年刮的右傾翻案風，在我們這裏也有反映。也有人說，三項指示爲綱。這種提法是與毛主席的路線對立的，毛主席說安定團結，不是不要階級鬥爭，階級鬥爭是綱。把三項指示並列起來，就是否定階級鬥爭，否定無產階級專政，去年在 9 月文化部的一個批示上，貶低文化部的領導，對新生力量進行攻擊蔑視〔註17〕。這個批示未給大家傳達，其反動實質十分明顯。

口頭上保證永不翻案，甚至痛哭流涕，但一上臺一有權就大搞翻案風……

我們對自己的情況也分析了一下……從這些初步檢查看，説明修正主義路線影響……特別是在座的老同志，要解決好三個正確對待，特別是正確對待文化大革命。從教育界、科技界已經揭示出的問題説明：刮右傾翻案風的主要是那個不肯改悔的走資派。其内容是否定文革和新生事物。主要原因就是三個不能正確對待。這對於我們重新上臺的老同志非常重要。……爲什麼總是忘了階級鬥爭……

……（要）著重批：三項指示爲綱、唯生產力論、折中主義、階級鬥爭熄滅論，以及孔孟之道等。（日記 1976 年 2 月 9 日）

水拍同志轉來一份由「創辦」綜合的《文藝領域的翻案風種種》，主要列了五個方面的問題；摘錄如下：

一是編造謠言，僞造毛主席指示，攻擊中央負責同志，分裂黨中央；

二是攻擊樣板戲；

三是爲十七年文藝路線翻案；

四是爲壞作品翻案；

五是反對藝術教育。

（日記 1976 年 2 月 17 日）

〔註17〕 在于會泳簽發並以文化部核心小組名義向國務院請示創辦《人民文學》的報告上，鄧小平圈閱並批示：「看來現在這個文化部要領導好這麼一個刊物也不容易」。（日記 1975 年 10 月 23 日注一）

　　　　水拍同志打電話告訴我，《紅旗》上要發初瀾的一篇文章，題目是《堅持文藝革命，反擊右傾翻案風》〔註18〕，這篇文章很有分量，各刊物都會轉載，《人民文學》在第二期上也要轉載……

　　　　　　　　　　　　　　　　　　（日記1976年2月25日）

最重要的記載見於3月1日的日記——

　　　　上午去出版局，聽傳達中央文件……中央負責同志的講話：

　　　　根據毛主席指示，中央先找問題多的五個省的同志來談，後來又找了十二個省、市、自治區和一部分大軍區的同志來開會。……會議期間，還初步揭發批判了鄧小平同志的修正主義路線錯誤……受了鄧小平同志修正主義路線的影響而犯了錯誤的同志，表示回去要轉好彎子。……（回去以後）把反擊右傾翻案風的鬥爭開展起來。

　　　　回去以後怎麼辦，提出幾點意見：

　　　　一、最重要的是要認真學習毛主席的重要指示和中央文件。……

　　　　二、在學習毛主席重要指示和中央文件的基礎上，深入揭發批判鄧的修正主義路線錯誤。……

　　　　三、要牢牢掌握鬥爭大方向。毛主席說，錯了的中央負責。政治局認為主要是鄧小平同志負責。……注意不要層層揪鄧小平在各地的代理人，當前就是要搞好批鄧，批鄧小平同志的修正主義錯誤路線……注意不要算歷史舊賬，不要糾纏枝節問題。對鄧小平同志的問題可以點名批判，但點名的大字報不要上街，不要廣播、登報。……

　　　　四、對犯有錯誤的同志，要遵照毛主席的教導，實行懲前毖後、治病救人的方針，不要揪住不放，不要一棍子打死。……

　　　　五、整個運動，要根據毛主席指示，在黨委一元化領導下進行，不搞串聯，不搞戰鬥隊，要抓革命、促生產、促工作、促戰備，通過反擊右傾翻案風的鬥爭，進一步促進安定團結，發展鞏固文化大革命和批林批孔運動的偉大成果……

〔註18〕1976年3月1日出版的《紅旗》雜誌第3期發表初瀾的《堅持文藝革命，反擊右傾翻案風》一文。

　　　　傳達結束後，沒有講要向編輯部傳達⋯⋯

　　　　　　　　　　　　　　　　　（日記 1976 年 3 月 1 日）

顯然，這次運動的部署一開始就好像注意到了避免過火、防止擴大化的問題；
這大概也是文革運動中的批判太過慘烈、林彪事件又株連了一大批幹部，老
幹部復出未久，血痕猶在，實在也無力再大搞一次嚴酷的政治鬥爭了吧。這
就能理解爲什麼這次給犯錯誤的幹部尤其是老幹部都留下了允許改正錯誤的
餘地，只要轉好思想彎子，改變立場，政治前途仍有充分保證。並且也不再
強調奪權，而是要在黨委領導下有範圍地有序進行。——那麼，通俗點說，
在這種政治背景下文化部召開的這次創作會議，動靜搞太大了也確實不行，
與運動的部署方略會有牴牾。

　　更廣泛地看，批鄧、反擊右傾翻案風運動不僅一開始就有點猶疑，各方
勢力都不能不牽扯其中，產生了明顯的牽製作用，而且這場運動連貫到了文
革結束前後的不同政治階段，四人幫倒臺後而批鄧、反擊右傾翻案風並沒有
結束，文革政治的合法性的傾覆與新的政治權威的確立，都需要時間來稀釋、
澄清政治轉換的渾濁與曖昧。此時，曖昧之處莫過於還稱鄧小平爲「同志」，
可見其政治生命尚未終結。

　　《人民文學》編輯部召集的組稿學習班先期開班了（日記 1976 年 3 月 13
日），兩天後的 3 月 15 日，文化部的創作會議也開始報到。次日，會議正式
開始。

　　　　創作會議今天正式開始。上午由創辦負責人張伯凡介紹這次會
　　議的主要內容和日程安排。主要內容有兩個，一是直接傳達主席的
　　重要指示，即中央四號文件；二是轉達中央負責同志最近以來關於
　　文藝創作的指示精神。

　　　　他說：爲了開好這個會，文化部領導多次研究，而且向中央作
　　了報告。如中央四號文件，按規定傳達到縣團級，這次向大家傳達
　　是經中央批准的。在學習討論時，主要是貫徹落實中央負責同志提
　　出的課題，要寫與走資派作鬥爭的作品，現在鬥爭形勢發展很快，
　　在當前反擊右傾翻案風中，要趕緊通過作品反映出來，故把電影、
　　戲劇、文學等幾個方面的作者聚集在北京，集中精力，學習討論，
　　在比較短的時間內提高思想，投入戰鬥。

接下去，對會議日程，大體作了安排：

16 日下午傳達中央文件，並由浩亮同志講話；

17 日全天學習討論，批鄧，去北大、清華看大字報，瞭解群眾運動的形勢；

18 日上午傳達中央負責同志重要指示，下午到 19 日一天，討論文藝創作的指示，聯繫當前形勢，如何寫好以階級鬥爭為綱的作品；

19、20 日中間，選一些電影看看；

20 日開始，具體落實規劃，一直到 23 日會議結束，然後深入生活，進行創作。

下午，浩亮同志講話……這次會主要辦三件事：

一、學好毛主席一系列有關指示，結合本地區、本部門所刮起的右傾翻案風，進行批判、揭發；

二、講一講社會主義時期革命的對象、性質、任務、前途，如何反映兩條路線鬥爭、敢不敢於寫與走資派作鬥爭的作品，特別是深度和廣度上下工夫；

三、在深入學習的帶動下，落實題材、規劃，什麼時候可以搞出來。

最後說，這次會議有 18 人參加，你們是 18 棵青松〔註19〕。

（日記 1976 年 3 月 16 日）

在一些記載中，文化部召開的這次創作會議就叫做「18 棵青松」會議，它得名於浩亮的講話。

從會議的組織和日程內容安排來看，此會的要點應該有兩個：一是盡快寫出有分量的與走資派作鬥爭的作品，具體體現當前文藝的以階級鬥爭為綱；二是培養一批文藝核心骨幹人員，並由此建立一支嫡系的文藝創作隊伍。

〔註19〕浩亮原名錢浩梁，因扮演樣板戲《紅燈記》中李玉和形象而成名，深獲江青賞識，為其改名為浩亮，後提拔為文化部副部長。「18 棵青松」是浩亮化用了樣板戲《沙家浜》中新四軍人物郭建光的一句唱詞。

這是于會泳及文化部領導秉承了張春橋的旨意而進行的一項重要的文藝組織活動，具有直接而明確的政治目的。與差不多同時開張的《人民文學》學習班一樣，程序上都是政治學習、明確立場，組稿、落實選題，通過組織幫助培養人才、鍛鍊隊伍，但《人民文學》學習班的刊物業務色彩更顯著，活動目標相對單純，「18棵青松」會議的政治動機顯然更爲突出，且目的更爲深刻而複雜，並非僅是會議的層級顯得更高而已。如此，一方面須用手段來力抓，一方面又因政治敏感性而不能不小心謹愼，以免出現意外。這應該也與此會要保密、顯得神秘的原因有關吧。

會議中最重要的兩次報告是由文化部「創辦」負責人張伯凡、文化部部長于會泳兩人作的，前者重在批判右傾翻案風，後者主要指導如何創作出與走資派作鬥爭的作品。先看前者說了什麼。

上午，由伯凡同志講文藝界右傾翻案風的具體表現：

一、編造政治謠言，僞造毛主席指示，惡意攻擊中央負責同志，妄圖分裂以毛主席爲首的黨中央。

……

二、攻擊以樣板戲爲標誌的無產階級文藝革命。

自從鄧講了樣板戲不能一花獨放等話後，文藝界刮起了一陣妖風。

（1）否定無產階級文藝革命，攻擊黨的文藝政策。有的人說，前段文藝革命搞左了，現在應該糾正……

（2）攻擊和歪曲革命樣板戲的創作經驗。……以此來否定樣板戲，這是文藝界鬥爭的新特點。解放軍文藝社的一個材料裏說，樣板戲經驗用得太泛……創作精神反而被束縛了。……雲南省有人說，樣板戲的經驗……好像孫悟空頭上的緊箍咒……吉林有人說這些經驗束縛了創作者的手腳。

（3）一些攻擊文藝革命的修正主義者也乘機冒出。……有人說塑造英雄人物是根本任務的提法不妥。……中國話劇團有人說，生活中並不是到處有特務，敵人破壞……胡編，現在作品中的階級敵人都不可信。

（4）造謠攻擊樣板戲劇組。

三、爲十七年文藝路線翻案。

自從鄧說現在這個文化部不行，文藝要調整，調整就是整頓，整頓就是整頓領導班子等話後，首都文藝界立即刮起一陣攻擊文化部的妖風，同時對舊文化部從領導到基層單位都吹捧。北影說，陳（荒煤）、夏（衍）到底有什麽問題！雲南省文藝界有人公開提出要對十七年文藝重新評價，吉林省文藝界有人說，還是三十年代文藝好，現在的節目不好看。……

四、爲在文化大革命中被批判的壞作品翻案，並進行反攻倒算。

山西省某些人對批《三上桃峰》〔註20〕一直耿耿於懷……否認「三上」是毒草。

五、反對藝術教育。

反對政治掛帥，說不管紅線黑線，只要培養出人，搞出東西就行。反對開門辦學，崇洋復古，說還是巴爾扎克、托爾斯泰好，攻擊教育質量差，工農兵學員水平低等。

（日記 1976 年 3 月 17 日）

從這些話中透出的消息看，儘管文革的權力高壓嚴酷，但政治反彈仍隨時出現，只要時機有利，「妖風」「毒草」總是層出不窮，言論拉鋸的空間還是無所不在，眞是應驗了當時所謂的「兩條路線、兩條道路的鬥爭」是不以人的意志爲轉移的。特別是在文藝價值觀方面，「兩條黑線」論的批判並不能眞正令人信服，而樣板戲也無法使人無條件地盲從，無法阻止人們對它的質疑和厭倦。日記主人在爲《人民文學》組稿工作中，多次慨歎當時文學創作水平的低劣、好作品好作家的稀少，這種掩飾不住的苦衷，實際已經暴露出了文革文藝的眞實狀況。但對於文革政治的權力者來說，文藝必須且只能爲政治服務，政治問題沒解決，文藝本身的價值問題就無從談起了。所以，樣板戲的問題首先也就是政治問題。只是這次的挑戰方式是「翻案」。而「翻案」本身就是對樣板戲的質疑和否定。——最嚴重的後果是，「翻案」的潛在目標指

〔註20〕1974 年，晉劇《三上桃峰》因被視爲與「四清」運動中王光美的「桃園經驗」有關，即成「爲劉少奇翻案的大毒草」而受到舉國批判。1978 年始獲平反。

同實際上是文革本身，即有可能會在根本上否定和顛覆無產階級文化大革命！這是毛澤東決不能容忍的要害所在。

再看于會泳說了些什麼。

今天主要聽會泳同志報告，幾位部領導都出席了。……其講話要點，根據當時記錄，整理如下：

中央負責同志指示，要創作社會主義革命時期無產階級帶領廣大人民同黨內走資派進行鬥爭的文藝作品……這是一項十分重要的政治任務。

現在主要矛盾是滅資，對象是資產階級，就是黨內走資派。主席在很早講過這個問題，這次又講，黨內走資派是最危險的敵人，當前如能寫出這一方面的作品，對於深刻揭露走資派政治上的反動性，提高路線覺悟，反修防修，繼續革命，具有很重要的意義。

……

在寫這類作品過程中，應注意：

一、「紀要」〔註21〕中說，要塑造英雄人物是根本任務，這一點不能動搖。

過去有些人動搖了，其根子在鄧小平身上……防止正不壓邪，對走資派的反動本質要揭深，但不等於把敵人寫得很囂張，如能寫出奸猾的本性……正面人物敢於鬥善於鬥，又能戰勝他，這樣的正面人物就很豐滿。

二、要寫思想深度和廣度相結合的作品。……如寫一個工廠的可以，但也可以寫一個縣、一個局，寫一個部也行……

三、寫思想深度，要注意圍繞英雄人物來組織安排矛盾……要激化矛盾。

四、注意鬥爭的典型化。要高度集中概括塑造英雄人物，提煉主題思想。……

〔註21〕即《林彪同志委託江青同志召開的部隊文藝工作座談會紀要》，1966 年 4 月 10 日由中共中央批准。該《紀要》係由毛澤東審閱、修改並定題。

還有一種說法什麼散文式、列傳式。散文式以塑造群像為名，列傳式說是塑造一系列英雄，結果主要人物樹立不起來，人物不少，都單薄，不能有力體現主題思想。不能上這兩種說法的當。

五、要掌握矛盾的普遍性和特殊性的辯證統一規律，防止雷同化。

……有的說，樣板戲是雷同化的根源。這說法不能同意。社會生活的本質、主要矛盾都要體現，都要寫無產階級與資產階級的鬥爭，都要塑造英雄人物，這不是雷同化。我們說的雷同化，是指處理具體的情節、事件、人物，甚至語言等方面雷同。

總的精神是堅持歷來毛主席的方針，反對各種奇談怪論。在創作中要注意：

一、要打破顧慮，解放思想，只要方向對頭，我們支持，即使犯錯誤也允許改正。……鄧小平推行的一系列東西，把我們的思想搞亂了，現在通過學習，思想提高，即使犯錯誤的同志，自己主動站出來揭發鄧，批判鄧。用自己本身的體會來批判，特別有力。壞事變好事。

二、寫這類作品還會遇到阻力。有的走資派跳出來製造輿論，壓你一下，也有一些覺悟不高的人跳出來加以挑剔、責難，甚至諷刺、嚇唬人，此外還有我們頭腦裏的阻力，流毒沒有肅清。只要我們思想上有了準備，就可以加強抵制。

（日記 1976 年 3 月 18 日）

于會泳講話的重心是在寫出與走資派作鬥爭作品的思想藝術原則方面，其實主要也就是樣板戲的創作經驗，加上當前的政治要求。這兩人的報告口徑在批鄧、反擊右傾翻案風等方面有著明顯的一致性，但同時也都流露出了一些政治負面消息，就是樣板戲或寫與走資派作鬥爭的作品，乃至批鄧、反擊右傾翻案風之類，實際上已經困難重重，舉步維艱，甚至已經遭遇到了諸多明顯抵制。而曾經一以貫之的用權力驅使或強制批判的運動手段，也同樣已經出現了後續乏力的頹勢窘相，難以為繼。所以這次運動的一個重要手段或說法，就是鼓勵、誘使「犯錯誤的同志」反戈一擊，回歸到無產階級革命隊伍中來。御用人才、嫡系部隊已經不敷使用，攻守乏人，現在不能不使出「招降納叛」的招數了。

　　對此，最顯著的一例就是對蔣子龍的誘降。就在于會泳報告的第二天，

　　　　袁水拍打電話到「西苑」找到我，要我乘這次開會的機會，抽
　　時間做做蔣子龍的工作。說蔣開始來時思想挺緊張，以爲要批他的
　　作品，以後張伯凡找他談了，說明寫了錯誤文章不要緊，只要認識，
　　反戈一擊就好。他說昨天會泳同志報告中講到允許犯錯誤的話，就
　　是針對蔣說的，他囑我找蔣主要談兩點：

　　　　一、要蔣寫一篇自我批評性的文章，承認自己受了三項指示爲
　　綱的影響，文章中要突出批鄧，總結經驗教訓；

　　　　二、要蔣參考北影廠李文化〔註22〕的事。李文化拍了一部電影
　　《偵察兵》，群眾意見很大，以後寫了一篇自我批評的文章，發表在
　　《人民日報》上，大家諒解了，中央領導同志看到了也滿意。

　　　　下午在討論的間隙，我找蔣談了。……他表示同意寫，但目前
　　手頭正在搞一個反擊右傾翻案風的話劇，是王曼恬指名要他搞
　　的……另外，他還準備寫一篇小說，講一個女支書的故事。我答應
　　他如果小說寫得好，可以連同談體會的文章同期發表〔註23〕，以體
　　現允許犯錯誤、允許改正錯誤。

　　　　　　　　　　　　　　　　　　　　　　（日記 1976 年 3 月 19 日）

創作會議的主辦單位文化部還給每位與會者今後的「深入生活」，「貼補數百
至千元的生活津貼」。（日記 1976 年 3 月 20 日）

　　按照既定計劃，創作會議於 23 日結束。經由袁水拍的提議，參加會議的
部分文學作者受邀前往《人民文學》編輯部，與刊物召集的學習班成員等會
面交流。（日記 1976 年 3 月 22 日、3 月 23 日）會面座談中，袁水拍又不失時
機地作了一次政治宣講：

〔註22〕 李文化是新中國第一代電影藝術家，攝影師、導演，成就卓著。1958 年的故
　　　　事片《早春二月》曾被批爲「大毒草」，後被江青指定爲《南海長城》的攝影
　　　　師，並參與拍攝樣板戲電影，由此也捲入了政治漩渦。1974 年拍攝故事片《偵
　　　　察兵》。文革期間拍攝的電影還有《決裂》、《反擊》。
〔註23〕 王曼恬是毛澤東的表侄女，詩人魯藜的前妻，時任天津市委書記，1976 年 10
　　　　月自殺於獄中。《人民文學》1976 年第 4 期發表蔣子龍小說《鐵鍬傳》。另參
　　　　見吳俊的《環繞文學的政治博弈》一文，見本文前注〔註3〕。

他再次強調了寫走資派作品的重要意義，文學創作總是跑在時代的前面的，寫與走資派的鬥爭，這是時代的要求，階級的要求，是光榮的戰鬥任務，也是反擊右傾翻案風的有力武器。為了保證大家順利實現規劃，文化部準備給你們的所屬單位的領導上打招呼，要各單位領導大力支持，保證時間。希望大家加強同《人民文學》的聯繫，有困難和問題及時反映。

（日記 1976 年 3 月 23 日）

創作「以階級鬥爭為綱」特別是「與走資派作鬥爭」的作品成為文革後期的一個文藝高潮，不僅有文學作品，而且還有製作成本更高、影響也更大的電影作品〔註 24〕，樣板戲的改編、移植或拍攝就更早了，理論評論則一再甚囂塵上〔註 25〕，其餘波一直影響到了文革結束之後。當此風頭正健之時，還有人以寫了「與走資派作鬥爭」的作品未獲出版為由，向組織上告，請求領導干預支持。（日記 1976 年 9 月 28 日）

但從全國的政治形勢發展來看，畢竟今非昔比，文革已經不得人心，社會積怨日甚一日，趨近了爆炸的臨界點。也就在部署文藝界反擊右傾翻案風、大寫「與走資派作鬥爭」作品後未久，以悼念周恩來總理逝世相號召的清明節天安門事件就爆發了。這次事件的一個重要痛觸點就是針對周總理、鄧小平的所謂「黨內那個走資派要把被打倒的至今不肯改悔的走資派扶上臺」〔註 26〕的政治攻擊，而天安門事件的規模和影響已說明在社會層面上，文革政治實已崩潰了。

四人幫倒臺後，文化部的這次創作會議即「18 棵青松」會議，很快遭到了清算，日記主人也不得不為捲入其中而連篇累牘地寫出交代材料。（日記 1977 年 3 月 8 日、5 月 10 日、5 月 12 日、5 月 16 日等）政治就是這樣地嘲弄著人的智商。

〔註 24〕 電影有《青松嶺》（1973）、《春苗》（1975）、《決裂》（1975）、《第二個春天》（1975）、《難忘的戰鬥》（1976）、《歡騰的小涼河》（1976）、《反擊》（1976）等。

〔註 25〕 參見初瀾：《堅持文藝革命，反擊右傾翻案風》，《紅旗》雜誌 1976 年第 3 期。

〔註 26〕 1976 年 3 月 25 日，上海《文匯報》發表題為《走資派還在走，我們就要同他鬥》的報導，其中一句說「孔老二要『興滅國，繼絕世，舉逸民』，黨內那個走資派要把被打倒的至今不肯改悔的走資派扶上臺」。將政治矛頭公開指向去世未久的周恩來，由此引發公憤，社會反響強烈，被稱為「《文匯報》事件」。

　　文革的歷史俱往矣。但有關社會主義時期革命的道路問題和無產階級執政黨及意識形態的建設問題，仍是文革迄今還在探索和實踐的重要問題。如果要在文革的歷史灰燼中去翻檢的話，所謂黨內走資派、寫與走資派的鬥爭文學問題應該會與此話題發生關聯。那麼即便是對於負資產，也不應諱莫如深，更不該棄之了事吧。

施燕平《〈人民文學〉復刊和編輯日記》箚記（三）〔註1〕——批鄧、反擊右傾翻案風潮流中的文學動向（1975年冬～1976年冬）

一、毛澤東《詞二首》的發表與反擊右傾翻案風

　　1975年冬～1976年冬這一年間的形勢，用文學性的說法，是喜憂交織、悲歡參半的一年；而用政治語言說，就是形勢一派大好，天下大亂，亂了敵人，是從大亂達到大治的一年。不管怎麼說，國內的政治主旋律還是無產階級文化大革命，還是無產階級專政下的繼續革命，特別是在毛澤東的「打招呼會」指示〔註2〕發出後，批鄧、反擊右傾翻案風運動就在全國漸次展開，成爲當下政治的運動潮流。最後「四人幫」的倒臺，既是一種政治收場，也開啓了向「新時期」的過渡。

〔註1〕 施燕平著《〈人民文學〉復刊和編輯日記》，新地文化藝術有限公司，2015年3月。本文所引施著日記文字，包括行文格式等，均據該書，下不再注。
　　　　又，吳俊撰《施燕平《〈人民文學〉復刊和編輯日記》札記（一）》、《施燕平《〈人民文學〉復刊和編輯日記》札記（二）》發表於《揚子江評論》2016年第1期、第2期。另參見：施燕平著《塵封歲月》，華東師範大學出版社2014年1月版。

〔註2〕 1975年8月13日、10月13日，清華大學黨委副書記劉冰等人聯名兩次寫信，經由鄧小平轉呈毛澤東，揭發該校黨委書記遲群的問題。中共中央轉發了毛澤東圈閱過的《打招呼的講話要點》（中共中央關於轉發《打招呼的講話要點》的通知，1975年11月26日），將劉冰等的信定性爲矛頭針對毛主席的「右傾翻案風」。

　　迎接新年的喜慶氣象從前一年的冬季開始。按照預定目標,「文學國刊」《人民文學》和《詩刊》都將在新年元月「創刊」〔註3〕。這似乎預示著一個文學繁榮時期即將來臨。特別令中國人民在嚴冬中感到幸福和溫暖的是,毛主席的兩首詞〔註4〕將發表於《詩刊》創刊號上。這件中國政治文化生活中「天大的事」就趕在歲末前緊鑼密鼓地籌辦著。這也是權力高層必須最上心的頭等大事。

　　　　晚六點多,水拍同志來編輯部向大家傳達了姚文元同志同石西民、李季、葛洛同志的談話紀要。……被約去的還有《人民日報》的魯瑛同志,新華通訊社的朱穆之同志〔註5〕。……(姚文元)說《詩刊》編輯部在12月3日送來的報告(指《詩刊》準備發表毛主席「詞二首」有關工作的請示報告),他在上面寫了:擬同意元旦發表,以鼓舞全國人民在鬥爭中前進。請主席閱批。主席批了:已閱,退文元同志。

　　　　　　　　　　　　　　　　　　　　　　(日記1975年12月11日)

接著,姚文元具體部署了主席詞二首發表和組織宣傳、學習的規格:《詩刊》首發,同期即發表學習詞二首的文章,並在《人民日報》上登一個廣告目錄;《人民日報》元旦社論就用主席詞中的句子做標題,各報刊都將轉載詞二首,新華社於12月31日向全國報刊播發詞二首,並寫一條綜合消息,報導各地群眾學習情況和熱烈反響……最後,《人民文學》主編袁水拍說:「《人民文學》也要以轉載《詩刊》的名義發表,還要我(按:即日記主人、《人民文學》常務副主編施燕平)約上海的朱永嘉〔註6〕寫《詞二首》的評論,同期刊出。」(日記1975年12月11日)

〔註3〕《人民文學》和《詩刊》均於1976年1月復刊,出於文革政治的動機,當時稱為創刊。參見吳俊的《〈人民文學〉的創刊與復刊》(《南方文壇》2004年第6期)等文章。

〔註4〕毛澤東在《詩刊》「創刊」號(1976年1月)上發表了詞二首:《水調歌頭·重上井岡山》、《念奴嬌·鳥兒問答》。

〔註5〕袁水拍時任文化部副部長、《人民文學》主編。石西民時任國家出版局局長。李季、葛洛時任《詩刊》主編、副主編。魯瑛時任《人民日報》總編輯。朱穆之時任新華社社長。

〔註6〕朱永嘉時為上海市委寫作組主要負責人之一,復旦大學歷史系教師。

　　不過，施燕平通過陳冀德〔註7〕向朱永嘉的約稿，中途發生了一點麻煩：
撰寫學習和評論文章，須先讀到詞二首原文，但詞二首未發表前還是保密的，
不能在一般電話中傳達。思量之後，施燕平趕到文化部，使用部辦公廳的保
密電話，這才把詞二首逐字傳達給了陳冀德。（日記 1975 年 12 月 12 日）這
一細節可使一般人窺視一下文學背後的政治操作內幕吧。

　　歡天喜地忙著發表和宣傳詞二首的幾乎同時，劍拔弩張的政治清算和大
批判部署也在進行。袁水拍傳達姚文元指示的次日，國家出版局局長石西民
傳達了中央關於毛澤東的「打招呼會」文件。文革末期的政治形勢就此陡轉，
從整頓、調整一變而為反擊右傾翻案風了。——反擊右傾翻案風也由此成為
1976 年的政治主題和運動主潮。

　　學習主席詞和反擊右傾翻案風開始不久，就遭遇到了另一件重大政治事
故，1 月 8 日，周恩來總理因病逝世。施燕平是在京滬列車上聽到廣播消息的。
怎麼辦？顯然學習主席詞和反擊右傾翻案風是當前最重大的政治，決不能因
悼念周總理而受到影響或衝擊。因此，在布置悼念活動時，刊物的政治主旨
非但不能改變或削弱，而且更須加強和突出。《人民文學》第二期「準備發一
組學習主席詞的座談會發言選登……還有一組反擊右傾翻案風的文章」，「加
上評樣板戲的評論」等。（日記 1976 年 1 月 15 日）特別是對於學習主席詞的
座談會發言稿尤應謹慎。

　　　　（袁水拍）在電話中提醒我，在審閱這些發言稿時，特別注意兩
　　　點：一是不要出現悼念總理逝世的語句，因為學習主席的詞是歡樂的
　　　事，不要染上傷感的氣氛；二是注意同當前的反擊右傾翻案風相結合。

　　　　　　　　　　　　　　　　　　　　　　　　（日記 1976 年 1 月 17 日）

四人幫倒臺後，袁水拍和施燕平都為《人民文學》未能當期刊出悼念周總理
的作品而遭到了多次「清查」。這顯然不是文學問題了。

　　最能體現文學的政治主旋律節奏的是，1 月間還正式傳達了文化部於去年
12 月 1 日至 30 日召開的創作評論座談會〔註8〕的內容精神和領導指示，提出
了當前的政治形勢對於文藝工作的要求，明確了政治立場和批判運動的重

〔註7〕　陳冀德時為上海市委寫作組所屬文藝組負責人，直接領導《朝霞》的工作。
　　　　後有回憶錄《生逢其時》，香港時代國際出版有限公司 2010 年出版。
〔註8〕　參見吳俊：《施燕平〈人民文學〉復刊和編輯日記》札記（二）》，《揚子江評
　　　　論》2016 年第 2 期。

心。特別是一些標誌性的文藝活動都要爲當前的政治服務。

> 　　五個刊物〔註 9〕要盡快出版，應把第一期盡快搞出來，本來想
> 有些刊物早點出版，有的稍遲點出，現在是形勢迫人，再遲不行了，
> 要力求快出。

> （日記 1976 年 1 月 26 日）

顯然，刊物的出版——1975、1976 年，一些因文革而停刊的文藝刊物陸續「復刊」，其中包括了一些所謂中央級、國家級刊物，如較早的《詩刊》和《人民文學》等。——也是反擊右傾翻案風運動中的重要一環，具有針對否定文革思潮的現實鬥爭的特定目的和作用。不久，更具體的操作方案也出臺了：

> （五個刊物創刊的有關問題）

> 　　一、刊物的發刊詞要搞；

> 　　二、以階級鬥爭爲綱，爲現實鬥爭服務，除歌頌革命樣板戲、鞏固成果外，還得反擊教育界、科技界、文藝界的奇談怪論；

> 　　三、各刊物都要轉載毛主席的二首詞，如能有評論和學習體會的文章也可；

> 　　四、封面刊名除用漢字外還用拼音；

> 　　五、還得有大辦普及農業縣和工業學大慶的文章。

> （日記 1976 年 2 月 5 日）

對此稍作分析，可以瞭解在一種完全形態的國家文藝制度〔註 10〕中，權力對於文藝的操控可以在宏觀與微觀的各方面都具體到何種程度。上述刊物問題中的一、四項，既是一種形式、體例要求，但也體現出了內容空間的傾向或想像：發刊詞不僅是形式，其內容體現的當然是路線和立場，這是刊物的政治生命體現；刊名的漢字拼音規定，看似簡單，實則表達的意味更多，或就與「文化革

〔註 9〕　五個刊物是指：《人民戲劇》《人民電影》《人民音樂》《舞蹈》《美術》，它們分別於 1976 年 3 月相繼創刊。

〔註 10〕關於「國家文學＼文藝」的概念及論述，參見吳俊：《〈人民文學〉與「國家文學」》，《揚子江評論》2007 年第 1 期；《中國當代「國家文學」概說》，《文藝爭鳴》，2007 年第 2 期。另見吳俊、郭戰濤：《國家文學的想像和實踐》，上海古籍出版社 2007 年版。

命」的現實含義相關——漢語拼音的使用包括簡化字，既是 1950 年代後的文化國策，其淵源還可追溯到晚清、五四前後的新文化運動，文字╲文化革命的歷史可謂源遠流長。語言文字政策塑造和體現的是文化權力，文化權力背後的就是意識形態的革命政治考量。第二項是現實政治的頭等大事，正面是歌頌樣板戲，反面則是反擊右傾翻案風，正反兩面都是當時文藝必須置於首位的主要政治要求。第三項在此時更像是一種政治規格和姿態的表達，以實際行動體現熱愛偉大領袖毛主席，高舉毛澤東的文藝路線。第五項應該算是配合當時工農業生產的宣傳，其實也是一時的具體政治要求。——文藝刊物、文藝活動就這樣必須在規定範圍內完成自身的表演。我們以後看到的大多也就是一些規定動作。

　　最重要的是，文革中堪稱十全十美的典範作品，只有兩種，偉大的文學高峰是主席詩詞，光輝的藝術楷模則是樣板戲。因此，從文藝政治的邏輯看，在沒有新的樣板戲出臺時，毛澤東詞二首的發表就是給了（文藝領域）反擊右傾翻案風的一次強烈動員和有力促進。這也要求學習和宣傳主席詞要與現實鬥爭相結合，即袁水拍指示的「注意同當前的反擊右傾翻案風相結合」的重大理由。

二、難以爲繼的「文藝革命」成果

　　歌頌樣板戲既關涉政治立場，也與文藝革命理論有關，但更重要的是還須有新的樣板戲作品的支持。同樣，反擊右傾翻案風也應該有活生生的現實批判對象作爲靶子，才更能發揮出批判的具體針對性及其政治威力和社會影響。但此時此刻，這兩方面眞要做起來已經顯得勉爲其難了。

> 　　1976 年正值文化大革命十週年。（文化）部的核心組布置了一
> 個任務，要搞幾個戲，由四個京劇團（上海、北京、中國、山東）
> 在文革十週年前演出，戲是《春苗》、《決裂》、《戰船臺》、《第二個
> 春天》。根據京劇的特點改編。《春苗》由上海搞，《第二個春天》由
> 山東搞，《決裂》由北京搞，《戰船臺》由中國京劇團搞。國慶節前
> 拿出來，要有水平，不能粗糙，其它的劇團，也都得搞一些文化大
> 革命的東西。這不光是演出，也是爲了反擊右傾翻案風。
>
> 　　　　　　　　　　　　　　　　　　　　（日記 1976 年 2 月 5 日）

爲什麼是這四部戲？原因就在它們都是「與走資派作鬥爭」的作品。「與走資派作鬥爭」的作品體現的就是反擊右傾翻案風。其時，江青、張春橋召見文化部

主要領導十曾泳、浩亮、劉慶棠時，I鑒於當時『反擊右傾翻案風和批鄧』的政治需要，江青說：『現在那些樣板團演的戲都老掉牙了，很少有社會主義時期的題材，更沒有一個與走資派作鬥爭的內容。現在你們趕快部署各團，把電影《決裂》、《春苗》、《第二個春天》、《戰船臺》改編爲京劇。我和春橋同志商量過了，這些都是寫與走資派鬥爭的戲，能和當前的鬥爭緊密配合，今年就上演，紀念文化大革命十週年。』並限定最遲不能過國慶節就得搬上舞臺。」〔註11〕樣板戲的創作已經青黃不接，現在必須千方百計地找米下鍋，然而時不我待，包括這四部戲在內的第三批樣板戲，終究也沒有等到上演的機會。

實際上，樣板戲的製作在文革末期已經變成了一種徹徹底底的政治工具——「遵命文藝」，既要爲當下的政治使命所驅使，爲實際的政治功利而服務，又要爲文藝革命成果的樣板戲藝術「延命」，樣板戲的藝術發展問題關聯著國家權力政治層面上的鬥爭。但第三批樣板戲的「難產」，已經說明了這種「遵命文藝」的命運。只是「遵命文藝」追隨的是權力，而權力之下總會有形形色色「遵命文藝」的產生。所以當時文藝輿論的核心就是頌揚樣板戲的豐功偉績，同時批駁對於樣板戲的種種「誣衊」和「攻擊」。當時最著名的一篇爲樣板戲張目、反擊右傾翻案風的文章是署名初瀾的《堅持文藝革命，反擊右傾翻案風》（《紅旗》雜誌 1976 年第 3 期）。

> 這一期（按：《人民文學》1976 年第 2 期）只好以學習主席詞二首的發言選登和一組反擊右傾翻案風的論文、短論爲主了。胡錫濤〔註12〕派人送來《紅旗》兩本，初瀾的文章很有份量，正好作爲第二期的帶頭文章了。
>
> （日記 1976 年 2 月 26 日）

用轉載稿帶頭，看來「有份量」的文章早都是稀缺資源了。

> 水拍同志還說，（李）希凡同志和《紅樓夢》校注小組在文研所的批鄧大會上有一個發言，是批「一花獨放論」的，反映很好，擊中要害，要我與希凡同志聯繫，把發言稿改寫成文章在第二期上發表。
>
> （日記 1976 年 2 月 25 日）

〔註11〕戴嘉枋：《樣板戲的風風雨雨》，知識出版社，1995 年 4 月第一版。
〔註12〕胡錫濤原爲上海市委寫作組成員，後調任北京《紅旗》雜誌社工作。

稀缺的不僅是理論——實際就是批判文章，對刊物編輯來說，如果要跟上政治形勢的要求來組稿、發稿的話，那麼稀缺的就是所有文體的作品。樣板戲由權力最高層——就是江青及授意于會泳去抓的，刊物目前的組稿重點就是要發表與走資派作鬥爭的作品。可就是這一點成了一種巨大的困難。《人民文學》臨近第二期發稿的這兩天，施燕平的日記生動記錄了當時的心情和情形。

> 晚上，已是 11 點鐘了，陳冀德打電話來，說小段（按：上海工人作者段瑞夏）的一篇小說《嚴峻的考驗》，原準備《朝霞》用的，現決定支持《人民文學》，明天請《紅旗》的交通員順便捎來。我正為第二期缺少有份量的稿子犯愁，她真是雪中送炭，我激動得眼淚都出來了。
>
> （日記 1976 年 2 月 25 日）

> 今天是最後一天發稿日……上海段瑞夏的稿子，臨近中午才送到。匆匆看了一下，說實話藝術上還是很粗糙，編造的痕跡太重，但只好如此了。我們幾個人像流水作業似的看了一遍，決定先發下去再說……
>
> （日記 1976 年 2 月 26 日）

可見，一方面是緊鑼密鼓的批判輿論，政治手段上的弦繃得很緊，另一方面卻又軟弱無力，樣板戲出不來不說，連一般其它的文藝作品也很難做到差強人意了。所以，說到底，文藝界的批鄧反擊右傾翻案風始終缺少真正有力的作品支持——與走資派作鬥爭的作品並不能令鬥爭者和批判者獲得足夠的自信。日記主人對此還是相當誠實的。

兩年多後，施燕平在其清查交代材料中說：

> 1976 年初，張春橋提出了寫與走資派作鬥爭的文藝作品〔註13〕後，四人幫所控制的輿論工具和大大小小的寫作班子，上呼下應，緊鑼密鼓，竭力鼓吹，妄圖把整個文藝界納入到這個陰謀文藝的軌道。我也是唯恐落後，從口頭鼓吹到具體組織，使《人民文學》在一個時期內，成了四人幫陰謀文藝的工具。

〔註13〕參見吳俊：《施燕平〈人民文學〉復刊和編輯日記》札記（二）》，《揚子江評論》2016 年第 2 期。

......

我怎樣把刊物納入陰謀文藝的軌道？從第二期刊物，小說雖然只發了一篇這方面的內容，但在評論方面，已經是刀光劍影，一片殺氣騰騰了。除了轉載初瀾的毒草外，還發了北京文化局辛文彤鼓吹寫與走資派作鬥爭的評論，和筆名爲焦宏鑄（實爲李希凡爲主的《紅樓夢》校注小組）攻擊鄧小平「一花獨放」論的文章，此外還在一組短論、雜文和其它評論中也都未指名，但十分明確是批判鄧的文章。到第三、第四期，從評論、短論、雜文，從小說、詩歌、報告文學，幾乎每篇就是一個中心，即同走資派作鬥爭並攻擊鄧小平同志。

......就我直接組織或輔導或轉載的幾篇小說，如《嚴峻的考驗》、《無畏》、《嚴峻的日子》等，交代了具體的組織過程，輔導中所起的惡毒作用進行檢查。

（日記 1978 年 5 月 15 日）

當時除了直接叫囂批判而缺乏相匹配的藝術上高質量又符合政治要求的作品，非獨《人民文學》爲然，實爲非常普遍的情況。《人民日報》也是這樣。

（《人民日報》袁鷹）另外還問起前轉的幾篇散文，恐怕都不大能用，都沒有突出以階級鬥爭爲綱的精神，他們現在收到的散文、小說稿，大都有這個缺陷。

（日記 1976 年 3 月 1 日）

創作狀況如此不給力，按照當時的理解，首先當然是須狠抓政治，政治掛帥總不會錯，二是要作深入的動員，引導大家寫作，方法之一就是開會。而且，創作問題也已引起了最高領導層的關注，張春橋已在一些場合對人談過有關反映社會主義革命時期的黨內階級鬥爭，文藝要反映與走資派鬥爭的現實等問題。爲落實張的指示，文化部就在此時決定召開一次創作會議，即後來所謂的「18 棵青松」會議〔註14〕。

〔註14〕同上。

能夠立竿見影彌補創作之不足的辦法，看來也只有抓緊政治批判了。這
一招歷來有效，屢試不爽。但先要從現實中尋找批判的新標靶。這時，《人民
文學》創刊號上發表的小說《機電局長的一天》漸漸成爲關注的對象。

> 今天上午，召集了有關同志對《機電局長的一天》的讀者反映，
> 交流了一下。據統計，截止 2 月 25 日止，編輯部已收到工農兵讀者
> 來稿三十幾篇，其中二十四篇持肯定態度，認爲是「反映工業題材
> 的優秀作品」，有十五篇持否定態度，有的上綱上線很尖銳，認爲這
> 是「一株右傾翻案風的大毒草」。來稿的面很廣，有山東、湖南、貴
> 州、陝西、上海、天津。來稿者的成分也很雜，有社員、工人、戰
> 士、部隊幹部，也有以工廠文藝創作小組名義投來的。

> （日記 1976 年 2 月 28 日）

組稿時、發表初，《機電局長的一天》被當做近年難得一見的優秀作品而獲得
到處推薦，而且事實上小說的社會反響也非常巨大。但不幸的是，1975 年、
1976 年之交，正是中國政治形勢再次發生大轉換的時期，文學的政治評價也
就跟著反向而行了。隨著批鄧反擊右傾翻案風形勢在全國的逐漸明朗和深入
展開，《機電局長的一天》漸被視作受到「以三項指示爲綱」、「右傾翻案風」
影響而產生的毒草了，它的負面影響也就必然要被格外關注。

> 袁鷹同志又轉來一篇稿子，是作者自己要求轉的。袁隨稿寫來
> 一張便條，講了一點情況：說蔣子龍的小說反映強烈，《人民日報》
> 已收到好些評論，開初來稿，都譽爲近年來難得的優秀作品，近來
> 收到的批爲鼓吹右傾翻案風的大毒草。他們那裏有同志去遼寧文藝
> 界瞭解情況寫信回來，說那裏有同志準備寫批評文章，不知文化部
> 和創辦同志評價如何！

> （日記 1976 年 3 月 1 日）

看起來《人民日報》的來稿情況與日記前述《人民文學》收到的來稿情況大
致相同。可以推想：對於《機電局長的一天》的社會反響和評價的變化，國
家政治形勢的轉換應該是起到了明顯的引導作用。在文革這樣的「全民洗腦」
運動中，「民意」往往會被權力所裹挾、所馴化。以後人們探討「讀者來稿、
來信」之類現象時，多認爲「讀者」實被媒體所操控，或者所謂「讀者」本身

就是一種策略設計。從上述《人民文學》《人民日報》的情況看，事實並不全然如此，「讀者」是眞實的，但「讀者」已被更大的權力「洗腦」和「馴化」了。權力意識形態已經滲透、沉澱到了一般社會意識之中，已被眾多的「讀者」個體所信服，並化作了「讀者」自身的思想。權力對於「庸眾」的操控目的也就此圓滿達成。歷次政治運動中狂熱的「革命群眾」，也就是這種「讀者」的翻版。

　　日記詳盡記錄了圍繞著《機電局長的一天》的博弈內幕，一直延續到當年 10 月四人幫倒臺後，該案還在持續發酵，並且還有了戲劇性的變化〔註15〕。時代變了，但文藝的政治思維方式還在延續，這又意味著改變中的時代仍有著未變的停滯。

三、辦學習班是個好辦法

　　辦學習班的主意是施燕平首先提出來的。文革中的學習班，本來主要是指毛澤東思想學習班，毛有過最高指示：「辦學習班是個好辦法，許多問題可以在學習班裏得到解決。」後來學習班的名稱和形式便得到了推廣。而學習班的實質也就有了區別，既有學習、提升目的的，也有了改造、懲罰性質的了。施燕平提議的學習班則是出於組織、集中創作隊伍，盡快寫出有水準的與走資派作鬥爭的作品，達到反擊右傾翻案風的目的。當然，首先也是因為這方面遭遇到了組稿和稿源的困難。

　　　今天編輯部開了會，主要研究第三期稿子。鑒於目前反映文化大革命鬥爭生活的作品很少，寫同走資派作鬥爭的作品質量不高，為此我提出採取如下措施：

　　　一、舉辦一個學習班，把各地比較有創作基礎的同志約 10 名左右，集中到編輯部來，向他們講明目的、要求，然後各自構思，寫出初稿後，編輯重點加以輔導。這樣做，有可能會抓出一批質量高的作品。這主意是在水拍同志的啟發下提出的，水拍同志原想要天津的蔣子龍〔註16〕及另外再找二、三個作者集中到京來，組織他們

〔註15〕蔣子龍的小說《機電局長的一天》，發表於《人民文學》1976 年第 1 期。參見吳俊：《環繞文學的政治博弈》，《當代作家評論》2004 年第 6 期，收入吳俊著《向著無窮之遠》，吉林出版集團 2010 年版等。

〔註16〕蔣子龍託辭未參加《人民文學》的學習班，但參加了大約同時由文化部舉辦的創作會議（即「18 棵青松會議」）。

　　　　寫與走資派作鬥爭的作品，我提出索性多找幾個人來辦個學習

　　班……

　　　　　　　　　　　　　　　　　　　　　（日記 1976 年 3 月 5 日）

說到底，辦學習班畢竟是應急、救急的手段，實際效果如何其實並無保障。
將政治思想學習班方式搬用為文學創作學習班，寫出來的作品能夠得到保證
的恐怕也就是政治正確了。從日記中看，為了緩解稿荒，當時組稿、編輯的
一般情形為：向各地作者普遍發信，約寫反映文化大革命鬥爭的稿子；從來
稿中選出較有些基礎的稿子，編輯予以重點輔導提升；轉載各地刊物發表的
較好的作品；編輯直接到外地去組稿。（日記同上）

　　《人民文學》組織的這次學習班與文化部舉辦的創作會議〔註17〕差不多
同時開始。

　　　　……編輯部組織的學習班今天正式開始了，共有八人參加。有

　　河北的張峻，吉林的王士美，江蘇的康新民，天津的金安福，北京

　　的辛汝忠和傅用霖，陝西的陳忠實和部隊作者楊大群。天津的蔣子

　　龍寫信來說，他被王曼恬〔註18〕點名要去寫反擊右傾翻案風的話

　　劇，不能來了，另外他看了編輯部編的簡報後，知道讀者對「一天」

　　的意見後表示：準備接受批判，要求不要對編輯有所追究，如果有

　　錯，他願意承擔責任。他顯然誤會了請他來的意思了。

　　　　今天第一天，水拍同志沒空來，我就作了動員。主要講了反映

　　文化大革命的重要意義，講了走資派還在走，革命派不斷鬥（爭）

　　的一些事跡，並對學習班的活動作了安排，首先是學習毛主席的指

　　示，並結合去年七、八、九月刮起的右傾翻案風進行討論，提高認

　　識，在這基礎上，結合自己的生活積累進行構思，發揮集體智慧，

　　個人談，集體討論，相互補充，然後寫出初稿，再集體討論。

　　　　　　　　　　　　　　　　　　　　（日記 1976 年 3 月 13 日）

〔註17〕參見吳俊：《施燕平〈人民文學〉復刊和編輯日記》札記（二）》，《揚子江評
　　　　論》2016 年第 2 期。
〔註18〕王曼恬是毛澤東的表侄女，詩人魯藜的前妻，時任天津市委書記，1976 年 10
　　　　月自殺於獄中。

因為要同時參加文化部召開的創作會議，施燕平似乎不能分身更多兼顧到《人民文學》自己辦的這個學習班的工作。但在文化部創作會議結束時，他有了彌補的機會。3月23日，創作會議結束，施燕平將與會的文學作者、《人民文學》學習班八位作者都請到了編輯部座談，並請袁水拍到會講話。主題不外乎是提高政治思想覺悟，認識反擊右傾翻案風的重要性，盡快寫出與走資派作鬥爭的作品。（日記 1976 年 3 月 23 日）施燕平自己則在次日向學習班成員具體傳達了文化部創作會議的情況，也提出了具體創作要求。

> 編輯部組織的學習班，自 13 日開始以來，已有八天了，其間我因參加文化部的創作會議，無暇兼顧，只有劍青〔註 19〕他們在主持活動。為了使學習班成員加深對階級鬥爭的理解，他們曾請了郊區盧溝橋人民公社的負責同志來介紹了農村階級鬥爭的情況，還組織去南口機車車輛機械廠參觀訪問。今天上午我去旅館看了他們，目前學習階段基本結束，已進入談題材、個人構思的階段。下午，請他們到編輯部，我給大家傳達了創作會議的情況，主要是傳達了（於）會泳同志的重要講話，以及大家學習討論的情況。最後我希望大家盡快寫出初稿，以便發揮集體智慧，相互補充、討論、座談、修改。
>
> （日記 1976 年 3 月 24 日）

從技術角度看，學習班的用意是在建立和利用寫作者間的資源互動，促使每位作者不僅能寫出作品，且有機會獲得幫助提升作品水準。——這與辦「整風」學習班，通過批評與自我批評等手段，達到思想改造的目標有著基本一致的動機。

也就在學習班期間，紀念周恩來總理逝世的清明節天安門廣場政治事件爆發了。施燕平的日記對此有詳盡記述，並且他還冒著要被「追查」的危險，拍攝、洗印出了大量的廣場運動照片（日記 1976 年 4 月 4 日清明節）。但日記中沒有涉及天安門廣場事件及其後的清查對於《人民文學》學習班（成員）的影響，大致可以判斷學習班（成員）都沒有機會介入到此事件中吧。事件之後，學習班也告結束，並且也總算是有所收穫了。

〔註19〕劉劍青時為《人民文學》編輯，後任《人民文學》副主編、中國文聯秘書長等職。

歷時一個多月的學習班，今天結束了。……經過一個多月的刻
苦學習和勤奮創作，寫出了六個短篇，另有兩篇，尚在構思中，等
回去後繼續寫出來。

這幾個短篇中，質量最好的要數陳忠實的《無畏》，作者原是回
鄉知識青年，現已提拔爲西安郊區毛西公社的黨委副書記，有一定
的生活底子，文字基礎也好。他給我的第一印象是像一個敦厚的農
民，幾經接觸，發覺他看問題很深，對當前形勢認識較明確。他最
初構思時，主要英雄人物是生產隊幹部，經過學習和編輯部的啓發，
改成爲公社黨委書記一級的幹部，有高度社會主義覺悟，敢於反潮
流，而對立面是一個搞復辟的縣委書記，使作品達到一定的深度與
廣度。最後定稿時我去旅館，同他一段段地商量修改，準備在第三
期上作帶頭的小說刊出。

（日記 1976 年 4 月 17 日）

我們後來看新時期初的作家，會發現一個突出現象，即一般年齡上相隔一兩
代的作家，都像是新作家似的同時出現了。原因大多緣於反右、主要是文革
的禁止，只能在文革後復出或正式出山。但同時，其中也有相當一部分作家
其實倒是在文革後期踏上文壇，有的還獲得了相當的成功和知名度，他們的
創作生涯連續貫穿了文革、新時期及以後，施燕平日記中記載的蔣子龍、陳
忠實等即爲此類。就此而言，文學史中的「關係」——各種斷續或連綴現象
還是個比較複雜的問題，特別是對一些出於政治考量而被人爲因素刻意斬斷
的歷史，尤須小心甄別對待。

這次學習班結束時，天安門廣場事件已經被定性爲反革命政治事件，緊
跟著就是「清查」了。「清查」未完，日子就到了五一節。這個五一搞得自然
很緊張。好在《人民文學》的領導比較明智，「我認爲我們單位小，人數不多，
大家都忙於工作，因此不必搞得太複雜，組織大家學習一下就行了。」（日記
1976 年 4 月 23 日）施燕平最上心的還是他的刊物業務，組稿仍是當務之急，
學習班還得辦，並且要走出去、擴大規模辦。

主編副主編開會，考慮到從第四期起，刊物由雙月刊過渡到月
刊了，發稿量要增加一倍，爲了更好地擴展稿源並廣泛聯繫作者，
大家一致認爲走出去，到各地舉辦學習班，是行之有效的辦法。爲

此決定乘現在第三期稿已發完，第四期稿在組織這一空擋，由李希凡去廣西南寧，由我和向前〔註20〕去上海，分別舉辦兩個學習班，時間控制在二十天左右。現在開始做好準備工作。

（日記 1976 年 5 月 7 日）

施燕平在上海待了十來天，學習班沒結束就提前回京了。此行收穫看來不大，學習班並沒能生產出好作品。

……瞭解辦班的準備情況……困難還不少，一是人數少，到今天（按：5 月 15 日）為止，還不到 10 人；二是這些學員創作水平都比較低，過去沒寫過什麼有影響的作品，要想通過學習班短期內寫出有分量的作品很難。

5 月 18 日，正式開班。我作了動員，談這次學習班的目的、意義、主要任務，以及活動方式。

5 月 23 日，參加市裏召開的紀念毛主席《在延安文藝座談會上的講話》三十四週年大會，聽取了徐景賢同志的重要講話。

其餘時間，都是與學習班的學員一起討論、交流、談構思、寫初稿。正如向前事先所預見的，到我臨離滬前，能夠定下的只有上海航標廠工人寫作組幾位工人作者集體寫的一篇散文《心中的明燈》，其它的只好讓他們慢慢琢磨了。

（日記 1976 年 6 月 4 日）

從刊物編輯的立場看，這次學習班的成效不大，可以歸因於作者的水平問題和作者隊伍的組成問題。實際上另外或許還有上海方面的配合問題。施燕平雖說是從上海調任北京的，但現在「各為其主」，上海的寫作班子和《朝霞》難免會有地方本位利益的考慮，不能由著施燕平的需要而到上海來「挖牆腳」。此前，施燕平在北京向出版局推薦《詩刊》領導人選時，就提議過選調上海的余秋雨等人，結果陳冀德得知後，立即表示施這是在挖上海寫作組的牆角。（日記 1976 年 5 月 3 日）所以這次學習班成員的水平如此之低，或許與上海方面沒有推薦更好的作者來參加有關。

〔註20〕向前時為《人民文學》編輯。

但更重要的因素還應從當時的宏觀政治形勢和社會思想氛圍方面來分析。毛澤東發動了批鄧反擊右傾翻案風運動，但中央權力並沒有因鄧小平的再次下臺而轉入「四人幫」集團，緊跟上位的是以前並非權力核心人物的華國鋒，且從表面看，華上臺後集中掌握了主要的最高層權力。華的背後就是毛，毛的政治部署現在已經相當明確了，不過中國權力政治在文革後期的嚴重不確定性卻也同時因毛的這種策略而極度加劇了。這種高層政治格局必然會直接影響到大局形勢的發展，影響到社會氛圍的氣候變化。換句話說，批鄧反擊右傾翻案風運動（包括文藝界的寫與走資派作鬥爭的作品）雖然已經開場了，但這齣戲如何唱下去卻充滿了變數，至少，其中一定會有不少、不小的曲折。這與文革已成強弩之末的時勢有著直接的關聯。

高層權力政治無需多言，政治博弈在一般輿論情形特別是在文藝界和意識形態領域中的反映已經很分明了。施燕平日記中不乏此類消息的記載。為了抓緊文學創作工作，文化部準備成立一個文學工作組，由李希凡和施燕平負責。開展具體工作前，先進行一項調查工作，為此擬定了一份《調查計劃》。此項工作由文化部部長于會泳親自來抓。（日記 1976 年 7 月 7 日、7 月 9 日）任務執行前夕，袁水拍還專門請了有關領導來介紹和分析基本情況，其中頗能見出當時的文藝創作在領導、組織和思想方面存在的多種「癥結」問題。

> 總的來說對寫與走資派作鬥爭的作品，各地文化部門都開始重視起來，有一定的數量，但有質量和深度的還不多。

> 以戲曲來說，大部分是在原有的劇本上改動一下的為多。如原是寫階級鬥爭為主、路線鬥爭為次的，現在臨時都加了個走資派，明顯是貼上去的。有的加上人物、臺詞，把鄧小平講過的一些話，硬按到走資派的嘴裏講出來。另外是寫基層的走資派，如公社、大隊一級的為多，寫縣一級的少，最高寫到地委一級的。寫轉變的較多，寫死不改悔的少。寫文化大革命前、中的多，寫後（特別是這幾年）的少，寫走資派還在走的少。寫副的多，正職的少。寫走資派勾結壞人，得到經濟利益，投機倒把的多，寫利用職權、擴大法權的少。寫經濟上生產上矛盾的多，寫思想上路線上的鬥爭少。

> 另外是阻力很大，主要來自各級領導。現在文化領導部門還是提倡的，這主要與部領導的要求有關。但各個部門，包括地方上的

各級黨政領導，阻力較大。如有的寫了財貿部門的走資派，他們就不給供給副食品。有的黨政領導公開或暗地裏反對，如河南有位宣傳部長，省委常委張耀忠，硬是公開反對寫走資派，《反擊》這個電影在河南拍外景，裏面提到黃河大學、黃河日報作背景，就認定這是寫河南省委，反感很大。一個文化局副局長、核心組領導朱義，是個新幹部，寫了一個劇本《紅色風雷》，是集體創作。張就拿到全省的幹部會議上一面念一面批判，以後把朱義掛職下放，在一個公社去當了副主任。這個劇本寫了同走資派鬥，現在鬥，將來還鬥。張說，你跟什麼人鬥，是跟共產黨鬥。一直到現在，張還公開宣佈凡寫同走資派鬥爭的作品堅決不看，保留批評權。而且說，都要寫這類作品，這是趕時髦。

這是公開的，暗中的還不少。現在跟地方上談，都是談下面的阻力，上面的阻力談的不多，其實主要阻力在上面。副部長楊志仁，他是贊成寫的，是新幹部，但去年也掛職下放。現在這同志又上來了，這說明領導中有鬥爭。

下層反映出來的問題那就更多。……山東臨沂有人公開提出：這是利用文藝進行反黨，有的強迫作者要加上縣委領導是正確的，給作者壓力很重。河北一個縣，有人寫到一個縣委書記的女兒反對上山下鄉，結果縣領導在院子裏罵了三天。福建有人寫到財務部門的走資派，結果就卡文化經費。

還有的人提出了一系列謬論，說生活裏沒有走資派你寫走資派。就是克里空。（日記原注：蘇聯劇本《前線》中的一個人物，是個特派記者，專事虛偽、浮誇、不實的報導。）說生活裏定性的很少，縣裏省裏有誰被定性為走資派的。

還有的說，這樣搞是干擾批鄧大方向，層層揪走資派不符合大方向。有的強調說這是否定大好形勢，說現在山東農業形勢大好，在山東寫走資派，同山東形勢不符。再一種說法是認為寫走資派是否定黨的領導，特別是寫第一把手是走資派的，這樣如何體現黨的領導。還有的說寫了走資派，易造成派性，領導分裂，影響落實政策和安定團結。

（日記 1976 年 7 月 16 日）

大略分析一下，寫走資派的作品除了藝術質量和水平大多較低、難以達到政治期待以外，主要的問題還與出於利益考慮而產生的政治消極和牴觸，甚至是公開的抗拒和壓制有關。——反對寫走資派並非一定就是後來所謂與「四人幫」進行的自覺鬥爭，這還要看當初反對的主觀動機。從文革發動的政治邏輯來說，批判黨內的走資派有助於完成權力的換代，同時也與社會主義繼續革命的理論命題有關。那麼這也就一定會遭遇「走資派」的阻撓和反抗，即遭遇權力阻擊。但等到劉鄧等「走資派」相繼倒臺的文革後期，寫走資派的輿論和運動的目標又將指向誰？很顯然，對此恐懼和抵制的必然會是現在的權力者。如果沒有可能取得更大利益，或被更高權力強行驅使的話，權力者怎麼可能會配合發動一場針對自身形象和地位、否定或剝奪自身權益的意識形態運動！所以才會發生「各級領導是阻力」、「主要阻力在上面」的實際情形。這或許是文革後期權力高層在思考寫走資派作品問題上的一個疏忽之處。是否過多沿用了文革前期成功的政治運動經驗，沒有充分顧及當下的政治和現實情況已經發生了重大改變——林彪事件後形成了新的權力格局，鄧小平復出再倒臺後，華國鋒又直接填補了最高權力要樞；而省市及基層單位的領導機構也都成立了包括新老幹部在內的革命委員會，即文革後期形成的權力體制已經與文革早期的第一輪奪權政治目標完全不同了。特別是毛澤東的打招呼會議指示，分明已經對批鄧反擊右傾翻案風做出了戰略戰術的具體部署，全國性的大範圍的政治面上的打擊實際上是不被鼓勵和允許的。這就給寫走資派作品的發動和進行預先戴上了籠頭，同時也給了抵抗力量一些信心。所謂寫走資派就是否定大好形勢、否定黨的領導甚至就是反黨的邏輯不就因此理直氣壯地產生了嗎！所以，政治邏輯的混亂無不與實際利益的得失相聯：寫走資派是為了黨的利益，反對寫走資派也是為了維護黨的利益；其實問題癥結只在「黨的利益」的具體體現——誰會因此獲益，誰又將因此遭難？明白乎此，就能明白當年那場寫走資派作品的文藝運動注定是雷聲大雨點小、注定是軟弱無力走不遠的。與樣板戲的製作一樣，與走資派作鬥爭作品的地位及成功，必須仍由國家文藝的權力之手來直接操刀才行。但 1976 年的（政治）資源包括時間已經不可能再度對此做出足夠支持了，連最重要的第三批樣板戲也都一直在難產著。

批鄧反擊右傾翻案風連同寫與走資派作鬥爭的作品，被隨之而來的唐山大地震再次「干擾」了一下。當年 7 月底以後，抗震救災成為當務之急。很

多工作因之受到影響，連《人民文學》第四期也脫期半個月至 8 月上旬才出刊。當然，宏觀面上的政治主潮仍未改變。即使更大的政治事件發生，即 9 月 9 日毛澤東的逝世，國家政治的慣性也仍在延續著。文藝創作方面要求寫與走資派作鬥爭的文藝作品一直沒有放鬆。在編完悼念毛澤東逝世的特刊稿後，《人民文學》決定仍將外出辦學習班組織稿子。

> ……編輯部經研究決定乘國慶節放假這個空隙，去山東濟南辦個創作學習班。……爭取於國慶節前 9 月 29 日正式開班，並由我去作動員。

> （日記 1976 年 9 月 21 日）

一周後，濟南的學習班已經籌備就緒。施燕平臨行前向袁水拍請示工作，袁告之：山東棗莊有個名叫李向春的作者，寫了一部長篇小說《煤城怒火》寄給出版社，出版社與作者意見不合，稿子一直被壓著。作者為此寫信給袁水拍，「聲稱該長篇內有與走資派作鬥爭的情節，要求水拍同志干預」。袁要施到濟南後聯繫作者，瞭解情況，並審看一下原作底稿，「能不能選一些較好的段落，爭取在《人民文學》上選載」（日記 1976 年 9 月 28 日）。如此看來，與走資派作鬥爭的題材確實已經成了當時作品出版與發表的一種理由或資格。

濟南的學習班於 29 日如期開班。施燕平當天上午抵達濟南，向學習班成員作動員報告。

> 我講了當前形勢，文學創作的重要任務就是寫與走資派作鬥爭，並強調這是時代的要求，階級的要求。在構思時可以根據各自的生活經歷，可以寫高一級的也可以寫低一些的。並對學習班的日程，大體作了安排。開始是務虛，從思想上提高認識，然後是進行構思、醞釀，小組交流，相互補充，最後進入創作，寫出初稿等。

> （日記 1976 年 9 月 29 日）

現在的這一套反正已經駕輕就熟了，唯一不能掌控的是最後寫出來的作品質量。國慶節期間，學習班還在進行中，施燕平又去了上海，回到了他的「老家」《朝霞》編輯部。除了公務辦事，滬上之行的一大目的是為《人民文學》爭取發表《盛大的節日》電影劇本，施希望能得到陳冀德的支持。但最後此議終被徐景賢出於政治穩妥的考慮而否定了（日記 1976 年 10 月 5 日、10 月 7 日）。

10 月 10 日，施燕平再從上海返回了濟南。當時他還不知道，就在他滬上奔忙的 10 月 6 日，北京已經發生了影響到他、更是影響到中國的重大事件。

> 王朝垠〔註21〕一見我就說編輯部今天打長途電話來，一是問我什麼時候回北京，希望我盡早回去；二是原先要轉載梁效發表在《光明日報》上的一篇文章出了問題，要抽去，（《人民文學》）第 7 期刊物的版面要變動。這問題比較大，第 7 期刊物 10 月 20 日要出版，不知有否上架印刷，如已開印，損失就大了。當即打電話給編輯部，但夜深了無人接。
>
> 梁效是清華、北大兩校寫作組的筆名，是由遲群、謝靜宜抓的，他們怎麼沒有把關呢！
>
> （日記 1976 年 10 月 10 日）

> ……經證實梁效一文是「別有用心的反黨文章」，文章抽去後，版面已安排好。我心裏有點疑惑，這會不會是遲群、謝靜宜出了問題？……現決定 13 日乘夜車返京。
>
> （日記 1976 年 10 月 11 日）

施燕平真不是一個搞政治的人，政治嗅覺遲鈍。他想到的主要是刊物的損失，對變故原因的追究只想到了寫作組這一層。可見他雖然被安排在了一個重要的崗位上，但對於實際政治還是缺乏必須的關注和洞察。他從上海到北京，屢獲重用，看來只是浮在了政治生活的表面。這次知道了變故消息後，他仍專注於學習班的成果。

> 看了一天學習班成員的稿子，總的說水平不高，能夠馬上採用的，幾乎一篇也沒有。
>
> （日記 1976 年 10 月 12 日）

也就在當天，他終於聽到了四人幫倒臺的消息。但他還認為這是「小道」消息，「將信將疑」。不過「這事聯繫到抽掉梁效文章，看來是有因由的」。於是

〔註21〕王朝垠時為《人民文學》編輯。

「決定盡早結束學習班，早點返京。明天下午我提前先回去」（日記 1976 年
10 月 12 日）。回京後當然就真相大白了。

　　施燕平對自己此後的命運倒是預感準確，他知道自己是四人幫的上海組
織這條線上的人，政治上脫不了干係。果然，以後的清查很快就到了他的頭
上。而組織學習班鼓吹寫與走資派作鬥爭的作品，就是他必須交代的主要問
題之一。

　　　　在宿舍裏寫了有關貫徹寫走資派的材料，共寫了 47 頁，還準備
　　抽空另抄一份。

　　　　　　　　　　　　　　　　　　　（日記 1978 年 5 月 12 日）

　　　　一式二份有關積極貫徹寫走資派作品的材料寫好交出，應該說
　　這次是系統的了。……

　　　　1976 年初，張春橋提出了寫與走資派作鬥爭的文藝作品後……

　　　　一、最初的消息來源。一是從主編袁水拍布置下來，稱現在文
　　藝創作上有個重要任務，就是要寫同走資派作鬥爭；二是蕭木在
　　1976 年 3 月 1 日給我的回信時提到「作為讀者，希望在《人民文學》
　　上看到這類作品」〔註22〕；三是在文化部於 3 月 18 日召開的 18 人
　　參加的創作會議聽到于會泳報告。

　　　　二、我是如何拼命鼓吹和貫徹的。一是組織創作隊伍，先後在
　　北京、上海、南寧、瀋陽、濟南等地辦學習班；二是進行輿論鼓吹，
　　在各個學習班上，聲稱這是「時代的要求」，「階級的要求」。

　　　　三、我怎樣把刊物納入陰謀文藝的軌道？……

　　　　　　　　　　　　　　　　　　　（日記 1978 年 5 月 15 日）

1975 年 10 月，施燕平赴京履新前夕，上海寫作組《朝霞》編輯部的同仁為他
有過一次歡送聚會。會上施燕平講過自己的心情，當時或許多是輕鬆一說，
實際也與歷史的教訓太過深刻有關。如今回想就真是一語成讖了。

　　　　昨天傍晚，《朝霞》編輯部打來傳呼電話，要我今上午去編輯部，
　　他們知道我 22 日要去北京，說開個歡送會。盛情難卻，我只好去了。

〔註22〕施燕平日記 1976 年 3 月 2 日有蕭木來信的記載。

會上，都說了一些友好的話，也說了些俏皮話，說以後看到他們，不要眼睛朝天。最後一定要我談談此刻的心情。我說，這次去北京，猶如閉了眼睛在山頭上闖，不定在什麼時候，腳底下踩了個空，摔得粉身碎骨。大家聽了都笑了，以為我是說著玩的，其實這種如履薄冰如臨深淵的心態，確是我的真實思想。我是這麼想的：

　　《人民文學》從創刊那天起，邵荃麟、張天翼、艾青、丁玲等都當過主編或副主編，如今一個個都倒了，我有何能耐，可以不倒？

（日記 1975 年 10 月 18 日）

施燕平倒了。當然他也不是最後倒的那個人。對我現在來說，施燕平當時辦的那幾個學習班出了什麼作品其實並不很重要，但由這種學習班的形式可以真切瞭解到那時的文學社會生態。在樣板戲「一枝獨秀」甚而「一花獨放」的高潮過後，文革文學的創作生產力已近枯竭，文學生產關係的調整雖經慘淡經營但也無改黔驢技窮的末路了。在塗飾或遮蔽已太多的這段歷史上，學習班透露出了更多的真實。

尾　聲

　　1976 年 10 月後的很長一段時間裏，批鄧反擊右傾翻案風、與走資派作鬥爭的輿論並無改變，只是四人幫自己也成了「走資派」和修正主義，他們的倒臺成為無產階級文化大革命的最新勝利成果；樣板戲等文化大革命的一系列成果則仍獲得正面肯定。比較耳目一新的是終於可以為一些被批判的作品如湘劇《園丁之歌》等公開平反了。

　　回頭看，1976 年冬季的輿論導向及文學潮向，是有些糾結的。權力換代了，但意識形態的轉換步伐顯然有些凌亂。有共識，有曖昧，也有無所適從。

　　10 月 23 日，國家出版局會議，領導講話：「刊物應當為當前這場嚴重的階級鬥爭、路線鬥爭服務。」「在政策掌握上，要三個正確對待，對批鄧，不要動搖，他們一夥（按：指四人幫）是干擾批鄧，對有些人、書，一時沒有把握的，寧可停一停再說。」（日記 1976 年 10 月 23 日）

　　出版局傳達的中央宣傳口的近期工作指示：「揭批四人幫是當前的宣傳工作中心，各部委、各單位都要成立大批判組。」「要注意凡是毛主席點了頭的都不能批，如八個樣板戲，如天安門事件。」「在這過程中，對鄧的右

傾翻案，也可同時批，以鞏固無產階級文化大革命成果。」（日記 1976 年 10 月 29 日）

11 月 13 日，出版局傳達前一天的中央宣傳口會議文件，內容已經政治局批准。當前的宣傳要點包括：宣傳華主席黨中央粉碎四人幫的重大勝利，揭批四人幫；宣傳繼承毛主席遺志，反修防修，鞏固發展文化大革命的勝利成果，繼續批鄧反擊右傾翻案風，搞好教育革命、文藝革命、衛生革命和科技戰線的革命及知識青年上山下鄉；對於犯錯誤的同志，堅持懲前毖後、治病救人的方針，擴大教育面，縮小打擊面……。（日記 1976 年 11 月 13 日）

當時的輿論口徑都以 11 月 15 日至 19 日的中央宣傳工作會議的說法為準。「這個會是由華主席親自批准召開的，是文革以來第一次。」會上汪東興作了長篇報告。（日記 1976 年 11 月 22 日）

12 月 8 日，出版局傳達中央 22、23 號文件。23 號文件是一個中共中央通知：有些省提出為過去反四人幫的案件予以重新處理，中央認為可予釋放、銷案、解除審查、取消刑期、撤銷處分等處理。但「凡不是純屬反對四人幫，而有反對偉大領袖毛主席、反對黨中央、反對文化大革命或其它反革命罪行的人，決不允許報翻案。這是中共中央 1976 年 12 月 5 日的通知。」（日記 1976 年 12 月 8 日）

12 月 27 日，出版局根據國務院政工小組的通知，傳達華國鋒在第二次農代會上的報告。指出明年將進行一次全黨的整黨整風運動，解決黨內的思想問題，重組各級領導班子。同時還要「告訴大家一個好消息，久盼的毛選第五卷，明年上半年就可以與大家見面」。（日記 1976 年 12 月 27 日）

在這種形勢下，現實中的具體政治褒貶還是很不好掌控的。保險些的只能做兩件事，擁護華主席黨中央，揭批四人幫。凌亂之中，寄希望於明年吧。

最後，政治運動總要落實到對具體的人的處理。《人民文學》就要從主編袁水拍開始了。「今天編輯部開了一天會，主要由袁水拍向大家交代他和四人幫的關係以及有關蔣子龍的『一天』的事。」（日記 1976 年 12 月 2 日）袁的問題也與日記作者有些關聯。

> 會後，他到我辦公室來坐了一會，談了些情況，說希望我幫助他。……李希凡會上說，我之來擔任副主編是姚文元推薦的，他記不起有這件事。我告訴他據我所知，在刊物籌備之初，于會泳向上海方面提出，擬調一位能擔當編委一級的人選，上海市委寫作組經

研究後，就提了兩個名單，即正在編《朝霞》的歐陽文彬〔註23〕和
我。名單送到徐景賢處，徐說還是挑個年輕一些的，這就挑中了我。
至於姚文元有否插手，我就不知道了。

（日記 1976 年 12 月 2 日）

1976年的冬天就這樣在揭批和「清算」中漸漸要過到新年去了。1977年元旦
日，施燕平自覺開始寫揭批、交代材料，他知道自己一定很快就會被要求「說
清楚」的。（日記 1977 年 1 月 1 日）等交出了第一批材料後不久，施開始了
黨內交代的程序。（日記 1977 年 1 月 20 日）就此他正式編入了另冊。

　　大約 40 年後，他的日記出版了，成就了我的這些箚記文字。施的文革經
歷說明，有關文革和文革文學的研究，其實還有著廣泛的空間。近年對於文
革的理解和評價的歧義現象，如果不簡單視之爲左右之爭的話，應該可以激
發一些有價值的探討話題。文革已經是歷史了嗎？哪天文革研究主要不在海
外的話，我們就眞的走出文革了。而當下我們最需要的是尋找一些可能的進
入路徑。

〔註23〕歐陽文彬當時爲《朝霞》負責人之一。文革前後分別任職於《新民晚報》、《萌
　　　芽》、上海人民出版社、學林出版社等。《歐陽文彬文集》由上海三聯書店 2012
　　　年出版。

附錄 1：被沉默者的話──《塵封歲月 ──施燕平回憶錄》序

　　本書的作者想必是絕大多數人並不知道、更談不上瞭解的，即便在文學圈。但他毫無疑問應該是當代中國文學歷史上的一位重要人物。只是歷史的滄桑將這位重要的歷史見證人、甚至是重要的歷史當事人一下子完全推入了幕後，以致需要後來的人只能通過「考古」似的發掘──而且還常是偶然的發掘，才有機會讓他暫時擺脫人間時間的遺忘。但以後的事又是我們所不能把握的了。

　　2003 年，我申請的《人民文學》與當代中國文學關聯研究的課題獲得教育部博士點基金資助立項。由此我立即開始了系統的資料調研。在得到了當時的《人民文學》主編韓作榮先生和李敬澤兄及人民文學出版社總編、我的復旦學長潘凱雄兄等師友的幫助下，我在北京等地陸續收集到了一批極有價值的原始資料。本來我有意將這些資料整理公佈或出版，但後來因為其中涉及到一些歷史上的人事舊案，舊事重提或許難免再生意氣紛擾，且將幫助我的朋友捲入其中，索性仍舊塵封為好吧。

　　在搜尋資料的過程中，開始我完全沒有留意，後來由無意間的追問，一個被許多人不斷提及的名字終於讓我感覺到了他的重要性。──施燕平究竟是個什麼樣的人？返回上海後，我想請能夠與施先生聯繫的人介紹我前往採訪，但一時卻找不到合適的引薦人。後來我的導師提醒我，不妨請教一下復旦大學中文系的吳中傑教授。我是復旦畢業的學生，中傑教授是我本科就讀時的本系老師，還給我們開過一門魯迅研究的選修課。說來也真湊巧，那時吳

老帥止想求證一些有關文革前後上海的文學舊事，施先生恰是求證對象。他們是舊識，於是說好了順便帶我一起去見施先生。我和施先生的緣分就此開始。

我說施先生毫無疑問應該是當代中國文學歷史上的一位重要人物，一位重要的歷史見證人和當事人。這話的理由從他在文革期間的履歷中就能充分印證。他不僅是 1970 年代上海《朝霞》的負責人之一，而且還專門調到北京出任了 1976 年復刊的《人民文學》常務副主編，──其時的主編是文化部副部長袁水拍，另兩位副主編也是文壇名人，嚴文井和李希凡──參與籌備、并擔當了《人民文學》復刊出版的主要工作。此前他是從部隊轉業至地方、成為上海作協的年輕作家和職業編輯，由組織安排接受巴金的栽培，有望成為新中國的新一代主流作家。稍後，作為具有紅色政治前途的年輕文學骨乾和國家意識形態的基層幹部，他漸漸進入了上海「寫作組」的圈子，由此正式與核心政治的起伏發生關係，後半生的命運也就此決定了。他的紅色出身、早年仕途，特別是他的文學才幹，使他在人才輩出的上海文壇特別是其領導層，嶄露頭角，並在文革期間走向高峰。只是像他一貫的為人風格一樣，他是一個極其低調的新進，即便後來執掌《朝霞》或《人民文學》的日常工作，儘管做事很幹練，待人卻極謙和，這與當時的新貴尤其是由滬進京掌權的另一些人的跋扈，形成了鮮明的對照。這也是他在文革結束後不能不接受的審查中，能夠獲得同僚諒解的重要原因。──若干年後，我聽到的老人之言，幾乎沒有對當年大權在握的這位施主編的道德非議。我以為這是他的性格和人品修養的福報。

政治是詭異的。施先生顯然不是一個搞政治的人。他一度貌似接近了政治核心圈，但終究只是個邊緣人，而且他對權力政治有著深刻的警惕和懷疑。一個佐證是，在調京工作後，他始終不願將家屬遷住北京，──他後來對我說，當時我就想，那樣一個時代，以後會怎樣呢？他是一個在人生巔峰就已經如履薄冰般想到抽身遠行的明哲之人。在經歷了文革後的一段痛苦的政治審查之後，他終於回到了老家上海。最重要的是，他在上海過得非常愉快，而且輕鬆。在我貿然前往翻檢他的歷史舊事時，他的坦蕩令我感到欽佩和親近。我們是有許多共同的話題可以交談的，雖然閱歷和思想並不完全相同，但都希望正視、誠實面對歷史。這與活在當下並不衝突。

施先生給我的最大驚喜是他有記日記的習慣，且常年不輟，這就有了他帶我走近歷史現場的原始依據。我是在彼此有了幾次對談之後，才知道施先

生是有日記的。在還沒有看到他的日記之前，我就已經可以判斷他的日記將是一份極其重要的史料。只是施先生的日記記得相當隨意和散亂，有各種不同的日記本，而內容更是龐雜，但他的好處是幾乎事無鉅細，只要思慮所及，筆力範圍之內的人事現象，悉數實錄。——我想中國當代文學研究的學者馬上就能意識到，根據施先生的經歷和身份，他的日記實際上就會是一部當代文學的「私史」。它的價值絕不會遜色於古來的那些私家筆記史著。就是出於這種專業的敏感，我立即建議施先生放下手頭的其它工作，盡快開始整理自己的日記。並且，我建議首先整理籌備復刊《人民文學》時期的工作日記，次則有關上海文壇的日記，包括「十七年」間的經歷、上海文藝界的文革實況、主持《朝霞》編務及涉及上海寫作組等的重要工作情況，太過私人性的內容則不必計入。

施先生年輕時就是筆耕勤奮的作家，古稀年後還創作出版有長篇小說及散文多種。他每天保持了快走兩小時的習慣，所以過了八十仍顯精神矍鑠，思維敏捷。很快他就將需要的日記內容從當年的各色筆記本中一一清理、連貫摘錄出來，工整謄抄在 500 格的大稿紙上。我則依據他的手稿，請朋友幫忙錄成電子版。稍後，施先生又向家裏的後輩年輕人學習掌握了使用電腦的熟練技術，使得日記整理的後續工作也極大地加快了速度，不僅完成了我建議的日記內容整理，還將他返回上海在高校就職期間訪問美國的日記也悉數整理完畢——他其實也可謂 1980 年代較早出訪美國的中國作家和大學教授。

在錄入並校對完施先生的日記後，我曾選擇其中的部分內容在文學刊物上發表，希望能對學界的相關研究有所裨益。但我更期待的是這部日記能夠公開出版，正式為某段歷史、某些重要的人事留下一份真實和誠實的書面見證。為此，我還請施先生為日記陸續增補了一些注釋，以求閱讀時的背景瞭解。同時，在我那幾年的幾篇論文中，我也不時引用或介紹過施先生的日記，——依據施先生的日記，當年的有些重要公案內幕其實很容易找到破解的線索。遺憾的是，這部有著獨特而重大價值的有關 1970 年代前後中國文學實況記載的日記，迄今仍未能出版面世，時間好像是被某種超能力的力量牢牢地拽住而停滯了。

就在我協助施先生發表、推介這部日記內容的時期，2007、2008 年之交，我完成了從上海到南京的工作調動，轉任南京大學文學院教職。我的學術生涯也進入到新的時空。其中之一是我的多項主持或參與的研究計劃獲得了充

足的人力資源支持，研究成果的出版也有了相當可觀的經費資助，許多學術活動的展開讓我再無客觀條件方面的種種窘迫掣肘。南京大學文學院和教育部重點研究基地中國新文學研究中心成爲我得償夙願並探尋新的學術路徑的有力平臺。這對我與施先生的交往與合作也是福音。

施先生體健如故，而日記仍待繼續尋找出版的機會，我再度建議他以日記的整理和注釋爲契機，重新撰寫一部個人回憶錄，爲自己、也爲所處的時代，留下一個更完整的個人記錄。耄耋之年的施先生居然僅用了一年左右的時間，就完成了約 60 萬字的回憶錄初稿，此後又在聽取了出版社的編審意見後，修改打磨潤色初稿，大半年後最終定稿約 50 萬字。這就是這部回憶錄的來由。在即將付梓出版之際，施先生希望我能爲他的這部心血之作寫上幾句話作序，而我既爲後生晚輩，本該只有寫讀後感的義務。但施先生先就寫上了回憶錄的後記，我的文字已經不太適宜重複再做後綴，感謝前輩老師的盛情囑託，我就恭敬從命了。

回想我與施先生的交往，迄今已經十年。剛開始時我就意識到，在某種程度上，他是一個因時代變故而被突然逐出歷史舞臺的人。他像我們一樣，在許多重要的人生和時代關頭，都無法自主自如地扮演自己喜歡的角色，但因爲個人修養品行的不俗，命運最終還是厚待了他。我把他視爲一種特殊類型的歷史人物，就是「被沉默的少數人」。作爲從業學術研究的人，我們經歷過太多歧異紛呈的歷史事件和人物的評價，這種變化就在不斷地重構我們的歷史認知，其實也是在解釋當下，在建立新的合理性和合法性。我們當然無法扭轉宏大的歷史邏輯，但可以將個體的人生軌跡從歷史的邏輯中小心地剝離開來，區分其中的善行或惡意，既充分理解人性的弱點，同時更加注重發掘人性中的善良品質。正是這種善惡構成了歷史的走向和面貌。當我們關懷沉默的大多數的時候，那些沉默的少數人、特別是「被」沉默的少數人的權利同樣是不應該被剝奪的，否則歷史必將再次出現不公正的傾斜。那麼所謂正義的審判及其正當性不也應該被質疑嗎！

讓所有沉默的人都能自由發言，這是學術研究的職責所在，也是歷史進步的體現。所有的發言都能幫助我們辨析、趨近歷史的眞相。所以施先生的這部回憶錄、包括他的還未能出版的日記，都是在爲達到、獲得歷史的公正性做出自己的貢獻。寫到這裏，不由再次想到了這句名言：我可以不同意你的觀點，但我誓死捍衛你的說話權利。捍衛所有人的說話權利，也就是捍衛

我們每個人自己的說話權利。這是我對這部回憶錄出版的最大期待和願望。施先生前不久對我說，我是個在暮色中趕路的人。這句話一直在撞擊著我。如果我們都不用翻牆、越獄就能看到、聽到正版的自由言論，那些暮色中趕路的人就能在途中遇到光明。所以我也希望這部回憶錄的出版能夠成為一縷陽光出現在施先生的趕路途中。

（《塵封歲月——施燕平回憶錄》，華東師範大學出版社，2014 年 1 月版）

附錄 2：《〈人民文學〉復刊和編輯日記》跋

　　這部日記在大約十年前就已經整理好了。但今天才有可能出版，並且有信心來寫有關出版的文字，實在也是件無奈的事。

　　從 2003 年開始，我花了大量的時間收集以《人民文學》為中心的史料，其中當然會涉及到「文革」時期的相關史料。這部日記的主人，是所謂文學國刊《人民文學》在「文革」後期復刊的主要負責人，日記內容即與復刊直接相關，對當代中國文學研究而言，它的史料價值也就可想而知。所以在我得知有可能整理出這樣一部日記時，實在是非常興奮的。當時並沒過多考慮出版時的困難。並且，我還一再自信地對作者保證一定能夠出版。可後來的經歷證明，它的出版困難恐怕是沒法克服和逾越的。在大陸，雖然政治表態上早已經明確決議並公告否定了「文革」，但漸漸地，被否定了的「文革」幾乎也就成了一個禁忌話題，直接碰觸「文革」的文藝作品和學術研究，很難進行到底。至少，在出版領域中，有關「文革」的書籍是很難獲准面世的。

　　這種情形既可理解——假如你熟知大陸政治特色的話，但又很難理喻。而且，任何質疑都會被視作幼稚。在經歷了過程相當漫長的出版審查並得出了否定結論後，我終於無奈地放棄了在大陸出版這部日記的念頭，而時間也就這樣過去了。早幾年，我也有機會和途徑在海外出版這部日記，但一直還有著一種希望，期待著終於能在大陸出版，畢竟它的讀者應該主要也是大陸的專業研究者。現在看來，終於還只能是「出口轉內銷」的命運了。稍感欣慰的是，雖然十年過去了，日記的主人依然身體健康，思維敏捷。已經 90 周

歲的施先生僅花了三天時間，就全文校閱了一遍，寫出了詳細的勘誤表。再過一個月，他就該能拿到印製精美的這部日記出版物了吧。——1975、1976年，在他記下這些日記文字時，它的出版和這種出版方式，絕對是超出了他的任何想像。生活和事實確實要比文學更難想像。就像我在1980年代初的大學時代，絕對不會預料到言之鑿鑿被完全否定了的「文革」，不幾年就成了一個曖昧的存在———一個並不確定的存在物。時間當然會改變具體的價值判斷，但不能阻止對於事實存在的討論，甚或刻意抹煞事實的存在。否則我們就又回到了神學時代。然而，現代的權力意志卻仍有這種動機也確有這種能量。

那麼，無論如何，我以為它是應該要出版的。我們的自由或不自由，我們的權利，與它的出版與否有關。面對權力的蠻橫和傲慢，我們可以有力所能及的選擇來顯示和維護自尊。特別要感謝的是日記作者的那份自信激勵了我——幾乎所有相似經歷的人都在找理由迴避自身的這一段歷史，但他沒有。他的坦誠和善意不僅使我對現在的人性道德有溫暖感，而且也讓我相信即便是在日記所寫的時代，一定同樣存在著抵制墮落、救贖靈魂的力量。對人，哪怕是對黑暗時代的人，我們的陌生人，也一定不要喪失信心！

其它的不想多說了，讀這本書也能讀懂它的人自會用到它，哪怕只有一個人。歷史終有機會在此過程中獲得再現。

感謝臺灣新地文學社的援手，在不遠處解脫了我的困境。更重要的是，鼓勵了我的堅持。

（《〈人民文學〉復刊和編輯日記》，施燕平著，新地文化藝術有限公司，2015年3月版。）

《人民文學》「復刊」：
政治變局的文學見證

　　《人民文學》的創刊（1949 年）具有嶄新的政治文化建設性，是獲得國家制度保障的一個時代的文學歷史的開端標誌之一。《人民文學》的「復刊」（1976 年 1 月）則成為中國當代政治權力系統內部的不同利益在意識形態領域展開充分博弈、角力的一種結果，因此也成為一代政治和一代歷史的文學見證。

一、《人民文學》「自動」停刊

　　復刊緣因停刊。1966 年 5、6 月間，《人民文學》被迫自動停刊。（末期為 1966 年 5 月號，5 月 12 日出版）「被迫」又「自動」，這種看似矛盾的說法，實際上恰是實情。當年的 2 月至 4 月間，由陳伯達、張春橋等參加撰寫的《林彪同志委託江青同志召開的部隊文藝工作座談會紀要》，經毛澤東的三次親自修改，林彪轉中央軍委批准，再報中共中央，4 月 10 日獲得批轉。此後逐步下達擴散，波及全國。3 月 20 日，毛澤東在政治局常委擴大會上講話，提出文史哲法經學術領域要搞文化大革命。月末，毛澤東在杭州幾次厲責北京市委、中宣部不支持左派，號召地方造反，向中央進攻。4 月間，中共中央書記處會議決定成立文化革命文件起草小組；《燕山夜話》、《三家村札記》遭到公開批判；《解放軍報》發表積極參加文化大革命的社論。5 月，彭、羅、陸、楊被撤職並立案審查其「反黨錯誤」；毛澤東的後被稱作「五·七指示」的一封給林彪的信出臺；上海兩報發表姚文元的《評「三家村」——〈燕山夜話〉、〈三家村札記〉的反動本質》，《人民日報》次日即予全文轉載；中央政治局擴大會議通過由毛澤東主持起草的《中國共產黨中央委員會通知》（即「五一六通知」），宣佈重新設立中央文化革命小組，組長陳伯達，顧問康生，

江青、張春橋等為副組長，另有成員王力、關鋒、戚本禹、姚文元等，隸屬政治局常委之下；北京大學聶元梓等貼出了被毛澤東譽為「全國第一張馬列主義的大字報」，不久即向全國廣播並由《人民日報》全文刊登；北京大中學生開始成立「紅衛兵」組織。6月，《人民日報》連續發表社論，號召開展文化大革命運動；北京市委、北大黨委先後改組，各地學生隨即開始「造反」。——「文化大革命」運動的風暴已席捲而來。

在這種政治形勢下，《人民文學》受到了前所未有的高壓。一方面是組織嚴重癱瘓，上級領導部門（包括中宣部、作協黨組）自身不保，刊物自身的編輯工作已經難以正常進行；另一方面還須應付各種批判和討伐，特別是還得被迫前去與「造反」的學生「開會」、「對話」。同時，刊物內部也已人心浮動，運動之勢正在醞釀成形〔註1〕。置身於如此動亂形勢之中，刊物實際上已經陷入了不知所措、無所適從的困境。唯一的決定和可能的選擇，只有「自動停刊」。但是，對於這次停刊，任何上級部門和領導個人都沒有形成成文的正式文件或通知，據說只是刊物負責人與作協黨組領導協商之下作出的無奈決定〔註2〕。原本想只是暫停一時，卻不料竟會一停十年。與新中國共生的《人民文學》就這樣被迫而又自動地消失於無聲無形之中了。停刊時的主編是張天翼，副主編是李季。

二、復刊之議

《人民文學》的復刊是十年後的 1976 年（復刊首期的出版日期是 1 月 20 日）。從停刊到復刊的十年間，也正是「文革」始終的十年。圍繞著復刊之議，還曾發生過一系列的曲折和動蕩，正是由此可以見出以《人民文學》為焦點的中國當代政治變局中的激烈角力。

關於《人民文學》的復刊，《人民文學》1977 年第 8 期有署名為「本刊編輯部」的題為《〈人民文學〉復刊的一場鬥爭》一文作了簡要的說明：

> 一九七二年夏天，原《人民文學》負責人，根據國務院有關部
> 門的指示，遵照毛主席批示同意，周總理親自關懷制定的《關於出

〔註1〕 參見塗光群《中國「作協」「文化大革命」的歷程》（上）、（下），收入作者的《五十年文壇親歷記》（上），遼寧教育出版社，2005 年。
〔註2〕 2003 年起，我採訪過十多位《人民文學》的老編輯，對於「停刊」緣由，多持此說。

版工作座談會的報告》中籌辦文藝刊物的精神，著手準備《人民文學》雜誌的復刊工作。但是，萬惡的「四人幫」多方刁難，故意拖延時日，始終不予批准。結果，籌辦的班子被迫解散，人員含憤離去，《人民文學》復刊計劃又被打入冷宮。

時過不久，「四人幫」忽然對籌辦《人民文學》熱心起來。一九七五年八月二十五日，張春橋親自出面召見他們在文化部的一個親信進行謀劃。這是因為在「四人幫」資產階級文化專制主義的摧殘下，百花齊放不見了，詩歌、戲劇少了，散文、小說少了，文藝評論少了，群眾有強烈的不滿情緒，毛主席、周總理和其它中央領導同志，都一再嚴正地批評了這種狀況。七月二十五日，毛主席又對電影《創業》作了重要指示，嚴厲批評「四人幫」動輒陷人以罪，指出要調整文藝政策。……「四人幫」便慌了手腳，以攻為守，想在《人民文學》問題上打主意。不過，這次不是別人籌辦，而是他們一手包攬：既要打擊別人，又要偽裝自己。

張春橋在召見那個親信面授機宜時說：「只要幾個熱心人，幾個年輕人就辦得成功。要奪權，不要原來的人。《紅旗》姚文元去奪權。人不要多，《朝霞》人就少。」……根據張春橋的這個旨意，經過一番密商，文化部那個親信副部長榮任主編，一個「信得過」的《朝霞》的負責人調來任常務副主編。大事既定，創辦（不是「復刊」）《人民文學》的請示報告於九月六日以文化部的名義徑送中央政治局。九月八日，張春橋首先看了這份報告，即刻批道：「擬原則同意」。這個由「四人幫」控制的文化部主辦的「新生的」《人民文學》眼看要粉墨登場興風作浪了。

……當時主持中央工作的鄧小平同志，在這份報告上作了針鋒相對的重要批示。鄧小平同志對於出版《人民文學》批示：「我贊成」。接著，義正詞嚴、一針見血地指出：「看來現在這個文化部領導辦好這個刊物，不容易。」……

……張春橋扣壓這個批示一個多月之後，於十月十五日批道：「××同志：此件在我處壓了一些時候，本想面商，實在按（安）排不出時間，反而誤了時間。請你們同出版局協商，先辦起來。」……

簽名之後，張春橋又作了補批：「待商。可以先設在出版局，如果不
方便，將來再說。」……文化部的親信領會了張春橋的意圖，一面
向編委會和編輯部嚴密封鎖鄧小平同志的批示，一面極力爭奪《人
民文學》的領導權。經過「協商」，他們竟幹出這樣的事：只讓國家
出版局出經費、管出版，而刊物的方針大計概由他們在文化部的親
信制定。這樣一來，《人民文學》還是由「四人幫」直接控制。

1976 年元月，《人民文學》正式出版。上文中的「原《人民文學》負責人」，
是指曾任《人民文學》副主編（1962 年 7 月～1966 年 5 月）的李季，當時他
最早受命負責籌備《人民文學》的復刊。文中幾處提到的「文化部的親信」，
指當時任文化部副部長、後又任復刊的《人民文學》主編（1976 年 1 月～1976
年冬）的袁水拍。所謂「一個『信得過』的《朝霞》的負責人調來任常務副
主編」，是指當時專門由滬調京負責《人民文學》復刊前夕和復刊初期的具體
工作的施燕平〔註3〕。

　　如文中所說，《人民文學》復刊的最早動議始於 1972 年夏。這與「林彪事
件」後的國內政治形勢直接相關，也與當時的《關於出版工作座談會的報告》
有具體、直接的聯繫，屬於中央和國家領導層的政治、文化決策中的一項具體
措施。「1972 年夏天，遵照周恩來同志要多出好書，要恢復全國性文藝刊物的
指示，經中央批准，他（按：李季）被從湖北咸寧『五·七幹校』調回北京，
主持籌備《人民文學》復刊工作。隨後，我們幾個『老』《人民文學》的編輯
也先後調回參加復刊工作」〔註4〕。但這次的復刊卻終告流產。其直接原因是
正式復刊的報告在此後的兩三年裏始終未得中央領導批准。「不見批覆，當然
就不能復刊」。復刊既無望，李季由石油部舊友安排，調任石油勘探開發規劃
研究院副院長。不久，仍返文藝界，出任了復刊後的《詩刊》主編〔註5〕。

〔註3〕施燕平有關於《人民文學》復刊和工作的詳盡日記，這份日記不僅是當時的工
　　　　作日誌，而且還記錄了當時有關的一些重要會議內容、文件摘要、領導指示和
　　　　談話、人事安排、文藝界動向等。日記將另行發表。本文以下所引日記內容，
　　　　均據日記手稿。2003 年秋冬以來，施燕平曾多次接受我的採訪，除口述內容外，
　　　　還提供了多年來的日記、照片等多種原始資料。有關施燕平的情況，參見《當
　　　　代作家評論》2004 年第三期所刊的施燕平（口述）《我的工作簡歷》。
〔註4〕周明：《人有盡時曲未終》，收入作者的《雪落黃河》，人民日報出版社，1999 年。
〔註5〕除了 1972 年的復刊之議並有所實現外，1975、1976 年間，包括《人民文學》、
　　　　《詩刊》等在內的少數幾家主要的「全國性」文藝刊物，都相繼籌組復刊，
　　　　並獲正式出版。

　　《人民文學》復刊的重議，是在 1975 年間。舊話重提且能付諸具體實施的根本原因在於毛澤東的有關指示。7 月 14 日，毛澤東發表關於文藝問題的談話，指出黨的文藝政策應該調整。7 月 25 日，在對電影《創業》的批示中，毛澤東更是明確表示了不滿於缺少「百花齊放」文藝作品的現狀，提出要「調整黨內的文藝政策」。在當時的形勢和語境中，所謂調整，實際上也就意味著適度或有限的「寬鬆」、「開放」策略。這理所當然地影響到了全國文藝領域的重新佈局，如一些重要刊物的復刊便提上了議事日程，其後很快演成「一時之盛」。有些沉默已久重獲「解放」的老作家也跟著被允許「復出亮相」。

　　除了毛澤東的最高權威之外，當時政治形勢的變化也與鄧小平的「復出」直接相關。鄧小平復出並主持中央和國務院的工作，改變了當時的政治核心權力結構，並且使全國各領域都開始納入了全面「整頓」的軌道。調整和整頓的時間點，恰在 1975 年 7、8、9 月，進入 10 月下旬特別是 11 月初，政治形勢又生逆轉。隨著毛澤東對清華大學問題的批示的傳達，全國範圍的「反擊右傾翻案風」運動又開始了。《人民文學》的復刊籌備正在這個複雜而敏感的時期。

　　此外，還值得一提的是，圍繞著對「調整」的如何理解和實現，當時不同系統的文藝權力部門在其內部及相互之間，也發生了某些明顯的分歧。如《解放軍文藝》社在一份有關學習毛澤東對《創業》批示的情況介紹中，就對「調整」提出了自己的理解。其中，對「三突出」的創作原則、階級鬥爭的泛化和絕對化等等，都提出了明確的批評意見，認為「應該發展不同的藝術風格」。解放軍總政文化部還以「批件」形式向相關部門作了肯定性的推薦和傳達。顯然，這一情況並未被時任總政治部主任的張春橋知情，而且，各地分管意識形態的高級領導幹部也未完全知曉。上海市委書記徐景賢及下屬的市委寫作組、《朝霞》編輯部等，還是經由當時返滬的施燕平才非正式地獲悉了大致內容〔註6〕。由此可見當時政治格局之複雜和意識形態領域權力鬥爭之尖銳。這種微妙、隱蔽的政治深層背景，對《人民文學》的復刊籌備當然也會產生直接或間接的重要影響。

　　概言之，毛澤東的調整文藝政策的提出，使當時主管文藝和意識形態工作的文化部（部長于會泳）首當其衝地感到了直接的政治壓力，有關落實調

〔註6〕　此據施燕平日記手稿。相關資料可詳見《當代作家評論》2004 年第二期所刊
　　　　《關於〈人民文學〉的復刊》一文中的注引文字。

整指示的具體措施必須緊跟著出臺。於是，在《人民文學》的復刊和重組問題上，政治權力的較量和文藝、意識形態主導權的爭奪也加快了節奏，短時間內便進入了最後階段直至定局。相比於 1972 年的「無疾而終」，1975 年《人民文學》的復刊，在不到半年（當年的下半年）的時間內便已塵埃落定了。

三、有關復刊的幾份文件

《人民文學》「復刊」的報批文件由文化部上呈中央，所有的政治局委員都圈閱了，張春橋作了具體批示，鄧小平也有批示。現將有關文件資料轉錄如下：

一、由于會泳簽發並以文化部核心小組名義向國務院打的請示報告

關於籌辦刊物的請示　　　　　　　　　　　　　于會泳簽發

國務院：

根據中央負責同志關於創辦一個全國性文學刊物的指示，文化部黨的核心小組，經過多次討論，決定立即籌辦。

新的文學刊物，擬定名爲《人民文學》，主要刊登文學作品和評論，也適當地登載一些戲劇、電影文學劇本以及其它藝術形式的作品，對全國發行，明年一月創刊。刊物由袁水拍、嚴文井等同志籌備。

現將《關於創辦全國性文學刊物的方案》送上，妥否，請批示。

文化部核心小組

1975.9.6

二、關於創辦全國性文學刊物的方案

無產階級文化大革命以來，我國的社會主義文藝在毛主席文藝路線指引下，日益發展和繁榮，從刊物出版方面看，全國大多數地區都已創辦了省、市、自治區一級綜合性文藝刊物，但中央一級的文藝刊物還很少，文學刊物還沒有。

爲了適應當前社會主義革命和建設的需要，爲了適應文藝革命形勢發展的需要，繁榮社會主義文學創作，擬立即創辦全國性文學刊物。

（一）創辦的文學刊物，要使革命文學更好地爲黨的政治路線服務，以馬克思主義關於無產階級專政的理論爲指導，以黨的基本

路線爲綱，堅持毛主席的革命文藝路線，爲工農兵服務，爲社會主義服務，爲無產階級政治服務，貫徹百花齊放、百家爭鳴等方針政策，批判反革命的修正主義文藝路線，團結黨內外專業和業餘革命文學之作者，調動一切積極因素，爲鞏固無產階級專政，爲在文藝領域內實行無產階級對資產階級的全面專政而努力奮鬥。

（二）刊物擬定名爲《人民文學》，刊登小說、詩歌、散文、雜文、報告文學等各種文學作品和評論，也適當登載一些戲劇、電影文學劇本以及其它藝術形式的作品。

（三）重視對工農兵業餘作者的培養和支持，在編輯工作中認眞貫徹群眾路線，開門辦好刊物。

（四）編輯機構力求精幹，成立《人民文學》雜誌編輯委員會，由以下十一人組成：

主編袁水拍，副主編嚴文井、李希凡、施燕平，編輯委員（以姓氏筆劃爲序）馬聯玉、李李、賀敬之、浩然、張永枚、袁鷹、蔣子龍等7人。由編委會責成主編、副主編及工作人員二十人左右組成《人民文學》編輯部，負責進行日常的編輯工作。

關於編輯部的組成，鑒於原文化部和各協會的文學編輯骨幹已選調出出版局，現在文化部的幹部，幾乎沒有搞文學專業的，因此建議《人民文學》雜誌編輯部設在人民文學出版社，由出版局和文化部對刊物進行雙重領導，文化部主要負責方針政策（經與出版局協商，他們不同意設在出版局，只同意負責刊物的出版工作）。

（五）刊物對全國發行，數量預計爲八十萬冊。刊物的出版、發行工作，由出版局承擔。創刊時間擬在明年一月，由雙月刊過渡到月刊，不搞試刊。

（六）爲及早做好準備工作，在編委會未成立之前，由人民文學出版社和文學藝術研究所負責人調集人員組成籌備小組，立即進行籌辦工作。

文化部核心小組

1975.9.6

　　三、張春橋在 10 月 15 日向文化部轉達批件時給于會泳的信：

　　會泳同志：此件在我處壓了一些時候，本想面商，實在安排不
出時間，反而誤了時間。請你們同出版局協商，先辦起來。

張春橋在文化部起草的請示報告上，有三處作了「批示」，一是在「請示報告」
上批：「擬原則同意。早日出版一個文學刊物，對推動文學創作和評論，較爲
有利。方案中有些問題待中央批准後再協商解決。請小平、江青、文元、先
念、錫聯、登奎、東興、吳德、振華、桂賢同志核批。」簽示的日期爲 9 月 8
日。二是在「方案」所列編委名單的右邊空白處批了一句：「委員名單還需要
商量，可以由袁、嚴負責。」三是在「方案」中提到刊物設於何處時，他在
右邊空白處，又批：「待商。可以先設在出版局，如果不方便，將來再說。」

　　鄧小平批示：「我贊成。看來現在這個文化部要領導好這麼一個刊物也不
容易。」〔註7〕

四、組織建制問題

　　大局雖定，矛盾乃至危機卻人爲地滲透進了《人民文學》的內部和刊物
所處的生存結構——也可以說是政治和意識形態的權利博弈場中了。這集中
表現在有關《人民文學》的人事和建制安排上。

　　在人事方面，主編由文化部副部長袁水拍擔任，副主編則有嚴文井、李
希凡和施燕平三位。嚴、李各有專職，嚴時爲人民文學出版社負責人，李是
《紅樓夢》研究小組的負責人，工作在文學藝術研究所，嚴、李兩人在《人
民文學》的職務可視爲「兼職」；「專職」副主編只有施燕平一人，刊物的日
常具體工作理所當然也就由施主管。本來，文化部將施由滬調京的目的，就
是由施來具體負責《人民文學》的工作，他的編制歸屬文化部。

　　在刊物的建制方面，籌備和復刊初期的《人民文學》屬於雙重甚至是多重
上級部門領導的單位。具體來說，《人民文學》編輯部設在人民文學出版社（出
版社歸屬國家出版局，但國家出版局並不同意將編輯部設在出版局，當時出版
局負責人是石西民），刊物的出版和發行由出版局負責承擔，文化部則主要負責
刊物的方針政策。顯然，《人民文學》在編輯、出版發行、政治領導各方面形成
了權利歸屬交叉的格局，而名義上則由出版局和文化部對其進行雙重領導。

〔註 7〕以上資料均據施燕平日記手稿。詳見《關於〈人民文學〉的復刊》。

從這種人事和建制的特殊安排和結構上已足以明顯地看出，《人民文學》的最高權力實際上是由文化部直接掌控的。而在文化部之上，則有張春橋和中央政治局。有關《人民文學》的一些重要報告、批示、決定等，最終都由張春橋核批、定奪，其後再將經由中央政治局成員閱批。至於復刊的籌備工作，由于會泳直接領導下的袁水拍具體主持，編輯業務則由施燕平主要負責。

《人民文學》的第一次領導成員會議於 1975 年 10 月 23 日在文學藝術研究所舉行，參加者有袁水拍、嚴文井、李希凡、施燕平、袁鷹共 5 人。第一次全體編輯部工作人員會議於 11 月 1 日在東四八條 52 號召開。在此期間及稍後，基本決定了《人民文學》的人員編制、部門設置、編委人選、工作分工、刊物規格形式等具體工作事項和安排，並決定第一期將於 1976 年 1 月 20 日出版，首期最終發稿時間定在 1975 年 12 月 20 日。事實上，復刊第一期提前至 1975 年 12 月末已經印畢出版了。

但《人民文學》復刊第一期的「風光」還是被《詩刊》「搶」去了。因為毛澤東的「詞二首」首發於復刊後的《詩刊》第一期（1976 年元旦），《人民文學》等全國媒體都只能用「轉載」《詩刊》的名義發表了。

從《人民文學》的歷史來看，1976 年的重新恢復出版，理應屬於「復刊」，但經由文化部的報告並獲中央批准的決定，則是「創辦」。一詞之別中顯然寓有明確的政治潛臺詞。《人民文學》歷史的被腰斬，明確了「十七年」和「無產階級文化大革命」時期這兩段不同歷史的政治與意識形態的區別及定性。

具體參與復刊首期決策的領導成員，除上述提到的《人民文學》主編、副主編外，還有張光年。張是由出版局負責人石西民委派列席刊物的領導幹部會議，也具體參與了決策過程。1977 年初，張繼袁出任《人民文學》主編。

關於復刊後的《人民文學》封面使用毛澤東的手跡做刊名封面字，緣由袁、嚴、李、施四人聯名致信張春橋，請張上呈毛澤東批准。經張春橋的轉呈，毛澤東批覆「可以」兩字。毛澤東的手跡出自 1962 年 4 月 27 日為發表「詞六首」寫給《人民文學》編輯部信中的「人民文學」四字。這個封面字一直沿用至今〔註8〕。

《人民文學》復刊於中國社會和政治的一個特殊的歷史大變局時期，復刊後的風波、曲折自是在所難免。就刊物本身而言，它所遭遇的第一次大風

〔註 8〕以上除參閱施燕平日記手稿外，還綜合使用了周明、崔道怡、楊筠諸先生的文章或口述資料。

波正源於首期發表的蔣子龍小說《機電局長的一天》。由於受到 1976 年間「反擊右傾翻案風」的波及，這篇小說遭致批判，編輯部和作者本人都受到了嚴重的政治壓力。第四期「編者的話」中不能不作自我批評和檢查，同期也刊發了蔣子龍署名的自我批評文章〔註9〕。但對比此前的其它批判運動，這一次的結果實在並不「殘酷」。畢竟，中國的政治格局又已臨近了一個巨大的轉折點。

〔註9〕詳見《環繞文學的政治博弈——〈機電局長的一天〉風波始末》。

環繞《機電局長的一天》的博弈

　　1975 年秋，《人民文學》的「復刊」已成定議〔註1〕，刊物迅速進入了實質性的運作階段。第一期須在次年 1 月出刊，時間非常緊迫。稿源成為頭等大事〔註2〕。

　　但作者先成為問題。政治上能夠過關的「合適」作者，基本上有兩類。一是獲得「解放」而可用的老作家，二是「新的工農兵業餘作者」。前者實際上只是點綴，不堪重用；後者才是文學的主力軍和生力軍，能夠體現工農兵佔領上層建築主導意識形態的時代要求和歷史潮流〔註3〕。因此，刊物的組稿重點自然也就落在了後者。但問題是，工農兵作者的來稿水平普遍低下，質量根本無法保證；而老作家的稿子又不能放手刊用，這使得刊物的業務領導人頗為苦惱，卻又無可奈何〔註4〕。天津工人作者蔣子龍的《機電局長的一天》（以下簡稱《一天》）適時出現，成為編輯部裏一件令人興奮的事〔註5〕。這

〔註1〕　參見《當代作家評論》2004 年第 2 期《關於〈人民文學〉的復刊》，或，《南方文壇》2004 年第 6 期《〈人民文學〉的創刊和復刊》。
〔註2〕　施燕平日記手稿（未刊）中關於當時的稿源問題有過多次「煩惱」的記載。施燕平為復刊時期《人民文學》的「專職」副主編，主持刊物的日常編輯工作。他在這段時期的日記手稿（未刊），以下統稱「日記手稿」。
〔註3〕　對此，遠溯可至最高領袖的指示，而「文革」期間演為制度化、組織化的實際操作，並有極端化的體現。這也是「文革」期間包括文學（刊物）在內的意識形態領域保證「政治正確」的一種標誌性前提和措施。《人民文學》自不能例外。
〔註4〕　「組稿」究竟是如何影響甚至決定了中國當代的「文學生產」和「文學史構成」，這是我要另文探討的問題。這裏先不妨極端點說，在某種程度上，中國當代文學史竟由組稿而構成；或者，存在著一部「組稿的文學史」。
〔註5〕　日記手稿中對此有多處記載，下詳。

篇小說幾乎毫無爭議地以顯著位置——僅次於毛澤東詞二首（轉載）和革命現代京劇《磐石灣》，發表在復刊首期。但這篇被一致看好、重點推出的小說，隨著政治形勢的驟變，很快又成了《人民文學》的「復刊之痛」，幾成右傾和反革命的「大毒草」遭致政治批判。刊物一度因之陷入深深的煩惱和痛苦之中。圍繞著《一天》的風波始末，特別是其中的一些關鍵情節，可以概觀中國當代文學的政治操作的基本模式。

事件原委需待從頭說起。

一

籌備復刊和復刊初期的《人民文學》的編輯，主要由兩班人馬構成。一是原《人民文學》的老編輯，如崔道怡、周明等人。此前，因有 1972 年的復刊動議，李季主事，崔、周諸人先後從下放的幹校抽調上京協助其事。但這次復刊最後無果而終，李季他調，餘人則閒置在人民文學出版社，一晃也就到了 1975、1976 年。待正式復刊時，這些老編輯才算又正式進入編輯部。第二套人馬主要是袁水拍領導的戲曲研究院（袁當時還任文化部副部長）裏的幾個年輕人，如楊筠、向前、傅活等，原《人民文學》的老編輯許以也加入了這組人馬〔註6〕。需要說明的是，前一組人曾在 1972 至 1974 年間，爲最初的復刊組過稿，只是後來不了了之了。後一組人則在 1975 年春夏間，即爲正式復刊開展工作，組過稿。蔣子龍的《一天》，最初就是由許以到天津去組來的稿。其後的協商修改和責任編輯則由崔道怡擔任了。

爲什麼會向蔣子龍組稿呢？首先是他的身份屬工人業餘作者，是培養和依靠的對象。其次，還有一個更爲直接的原因，蔣是當時工農兵作者中較爲突出和成熟的作者，他先前發表的作品已受到相當關注，特別是《三個起重工》之類的工人題材小說很受重視，令人刮目相看。也正因爲如此，他才進入了由文化部核心小組最先定下的《人民文學》復刊編委會的七人名單〔註7〕。大約在 1975 年 10 月下旬，《人民文學》派小說組負責人許以，專門前往天津向蔣約稿，明確說是爲復刊組稿的。

〔註 6〕 崔、周、楊、向、傅諸人，在 2003、2004 年間曾先後分別接受過我的採訪，他（她）們的「口述史料」另詳。又，許以已去世。

〔註 7〕 七人編委名單詳見文化部核心小組於 1975 年 9 月 6 日向國務院上報的《關於創辦全國性文學刊物的方案》，本文〔註 1〕中所列兩文，均有詳引，可據參閱。

那幾天，蔣正在天津參加一機部系統的工業學大慶會議，會中瞭解到了工業領域中的許多情況，特別是各地工廠領導「抓生產」的事跡。許以的約稿恰逢其時。蔣就在會議期間（此會開至 11 月初），趕寫出了小說《機電局長》〔註8〕。刊物收到來稿後，於 11 月中旬決定由崔道怡去天津同蔣商談改稿事宜。結果，篇名定為《機電局長的一天》，又為切題而改寫了小說開頭部分〔註9〕。小說的定稿時間最晚不會遲於 12 月初。編輯部內對這篇作品的好評是公認的，對它發表後的反響也有樂觀的期待。《人民文學》的專職副主編施燕平在 12 月底返滬期間，就對上海《朝霞》編輯部的老同事特意推薦了這篇小說，介紹說：「這是我近年來看到的少有的好作品」〔註10〕。他甚至還希望一位領導「上海能否寫些評論推薦的文章」〔註11〕。

但是，還未等施燕平回京，形勢就出現了出乎意料的變化。1976 年 1 月 7 日，施燕平從與北京編輯部的電話中得知，「刊物出來後，許多人看了《一天》後，都叫好，但也有幾個部隊的讀者，專門趕到編輯部來，認為這是大毒草，要與編輯部辯論」〔註12〕。圍繞《一天》的風波，由此拉開了序幕。也就是在返京途中，施燕平從列車的廣播中聽到了周恩來總理逝世的消息。

或許是施燕平和他的編輯部同仁當時確實都缺乏政治的敏銳性，對形勢的微妙變化沒有來得及作出準確的判斷，只是一味沉浸在對《一天》的讚賞中了。其實，在此之前，《一天》已經注定了要被批判的命運。它的發表，正好立為靶子。所謂反擊右傾翻案風的政治運動，就在 1975 年底推向全國。《一天》的寫作及發表前後的遭遇，與政治權力格局的變動和形勢的曲折走向，實在有著太過密切和直接的聯繫。但這對幾位當事人來說，恐怕要等事情基本明朗化以後才會完全覺悟到的吧。

〔註 8〕 據 2004 年 2 月 28 日蔣子龍受訪時對本文作者的「口述史料」，另據 1975 年 11 月 21 日日記手稿。

〔註 9〕 同上注「口述史料」，另可參見崔道怡《惟一的這〈一天〉》，《方蘋果》，作家出版社，2000 年。

〔註10〕 據 1975 年 12 月 30 日日記手稿。

〔註11〕 據 1976 年 1 月 2 日日記手稿。

〔註12〕 據 1976 年 1 月 7 日日記手稿。

二

與《一天》有關的背景形勢大致如下。

1973 年 12 月，經毛澤東提議，鄧小平參加中央政治局和中央軍委的工作，並任總參謀長。一年以後，即 1974 年 12 月至 1975 年 1 月間，又經毛澤東提議，鄧小平擔任了中共中央副主席、政治局常委，同時還擔任中央軍委副主席兼總參謀長和國務院第一副總理。鄧小平的復出，直接改變了中國最高政治權力核心的結構，勢必影響到全國政治形勢的走向。同時，這也意味著「文革」政治的新的繼續，又一場權力角逐開始了。

1974 年 1 月，經毛澤東批准，「批林批孔運動」開始。2 月底，《人民日報》刊文批判晉劇《三上桃峰》，繼而在全國掀起了一場反「文藝黑線回潮」的運動。這說明在意識形態領域，政治主導權仍然掌握在江青、張春橋的手中。1974 年 4 月，鄧小平率團出席聯大會議。7 月 1 日，中共中央發出《關於抓革命、促生產的通知》。7 月中旬，毛澤東在政治局會議上批評王、張、江、姚的黨內政治幫派活動。8 月，國家計委發出《關於擬定十年規劃的通知》。10 月 11 日，中共中央為召開四屆人大發出通知，轉述毛澤東的指示：「無產階級文化大革命，已經八年。現在以安定為好，全黨全軍要團結。」顯然，安定團結、抓革命促生產、保障經濟建設，成為一時的「主旋律」。所以，當「四人幫」在政治局會議（10 月 17 日）上利用「風慶輪事件」發難，攻擊鄧小平時，不僅遭鄧反駁，且事後也遭毛的批評。

1975 年初，鄧小平在黨、政、軍全面復出。3 月 1 日，張春橋（解放軍總政治部主任）在軍內會議上提出「經驗主義」是當前的主要危險，要以反經驗主義為「綱」。同時，姚文元、江青也假借毛澤東的權威，撰文或宣講「經驗主義是當前的大敵」，矛頭明顯指向鄧小平及復出的老幹部。4 月 1 日，張春橋又發表了《論對資產階級的全面專政》一文。但同月內，反經驗主義之說遭到了毛澤東的批評。5 月初，毛在政治局會議上再批「四人幫」，還由鄧小平主持會議，對其進行批評。5、6 月間，中央政府連續出臺了一系列經濟發展舉措，如整頓鋼鐵工業，國務院計劃工作務虛會（研究經濟工作的路線、方針和政策問題）等。但最重要的還是在此後的 7、8、9 三個月中鄧小平所提出的幾項方針和政策。

7月4日，鄧小平在中央讀書班講話中提出，要以毛澤東的三項指示爲綱，強調國民經濟建設〔註13〕。（毛的「三項指示」中，第三條是要把國民經濟搞上去。）

8月18日，國務院討論國家計委起草的《關於加快工業發展的若干問題》（即「工業二十條」）。

9月26日，國務院政治研究室根據鄧小平有關整頓各方面工作的多次談話思想，起草了《論全黨全國各項工作的總綱》，提出各條戰線都要「整頓」。

在此期間的7月14日，毛澤東發表了關於文藝問題的談話，指出黨的文藝政策應該「調整」。9月下旬至10月下旬，中央召開農村工作座談會。10月下旬，全國計劃工作會議召開（會期長至次年1月下旬）。

可以說，從鄧小平復出（1973、1974年之交）直到1975年夏秋，中國政治權力的天平是在不斷搖擺和傾斜的，鄧的機會也很大。這也就是蔣子龍寫作《一天》的宏觀政治背景。但從1975年11月起，政治形勢又明顯發生了不利於鄧的反向變化。只是從《一天》的最終發表來看，這種不利的變化似乎並未引起《人民文學》領導層的足夠重視，以至釀成「大錯」。

如前所述，許以代表《人民文學》來組稿時（1975年10月），蔣子龍正在參加一機部系統的工業學大慶會議。此會的召開，在於貫徹、落實中央「鋼鐵工業座談會」（1975年5月8～10日）的精神和措施，主旨是強調工業生產和經濟建設（即「抓革命、促生產」），與鄧小平提出的「以三項指示爲綱」等思想有關。這也就構成了蔣寫作《一天》的直接背景——他在會議期間即寫出了小說全稿，其中主人公霍大道的原型，就是蔣所在的天津重型機器廠廠長馮文斌（蔣曾任其廠辦秘書）和會議期間瞭解到的南京汽車廠的一位副廠長〔註14〕。後來批判《一天》時，此會的情況也曾受到追查。

1975年11月中旬，崔道怡奉命往天津與蔣協商改稿。此時，中國的權力最高層已經決定了政治的轉向。編輯部的領導雖然得知了相關信息，卻並未與《一天》直接掛鉤，仍然決定了刊用這篇小說。

〔註13〕 所謂「三項指示」，即：一，要學習理論，反修防修；二，要安定團結；三，要把國民經濟搞上去。鄧小平指出，這三項指示互相聯繫，是個整體，是這一時期工作的綱。

〔註14〕 據2004年2月28日蔣子龍受訪時對本文作者的「口述史料」。

　　形勢轉向的契機源於清華大學。11月初，清華黨委傳達毛澤東對劉冰（黨委副書記）反映遲群（黨委書記）、謝靜宜（黨委副書記）問題的信的批示。下旬，中央召開「打招呼」會議，宣讀了毛澤東審閱批准的《打招呼的講話要點》，指出清華的問題是當前兩個階級、兩條道路、兩條路線鬥爭的反映。這是一股右傾翻案風。從此，一場「反擊右傾翻案風」的政治運動，從大學逐漸擴大到全國。

　　《人民文學》的領導非常及時地獲悉了政治高層決策。據施燕平1975年11月28日的日記記載：

　　　　水拍同志到編輯部來談：部裏對司局長一級的幹部，對「清華」「北大」的問題打了招呼。說「清華」劉冰等人寫的信，不是一個孤立的事件。主席講，「清華」劉冰等人寫的信，動機不純，他們想打倒遲群和小謝，我看主要矛頭是針對我的。這件事一定要波及全國。這是近幾個月來刮的一陣右傾翻案妖風，是兩條線路、兩個階級、兩條道路鬥爭的反映。有些人對文化大革命總是不滿，他們要算帳、翻案。

　　　　另外要求大家思想上要有準備，不要犯新的錯誤。水拍同志估計，過些時，出版局會正式傳達，他先來通通氣。〔註15〕

12月12日，國家出版局由石西民正式傳達了有關清華、北大的事〔註16〕。可是，施燕平們還是犯了「新的錯誤」。

　　「反擊右傾翻案風」運動於1976年初在全國全面展開。其間，高層政治鬥爭也很快就塵埃落定見出分曉了。2月初，經毛澤東提議，任命華國鋒為國

〔註15〕　水拍即袁水拍，劉冰時任清華大學黨委副書記，遲群為黨委書記，「小謝」即清華大學黨委副書記謝靜宜。

〔註16〕　據1975年12月12日日記手稿：「水拍同志講的關於清華、北大的事，今天出版局正式由西民同志傳達了。比水拍同志傳達的要詳細得多。
　　　　清華大學的黨委副書記劉冰等人於1975年8月、10月兩次寫信給毛主席，他們用造謠污蔑、顛倒黑白的手段，誣告1968年7月帶領工宣隊進駐清華、現任清華大學黨委書記遲群、副書記謝靜宜兩同志，他們的矛頭實際上是對著毛主席的。根據毛主席指示，清華大學黨委自11月3日召開常委擴大會議，就劉冰等同志的信展開了大辯論。
　　　　清華大學的這場大辯論，必然影響全國。毛主席指示要向一些同志打個招呼，以免這些同志犯新的錯誤，中央希望大家認真學習，正確對待自己，以階級鬥爭為綱，把各項工作做好。」

務院代總理並主持中央工作。同月 17 日,《人民日報》刊文批判「黨內不肯改悔的走資派」。25 日,中央召集各地、軍區負責人會議,華國鋒代表黨中央講話,部署批判鄧小平。3 月間,《人民日報》連續刊文批判「走資派」和「右傾翻案風」。清明節,天安門事件爆發。4 月 7 日,根據毛澤東的提議,中共中央政治局通過《關於撤銷鄧小平黨內外一切職務的決議》等。18 日,《人民日報》發表社論,號召把批判鄧小平、反擊右傾翻案風的鬥爭推向新高潮。這場運動實際上一直持續到了「文革」結束以後。

至少在運動的早期,《人民文學》的領導對《一天》的危險處境和後果還是相當不以爲然的。對有關的社會不利反響,如讀者來信批評甚至上門前來辯論等等,基本上可說是處變不驚,並未表現出慌亂之態。沉著應對之際,編輯部其實在探察「上面」的具體動向和態度。

就在批鄧、反擊右傾翻案風全面部署,大會小會接連不斷的同時,刊物領導仍堅持認爲《一天》是篇好作品。1976 年 1 月 20 日,施燕平在日記中記有:

> 《紅旗》的胡錫濤打電話來,說領導上要他瞭解一下第一期《人民文學》的情況,如作品的主要內容,作者情況,有何優缺點。我給他介紹了《機電局長的一天》,我說小說發表後,反響很大,都認爲這是一篇多年沒有讀到的好作品。他問我的看法怎樣,我說我也認爲是好的,我們幾位主編、副主編在看校樣時也一致稱讚。他問作者情況,我告訴他是天津的一位工人作者,名叫蔣子龍,以前也發表過幾篇有影響的作品,還是我們刊物的編委。他要求我以後能提前把每期的主要內容、情況,向他介紹,以便他及時向領導彙報。我答應他每期提早給他寄上一本刊物。〔註17〕

這就清楚地說明了,當時,「領導」只是一般性地想瞭解一下剛剛新出的《人民文學》的情況,絲毫沒有專門針對《一天》的意思,甚至,《一天》可能還未進入「領導」的關注範圍。既如此,刊物就還未到需要公開表態的程度,更談不上檢查認錯了。相反,現在倒是最需要獲得「領導」諒解和支持的時候,盡可能將不利因素化解於無形。這是此時此刻的上上策。這一點,稍後還得到了另外的重要印證。

〔註17〕胡錫濤原爲上海市委寫作組成員,後調北京《紅旗》雜誌工作。

　　2月27日，施燕平給時任王洪文秘書的蕭木（兩人是上海工作時的熟人、朋友）寄去首期《人民文學》，並附一信。信中意思有三點：一是徵求意見，二是約稿，三則專門詢問對《一天》的看法。3月2日，施接蕭回信。信中主要也談了三點：一是看了幾篇作品，認爲「還是好的」；二是轉述了張春橋的談話，大意指文學創作要研究如何反映與黨內走資派的鬥爭；三是「對《機電局長的一天》的討論，他個人認爲暫時不舉辦爲好」〔註18〕。信中第二點，即張春橋的談話內容，與《人民文學》沒有直接關係，屬於中央高層領導在意識形態方面的宏觀指導精神，稍後也有了重大的舉措落實。但第一和第三點，對刊物最爲重要，直接證明了中央目前並無針對《一天》的批判哪怕討論的意圖和信息，並且，刊物基本上還是獲得肯定的。這就彷彿是吃了一顆定心丸。

　　2月28日，編輯部會議統計針對《一天》的讀者來信情況。截至2月25日，共收到各地讀者來信39篇。其中，24篇持肯定態度；15篇持否定態度，有的還批爲「一株右傾翻案風的大毒草」。「爲了使有關領導和有關方面瞭解實情，決定編輯一份情況簡報。……簡報要眞實反映，持肯定的和否定的，都要把他主要的觀點摘錄下來，不偏不倚。爭取在3月1日打印發出。作者蔣子龍，作爲編委又是作者，也發給一份。」〔註19〕字裏行間，顯見還是相當沉著且自信的。〔註20〕

〔註18〕據1976年2月27日、3月2日日記手稿。

〔註19〕據1976年2月28日日記手稿。

〔註20〕對此，有一個可能是相應的情況可作參考。當時的政治急務是批鄧，但批鄧運動也有一個「急中見緩」的時間策略或過程段落。3月1日，國家出版局傳達中央文件和中央領導講話。其中尚稱「鄧小平同志」，並且提到，「注意不要層層揪鄧小平在各地的代理人」。「在有問題的單位，注意不要算歷史舊帳，不要糾纏枝節問題。對鄧小平同志的問題可以點名批判，但點名的大字報不要上街，不要廣播、登報。」「對犯有錯誤的同志……不要揪住不放，不要一棍子打死。」「整個運動……不搞串連，不搞戰鬥隊。」（據施燕平1976年3月1日日記手稿）可見這次的「批鄧」運動策略和形式，與以往「文革」高潮中的政治批判運動相比，還是有明顯不同的。至少程度未至極端。鄧小平最終也未被「開除黨籍」。對於《一天》的批判和處理方式（包括其過程和結局），也有與此相類的「緩急」策略和現象。或許，這與權力高層對政治形勢和意識形態領域的判斷與需要直接相關吧。其實，有很多確鑿的資料可以表明，這次的「批鄧」，在中央和地方，都遇到了或是完全公開或是潛在消極的重大阻力。時代（1975、1976）畢竟不同了，高層的政治決策不得不審時度勢。而這具體到《一天》的風波，此後還顯出了十足戲劇化的情節。

　　3月1日，《人民日報》的袁鷹（《人民文學》編委之一）給刊物領導寫來一張便條。其中「說蔣子龍的小說反映強烈，《人民日報》已收到好些評論。開初來稿，都譽爲近年來難得的優秀作品，近來收到的批爲鼓吹右傾翻案風的大毒草。」還特別提到了遼寧的批判動向，「不知文化部和創辦同志評價如何！」〔註21〕這張便條透露出了如下信息：一，《一天》引發的反響是全國性的，而且來信、來稿看起來大多是自發的，並非組織行爲。這與刊物編輯部收到的讀者來信情況相符。二，至此，小說反響的評價傾向已開始發生逆轉，這說明隨著批鄧、反擊右傾翻案風運動在全國的展開，對《一天》的政治評價越來越趨向否定性的批判了。政治形勢影響甚至主導了社會對文學作品的評價標準。三，不能排除某些地方的領導層對文學評價的有意介入與引導。「文革」期間特別是後期，中國各省（市）的領導層在高層政治博弈中的態度和立場相當複雜，其真實面目有時十分曖昧，並且，互相之間還有程度不等的矛盾。遼寧的主要負責人是毛遠新，該省對《一天》的批判和否定最爲強烈，恐怕與省委領導的政治傾向不無關係。四，中央高層領導和上級分管部門領導仍未介入，這種「沉默」直接影響到了意識形態的具體職能部門只能處於無所作爲的狀態，或者也可說是不知所措。

　　現在，正是暗潮湧動的緊張時刻。每個人都在窺探、傾聽「中央」的聲音。

三

　　局勢終於開始趨嚮明朗化了。

　　1976年3月初，袁水拍（文化部副部長、《人民文學》主編）打算將蔣子龍等人集中到北京來，「組織他們寫與走資派作鬥爭的作品」。後經施燕平提議，索性擴大規模，「舉辦一個學習班」，把各地較有創作基礎的作者集中到編輯部，講明目的、要求，然後各自構思，寫出初稿後，再由刊物編輯加以輔導，直至定稿備用。對蔣子龍，「動員他來參加學習班」。〔註22〕

　　3月13日，學習班正式開始。陳忠實等共計8人參加。但蔣子龍沒來。他致信編輯部說，因被天津市委負責人王曼恬「點名要去寫反擊右傾翻案風的話劇，不能來了」。「另外，他看了編輯部編的簡報後，知道讀者對《一天》的意見後表示：準備接受批判，要求不要對編輯有所追究，如果有錯，他願

〔註21〕據1976年3月1日日記手稿。「創辦」即文化部創作辦公室。
〔註22〕據1976年3月5日日記手稿。

意承擔責任。」但這次學習班的舉行，實際上並不是爲批蔣而作的部署。它主要是一次《人民文學》召集的創作組稿會，類似「筆會」的形式。其創作任務更重於政治目的。施燕平覺得蔣「顯然誤會了請他來的意思了」。〔註23〕在刊物編輯部看來，蔣目前仍然是培養和依靠的對象（工農兵業餘作者），根本無意視其爲批判對象。

但幾乎同時，蔣子龍還收到了他必須參加的一次北京會議的通知。3月初，「文化部爲了落實春橋同志的指示〔註24〕，準備召開一次創作會議」。此會將由部長于會泳親自主持，與會人員須是各地創作「成就突出的尖子」，「名單定了後要報給春橋同志直接批准」。施燕平受命薦人，他推薦了蔣子龍及另兩位上海作者。〔註25〕

這次被稱爲「十八棵青松」會議〔註26〕的著名創作會議於3月15日報到，次日正式開始。蔣子龍與會。文化部的主要領導于會泳、浩亮、劉慶棠、袁水拍等都出席了會議或作了報告。其中，于會泳於18日作報告。報告中提及「鄧小平推行的一系列東西，把我們的思想搞亂了。現在通過學習，思想提高，即使犯錯誤的同志，自己主動站出來揭發鄧，批判鄧，用自己本身的體會來批判，特別有力。壞事變好事」。〔註27〕所謂「犯錯誤的同志」，即不點名地暗指蔣子龍。在所有與會者中，只有蔣是「犯錯誤的」，其錯誤即在小說《一天》。所以，會上也只有他是需要被批評和幫助的。〔註28〕不過，蔣仍屬幸運。雖然犯錯而成「另類」，卻尚未被視爲敵對異己者，還在團結之列。由此可見，即使在文化部領導眼裏，目前仍無必要集中批判《一天》。這次會議大致可算是給蔣一次「以觀後效」的機會。《一天》及其作者的命運實際掌握在「上面」和政治的需要。

代表組織和《人民文學》編輯部出面找蔣談話的任務，落在了施燕平的身上。

〔註23〕均據1976年3月13日日記手稿。

〔註24〕即前述3月2日蕭木回信中所提的第二點。

〔註25〕據1976年3月6日日記手稿。

〔註26〕所謂「十八棵青松」，語出文化部副部長浩亮的會議講話，意指參會人數爲18人。此語出典源自京劇《沙家浜》中郭建光的唱詞，浩亮講話中臨時套用了。關於此會的詳情，待另文敘述。

〔註27〕據1976年3月18日日記手稿。

〔註28〕2004年2月28日，蔣子龍在接受我的採訪時回憶説，「十八棵青松會」上，「我是唯一被批判的」，「我是屬於反面對象」；「沒點我名字，但那説的是我」。

　　袁水拍打電話到「西苑」找到我，要我乘這次開會的機會，抽時間做做蔣子龍的工作。說蔣開始來時思想挺緊張，以為要批他的作品，以後張伯凡找他談了，說明寫了錯誤文章不要緊，只要認識，反戈一擊就好。他說昨天會泳同志報告中講到允許犯錯誤的話，就是針對蔣說的，他囑我找蔣主要談兩點：

　　一、要蔣寫一篇自我批評性的文章，承認自己受了三項指示為綱的影響，文章中要突出批鄧，總結經驗教訓；

　　二、要蔣參考北影廠李文化的事。李文化拍了一部電影《偵察兵》，群眾意見很大，以後寫了一篇自我批評的文章，發表在《人民日報》上，大家諒解了，中央領導同志看到了也滿意。

　　下午在討論的間隙，我找蔣談了。他一開始表示這兩天經過討論，思想通了，包袱放下了，一定要投入戰鬥，批鄧。我見他情緒還好，就提出請他寫一篇文章，我沒按袁的原話說是「自我批評」，而是講學習毛主席講話後的體會文章。從路線鬥爭的高度，總結自己的創作，一面批鄧，同時也談創作《一天》的教訓。他表示同意寫，但目前手頭正在搞一個反擊右傾翻案風的話劇，是王曼恬指名要他搞的，半個月拉出初稿，現在初稿已出來，另外，他還準備寫一篇小說，講一個女支書的故事。我答應他如果小說寫得好，可以連同談體會的文章同期發表，以體現允許犯錯誤、允許改正錯誤。

　　總的說來，他的情緒還好。晚上，我打電話給水拍同志向他彙報了談話經過，蔣的態度。水拍同意這麼做。〔註29〕

一道難題似乎解決得很順利，有關各方都將因此獲得解脫。

　　但不久僵局還是出現了。原因在於蔣子龍「節外生枝」，他不甘就此輕易俯首認錯，還想找理由「較較勁」。〔註30〕

　　蔣子龍寄來小說一篇，題為《總指揮上任》，作品組的同志看了後覺得基礎較差。我翻了一下，同意作品組意見。蔣在稿中附有一

〔註29〕 1976 年 3 月 19 日日記手稿。其中，張伯凡是文化部創作辦公室的負責人；王曼恬時為天津市委書記。

〔註30〕 在我看來，蔣的不肯輕易就範，恐怕與他的性格及閱世頗深有關。或許，也與他對當時政治形勢的認識和判斷有關。個人因素在政治局面中有時會產生重要影響，但又往往會被人忽視。

信，一則表明此次在北京學習，受到關懷，幫助大，很感激，同時表明，如果這篇小說能在本期刊物發表，他才寫那篇體會文章。考慮到這篇小說很難一時改好，編輯部決定派經驗豐富的崔道怡去天津，找蔣談，並爭取幫助作者寫好那篇談體會的文章。〔註31〕

於是，圍繞《一天》的一場「拉鋸戰」就此開始了。

崔道怡兩次赴津，總算「幫助」蔣寫出了合格的與走資派鬥爭的新小說《鐵鍬傳》（後發表於《人民文學》1976 年第 4 期），但蔣的「檢查」卻仍屬敷衍了事，根本不能過關。發稿在即，編輯部領導只能爲此親自出馬了。

今天我與劍青同志按水拍同志決定去天津找蔣子龍。自從十多天前，崔道怡去天津回來後，蔣再次表示可另外寫一篇小靳莊反擊右傾翻案風的小說，希望編輯部再次派人去幫助他一起分析材料，確定結構。爲此，老崔又第二次去天津，協助蔣寫出《鐵鍬傳》，如今小說可用了，但那篇體會文章，寫得太簡單粗草，而且在一些問題的提法上欠妥，而發稿日期又迫在眼前，爲此決定我們倆前去再做說服工作。

事先，我們給《天津文藝》編輯部掛了電話，約定在《天津文藝》碰頭。可不知是蔣存心迴避還是怎麼的，他人沒有來，一直到下午才找到他。

蔣是個很執著的人，性格坦率，直言不諱。他表示：對這篇小說，說是受翻案風影響，他至今思想不通。同時還表示，即使是受影響，那去年七、八、九月，受影響的人很多，人家省市委書記都在會上傳達三項指示爲綱，他們都不檢查，爲什麼非得他一個工人作者要寫檢查。我們再三說，這不是檢查，寫這篇文章的目的是總結創作經驗，提高認識，以利再戰。可蔣認爲，不管怎麼說，這是檢查，而這樣的檢查一發表，他這人就完了。支持他的人會罵他，批判他的人也會說他文過飾非。經我們再三與他解釋，最後他表示可以違心地寫這篇文章，但他還得向天津市委彙報，聽取他們的意見。〔註32〕

〔註31〕 1976 年 4 月 8 日日記手稿。

〔註32〕 1976 年 4 月 22 日日記手稿。其中，劍青指劉劍青，時任《人民文學》編輯部主任。

問題顯然仍未解決。未知因素（天津市委）出現了，僵局依然。我們很快會
看到，在這段看似戲劇性的情節中，還深埋著「文革」時期各種政治勢力的
明暗角力。

> 上午接到蔣子龍電話，說他向天津市委王曼恬同志彙報了。根
> 據王曼恬和天津市委文教組的孫福田、王莘等同志的意見，不同意
> 蔣寫這篇體會文章。他們認爲目前大方向是批鄧，不應由蔣子龍來
> 寫這類文章，說蔣現在的任務是寫好反擊右傾翻案風的文藝作品。
> 據此情況，蔣表示他不寫這篇文章了。我只好回答他，編輯部再愼
> 重研究一下。

> 如此一來，編輯部原先的計劃被打亂了。小說能否單獨在第三
> 期發表呢？我馬上打電話給水拍同志，徵求他的意見。水拍同志猶
> 豫了一下說，他把情況向部領導彙報以後再說，叫我等他的電話。

> 下午接到水拍同志電話，他提議過了「五一」節後找個時間要
> 我和希凡同志一起去天津直接找王曼恬同志，詳細向她彙報一下《一
> 天》發表後收到的反映，以及蔣寫這篇體會文章的必要性，要求她
> 支持並協助做好蔣的思想工作，小說第三期不發了，等去了天津後
> 再說。〔註33〕

這天的日記直接透露出了一種新的信息。表面上看起來，天津市委（王曼恬）
是在「保」蔣子龍。但實際上（深刻的）原因並不僅此單純。天津領導之所
以能夠如此「抗拒」，至少還有兩個因素在起作用。一是對蔣的處理迄今仍未
有中央顯要的具體指示，二是天津市委主要領導與文化部的主要領導（于會
泳）有矛盾，《人民文學》歸文化部「政治領導」，地方不願輕易就給中央部
委「面子」，也可以理解爲王（曼恬）不願輕易就給於（會泳）「面子」，因爲
這意味著「示弱」。「文革」時期不乏這樣的例子，對一部作品的批判或讚揚，
往往會直接或間接地牽扯上作品所發地和作者所在地的地方領導。特別是對
某部作品的批判，除非中央高層領導「發了話」，地方利益的神經就會非常緊
張，有時甚至會影響到「兄弟省市」之間的關係。〔註34〕所以，「保」蔣子龍

〔註33〕 1976 年 4 月 26 日日記手稿。其中，希凡指李希凡，時任《人民文學》副主編。
〔註34〕 據 1975 年 11 月 18 日日記手稿，上海市委書記徐景賢當天約見施燕平，徐在
　　　　談話中提到，上海的「《朝霞》也得注意，現在還欠了遼寧的一筆債，批了他
　　　　們的《生命》，是否可以考慮轉載他們的一些文章，表示向他們學習，以改善

的最主要目的，其實還在於維護地方（天津及其領導人）的利益。當然，一旦權衡了政治利弊後，「棄蔣」也會是輕而易舉的。關鍵仍在具體的政治利益博弈。後來對蔣及《一天》的處理果然如此。

因此，文化部必須首先「做通」天津市委領導的工作。在此之前，發生了一段插曲，從中足以直接看出事情之所以會如此曲折和微妙的真相。5月3日，施燕平在蕭木等人面前「歎苦經」：

> 講到《機電局長的一天》時，順便提到水拍同志再次要我去天津找王曼恬的事，蕭木插嘴說，還是不要去好，說王曼恬與于會泳兩人是冤家對頭，他們有矛盾。我說，李希凡也去，蕭又改口說，他去還可以，他和王曼恬熟悉。蕭還調侃說：「這位于部長怎麼搞的，這種事就算了嘛！」〔註35〕

由於蕭木的特殊身份（王洪文的秘書），他的話應當具有充分的可靠性和可信度。王、于兩人之間確有深刻的矛盾，而且「高層」也應該知道這一點。其次，「批蔣」確無中央高層領導（如張春橋之類最高權力人物）的具體指示，而主要是文化部（于會泳）的政治舉措和決定。那麼，這也就決定了「批蔣」的力度（至少是具體政治處理和組織處理）不會過於激烈。否則，以蕭木的身份，他不可能如此輕描淡寫地隨意「調侃」。這裏還有一個間接但也十分重要的證據。不久以後，施燕平在上海獲知，「《朝霞》也收到不少批評《一天》的來稿，但上海不準備發這方面的稿子」。施燕平則透露，「看樣子，袁水拍也很為難，似乎文化部的領導看得很嚴重」。〔註36〕「文化部的領導」，明顯就是指部長于會泳了。

5月10日，編輯部負責人在天津終於獲得了市委領導王曼恬的支持，同意既定的處理方式。

> 一個艱難的任務總算完成了。與希凡同志一起去了天津，這次我們沒有找蔣子龍，是直接找了王曼恬。這位天津市的領導，給我

關係」。還說：「文學創作、文學評論，絕對不能搞成地方化，本來有些作品可討論，可評價，可現在一評論到哪個作品，就變成對那個地方的支持了，同樣一批評，也成了對這個地方的事了，造成緊張，這很不好。……今後評論都這樣，恐怕不行吧！」語氣中對此情形也有不滿。

〔註35〕 1976 年 5 月 3 日日記手稿。
〔註36〕 據 1976 年 6 月 4 日日記手稿。

的印象不錯，聽說她是毛主席的遠房親戚，爲人隨和，沒有什麼架子。首先由我向她彙報了《一天》發表後，由一片讚揚聲發展到批判，而且隨著批鄧的深入發展，調門越來越高的情況。接著由希凡同志詳細解釋了編輯部爲什麼要求作者寫體會文章的意圖，具體分析了寫與不寫的利弊，同時表明如果寫好了與他的小說同期刊出，定能收到好的效果。曼恬同志十分認真地聽了希凡同志的分析後表示：這樣處理可以，她原先只聽說要蔣子龍寫檢查，覺得對一個工人作者這樣要求太過份了，聽了希凡同志的話後，她同意。蔣子龍的思想工作由她負責做。」〔註37〕

至此，蔣子龍的命運已定。對《一天》的處理以後應當會是順利的吧——想必當時都這麼認爲。大家也想盡快擺脫、了結這件事了。

6月5日，「蔣子龍寫的體會文章也來了。我同意初審的意見，看來作者的思想疙瘩沒有完全解開，行文顯得生硬，不貼切，怎麼辦呢，我看也只好如此了，待轉給水拍同志審後再定吧！」〔註38〕

6月11日，「有關蔣子龍小說《一天》的事，大概可以告一段落了吧。蔣寫的體會文章我轉給袁後，袁把我和希凡同志找去對此又談了具體修改意見，希凡同志作了認真的記錄，並根據這些意見，寫成書面的修改提綱，經袁審定後，希凡同志再次奉命去天津找孫福田、蔣子龍，一直到把稿子改好。此事，袁又向會泳同志作了彙報，今會泳同志在彙報上作了如下批示：

　　　　這種問題（看來不僅是個認識問題），不能一下子解決好。我的
　　　　意見不要強求。他寫到什麼程度，就算什麼程度吧！以上供參考。

「據此，文章和小說一起發印刷廠，決定在第四期上同期刊出。」〔註39〕

對此，應該強調一下其中的幾個重要細節。一，蔣子龍的「檢討書」實際上是由袁水拍（承于會泳之意）「定調」而由李希凡具體「定稿」的。定調和定稿之細，已經到了具體的文字層次。顯然，此前蔣子龍的「初稿」肯定是又未「通過」而被否定了。換言之，這份「檢討」的真正作者不（只）是

〔註37〕 1976年5月10日日記手稿。
〔註38〕 1976年6月5日日記手稿。
〔註39〕 1976年6月11日日記手稿。其中，蔣子龍的「檢討」文章題爲《努力反映無產階級同走資派的鬥爭》，他的「小說」是指「寫與走資派鬥爭的」《鐵鍬傳》，參見《人民文學》1976年第4期。

蔣子龍。這種處理方式是非常有意思的。二，于會泳的「批示」口吻，十足顯出了無奈之狀，雖然他（表面上）也達到了目的。看來此事不宜鬧僵，也不宜鬧大。並且，當時似乎也鬧不大。能夠鬧到什麼程度，恐怕于會泳自己也不十分清楚。他在政治上並無完全把握。只要能體面、安全地收場就最好。現在，總算有了較爲合適的臺階了。再從深一層的動機看，于會泳或許也主要是想在險惡的政治環境中趁事情尚未惡化，防患於未然，用這種方式占得日後可能的政治先機。這樣，他在政治上才能居於主動地位。畢竟，《人民文學》歸其領導，《一天》確實惹上了政治麻煩。他必須用清算別人來達到最終保護自己的目的。這種政治心理（尤其在「文革」等政治批判和清算運動中）極爲普遍。

<h2 style="text-align:center">四</h2>

原本應在 7 月 20 日（前）出刊的《人民文學》第 4 期，先後因印刷機器故障和京津唐地區的地震影響，晚了半個月至 8 月初才印出。恰恰就是在這段刊物脫期的時間裏，原已定局的《一天》的命運，陡然又起風波。而且，結局變得十分叵測完全難料了。局勢惡化的起因在於新華社編印的一份《國內動態清樣》中編發了《一天》所引起的激烈社會政治反響，由此驚動了中央政治高層。「已經捅到中央去了，中央領導同志都知道了」〔註40〕。事情終於可能要鬧到最大的地步了。

　　（7 月 22 日）水拍同志通知我與文井、希凡同志去他那裏商量
　　點事。還是爲《一天》的事。他先是給我們看了一份新華社於 6 月
　　25 日編印的《國內動態清樣》，上面編發了遼寧幾位讀者對《一天》
　　的尖銳批評意見，措詞相當激烈，認爲《一天》是爲鄧小平唱讚歌
　　的大毒草，有的還批評到了《天津文藝》和《天津日報》。希凡同志
　　和我都感到這些批評太過火了，對一個工人作者的作品如此上綱上
　　線，實難接受。水拍同志講了看到這份《清樣》的經過：早在 7 月
　　7 日，他在西苑飯店開會，利用中午飯前的休息機會，向于會泳和
　　張伯凡談起關於《一天》的事，于大概感到煩了，說不要再講了，

〔註40〕 詳見下文。有意思的是，始終也未見「中央領導同志」（應包括張春橋等）究竟有過什麼具體說法，但僅是「捅」上去了，「都知道了」，就足以使得人人自危如驚弓之鳥了。這也是中國政治生活中的普遍實況。

這刊物不屬文化部管，你們應該向出版局去彙報。隔了一會，又說：你還不知道，這篇小說是美化鄧小平的，拿走資派當作一號英雄來寫。袁聽了很納悶，不知他看了什麼材料說的，又不便細問，直到昨天，在文化部召開的工作會議上，袁再次提出此事，劉慶棠說這件事很嚴重，已經捅到中央去了，中央領導同志都知道了。刊物發了毒草就要及早批判，不能捂著。袁就問他能不能看看有關材料，于表示可以，材料在機要室。會議結束後，袁去機要室。機要室是在 6 月 27 日收到這份《清樣》的。根據這情況，袁分析說，第四期刊物因印刷廠機器故障推遲出版，一旦刊物出來，讀者見到蔣的小說和同期發表的體會文章，必然引起強烈反映，為此請大家來一起商量如何應對。他建議：一是馬上向出版局領導彙報，聽取指示；二是迅速派人去一機部和天津瞭解情況。一機部在去年下半年於天津召開了一個颱風的會，蔣是參加了這個會的，要瞭解《一天》的寫作背景，人物的原型是誰，包括小說的一些內容，是否同這個會有關；三是編輯部是否考慮一下，開些座談會或摘發一些批判稿發表；四是待刊物出來，給中央領導寄刊物時附一報告，內容應該包括編輯部關於《一天》的情況彙報、編輯部的檢討以及改正錯誤的措施。大家對這些條措施作了議論，事情已經發展到這一步，也只好如此了。〔註41〕

誰都明白，事情到了這一步，《一天》事件的如何收場，須得「中央領導」才能說了算了。也就是在這種節骨眼上，于會泳的態度表現得相當惡劣。本來，《人民文學》屬雙重領導，文化部是政治（方針政策）領導，出版局是日常工作（編輯出版）的業務領導，而且，刊物的四位主編、副主編，三位是文化部的人，（施燕平由滬調京時，「編制」明確劃歸文化部而非出版局。）只有嚴文井是出版局下屬的人民文學出版社負責人。但是現在，于會泳卻說「刊物不屬文化部管」，「應該向出版局去彙報」，明顯是在推脫領導責任。當然，同時也能看出，于會泳的這種態度，恰是直接證明了在《一天》的問題上，文化部（于會泳）不僅沒有了裁定權，而且，自身也可能難辭其咎了。那麼，袁水拍的緊張和慌亂就更是不難想像了。比較起來，嚴文井似乎是置身事外

〔註41〕 1976 年 7 月 22 日日記手稿。其中，文井指嚴文井，時任《人民文學》副主編。

的局外人，施、李二人則有明顯的牴觸態度，但也無可奈何，「只好如此了」。
在採取了一系列措施之後，所有的人都只能等待「中央領導」的指示了。

局勢的陡轉對蔣子龍的威脅主要是，北京方面要追查《一天》的具體寫
作背景了——這種追查實際上就是「文革」中慣用的內查外調整黑材料的手
法，並且，對《一天》的批判也顯然要升級了。

7月24日，刊物負責人與出版局領導會議，討論《一天》事宜。「到目前
為止，共收到讀者來稿237篇，其中有31篇是讚揚推薦，認為是近年少有的
好作品外，其餘 206 篇，都是批判的，而且隨著批鄧的深入，批判稿的調門
也越來越高。其中反映最強烈的是遼寧，共有 32 篇……按來稿多少為順序，
分別是黑龍江、上海、江蘇、四川等地。」而編輯部內部的看法並不一致，
如何表態，尚有「難處」，須待領導指示。出版局的領導表示，「編輯部要進
一步研究，這篇小說究竟存在什麼問題，是毒草還是一般錯誤，性質定了，
才能對症下藥。」現在的複雜性和困難在於，「遼寧認為是大毒草，能不能得
出這個結論。過去歷史上有些大毒草是毛主席定下來的，我們自己能定？」
對作品的認識，「認為是大毒草是一種認識，認為是受右傾翻案風影響寫了錯
誤文章又是一種認識」。編輯部首先要有「統一認識」。〔註42〕

這種討論實際上是毫無意義的。但表面上的官樣文章又不能不做，這屬
於政治遊戲規則。從這次討論中，又至少透露出，《人民文學》編輯部似無意
也不傾向於將《一天》視為大毒草。

8月5日，脫期半月的第4期出刊了。編輯部給張春橋寄呈五冊，同時附
呈一信。此信由施燕平起草，送審袁水拍，並轉嚴文井、李希凡補充、修改，
同時也抄報了出版局領導小組。現將此信全文抄錄如下：

> 春橋同志：
>
> 　　送上七月號《人民文學》五本。因工廠機器發生故障以及地震
> 的影響，刊物的出版已脫期半個月。
>
> 　　在七月號上，我們通過《編者的話》，對發表在《人民文學》第
> 一期上的短篇小說《機電局長的一天》，向讀者作了初步檢討。由於
> 我們路線鬥爭覺悟不高，事先沒有看出這個短篇存在著背離黨的基
> 本路線這一嚴重政治問題，沒有看出作者歌頌的小說主要人物霍大

─────────────────

〔註42〕均據 1976 年 7 月 24 日日記手稿。

道的所作所為和他所鼓吹的那一套，正是鄧小平反革命的修正主義貨色，以致把有嚴重錯誤的作品，當做好作品，放在突出的地位予以發表。發表後，編輯部陸續收到許多讀者來信來稿，對小說進行批評。隨著批鄧、反擊右傾翻案風運動的深入，我們逐步認識到，這篇小說正是鄧小平所刮起的右傾翻案妖風的產物，它符合了鄧小平推行修正主義路線的需要，影響絕壞。我們感到心情十分沉重，我們辜負了毛主席和黨中央的期望！

在這期刊物上，我們還發表了小說《機電局長的一天》的作者蔣子龍（天津重型機器廠鍛工、在文化大革命中被提拔為車間黨總支副書記）談創作體會的文章，對他在寫作時受到鄧小平「三項指示為綱」的影響，以及小說宣揚「階級鬥爭熄滅論」、「唯生產力論」的嚴重錯誤，作了一些檢查。

作者在寫這篇體會文章時，對作品中所存在的問題思想認識上曾有過幾次反覆。因此使這篇文章延遲到七月號才發表。開始時，作者不認為他的小說受了鄧小平右傾翻案風的影響，甚至還說：即使受了「三項指示為綱」的影響，那去年報刊上以及中央負責同志的講話中也提過、宣傳過，為什麼非得他寫檢查文章不可。經同志們多次與作者交換意見，他的態度才有所轉變。但由於我們的工作做得很不夠，作者對小說的嚴重問題，認識仍很不足，所以他的自我批評，仍比較膚淺。

七月號上，我們同時還發表了蔣子龍同志新寫的以反擊右傾翻案風為題材的小說《鐵鍬傳》。當初我們是這樣想的：作者是個工人，在業餘作者中有一定的影響，如果認識錯誤，並能反戈一擊，投入批鄧、反擊右傾翻案風的鬥爭，應該加以鼓勵。既發表他的檢查，又發表他的小說，可以體現允許犯錯誤也允許改正錯誤的精神。當時也有同志認為小說不一定要現在發，應當等七月號刊物出來後，聽聽讀者意見以後再說。

七月二十一日，我們看到了新華社於六月二十五日編印的《國內動態清樣》，反映了遼寧幾位同志對《機電局長的一天》的尖銳批評意見。對此，我們立即認真地加以研究，並對小說的錯誤和前一

段對這一問題的處理重新作了檢查。我們感到《編者的話》中的檢
查是不夠的。我們估計：七月號刊物出來後，可能會引起讀者的強
烈反響。爲了進一步處理好這個問題，我們準備在抗震救災工作告
一段落的適宜時機，到讀者意見最強烈的遼寧和作者所在地天津
去，通過當地有關部門，分別召開若干座談會。一方面，徵求對七
月號上這幾篇文章的意見，並徵求對處理這個問題的意見，虛心接
受工農兵和領導上的批評教育；另方面通過組織，進一步弄清這篇
小說較具體的寫作過程、背景，進一步瞭解作者當時的思想和現在
的認識、態度，然後再考慮下一步措施，並隨時向出版局領導小組
報告請示。

現在我們的認識還是很低，一定還有錯誤。我們一定努力加強
馬列主義的學習，特別要認眞學習毛主席的重要指示，深入批鄧，
進一步提高對小說錯誤的認識，以便從所犯錯誤中吸取教訓。以上
報告，不妥之處，請批示。（抄報出版局領導小組）〔註43〕

此信的態度已經很明顯了：一是彙報工作、認識錯誤並將進一步改正錯誤；
二是對蔣子龍有所開脫和保護；三是希望得到中央領導的批示諒解。

此信雖如泥牛入海，一直未見張春橋或其它中央領導發下任何批示。但
編輯部方面的應對工作卻一點也不敢懈怠，特別是主編袁水拍對此事抓得相
當緊，而且調門相當高，措施也非常嚴厲，弄到要編輯部領導帶頭，人人表
態，以至於連施燕平和李希凡都感到有點厭煩了。

水拍同志通知幾位副主編去他那裏研究工作，主要兩件事，一
是《一天》的事，二是批鄧。給春橋同志的信寄出後並無回音，但
編輯部在信上提到的一些工作仍需加緊。水拍同志提出關於派人去
遼寧和天津的事如何落實。我們幾人都認爲此刻去天津不妥，天津
是地震的重災區，大家都在全力抗震，此去多有不便。我還提出去
遼寧的事過幾天再說，現在要編輯離京出差，他們對家裏也放不下
心。還有一件事是如何落實出版局領導的指示，編輯部對《一天》
要有統一認識。水拍同志提出此事要同批鄧結合起來，要在學習批
三株大毒草（注）的有關文章，提高認識以後，再對《一天》作出

〔註43〕據 1976 年 8 月 5 日日記手稿。

統一認識。他大概覺察到我對這件事並不積極，故提出要我在編輯部會議上帶頭髮言，對《一天》的錯誤進行分析，要我事先寫出書面發言稿，經他和文井、希凡同志看過後再講，而且要編輯部同志人人發言表示態度，他提出到時他要到編輯部來一起參加。說良心話，此事希凡和我都感到有點煩，但我只好答應了。

注：指《論全黨全國各項工作的總綱》（簡稱《論總綱》）、《關於科技工作的幾個問題》（簡稱《彙報提綱》）和《關於加快工業發展的若干問題》（簡稱《條例》）。〔註44〕

在袁水拍的一再催促下，8月28日，《人民文學》編輯部關於《一天》的討論會終於舉行了。此會的核心就在統一認識。除了袁水拍，其它人的發言都認爲《一天》是受了右傾翻案風的影響而犯有「嚴重錯誤」的小說，只有袁水拍「認爲是一篇爲鄧小平唱讚歌，刮右傾翻案風的大毒草」。並再次督促編輯部必須「盡快派人去天津進一步調查」。

今下午，拖延多天的對《一天》的討論正式舉行，水拍同志親自來參加討論。我的發言稿事先經水拍、文井和希凡同志認可。從這意義上講是代表了編輯部領導的觀點，但對編輯部同志則表明是個人發言。我的發言主要是兩個部分，一是對小說的分析，錯誤的嚴重性，把走資派當作英雄來寫；二是檢查自己路線鬥爭的覺悟不高，受鄧小平的右傾翻案風影響，把這樣一篇有嚴重錯誤的作品當作好作品，不僅作爲小說的帶頭文章，而且還進行吹噓叫好。劍青、許以等同志也根據各自準備的發言稿作了發言，基本調子大同小異。最後水拍同志發言，他先是也作了自我批評，開始時認爲是好小說，沒有看出來，接著對小說作了批判，認爲是一篇爲鄧小平唱讚歌，刮右傾翻案風的大毒草，最後認爲編輯部在處理這件事的過程中說明沒有把無產階級專政的任務落實，並要求盡快派人去天津進一步調查。〔註45〕

此時已是 8 月底了。不久即將發生的巨大政治變化，使得對《一天》的後續處理已經沒有任何時間和可能了。包括當時在天津召開的批判《一天》和蔣子龍的「七千人大會」，也只能說是強弩之末了。此事結果竟然是不了了之。

〔註44〕1976 年 8 月 14 日日記手稿。其中，「注」爲施燕平此次整理日記時所加。
〔註45〕1976 年 8 月 28 日日記手稿。

眞是有驚無險、虛驚了一場。只有一個細節還得補充。據出差東北的涂光群等和出差西北的閻綱來信反映，大多數人認可編輯部（第 4 期）的處理方式，只各有少數人看法對立：《一天》是大毒草，應公開批判；相反的則「至今還堅持認爲《一天》寫得很好」。〔註46〕但所有這一切，現在其實都無關緊要了。時間已到了 1976 年 10 月。

五

　　綜合各種材料和背景，可以明顯地看出《一天》的寫作和發表前後的遭遇，都環繞著直接的政治因素。特別是在對其處理的過程當中，多重力量的博弈和角力，直接影響甚至決定了具體的政治操作方式。《一天》風波不失爲中國當代一段特定時期中意識形態爭鬥的典型個案。

　　一、政治形勢對作品的政治方向有決定影響。這意味著政治和意識形態的功利性判斷與需要永遠是第一位的，作品的政治方向必須取決於作者對政治形勢的認識和把握。因此，政治形勢的改變必將導致對作品政治方向「定性」的轉向。

　　二、最高政治權力決定意識形態（包括具體作品）論爭的政治命運。同時當然也決定這種論爭的程度、範圍和形式。如「中央領導」對《一天》的態度（包括「沉默」）。

　　三、重大（政治）事件影響或決定意識形態事件（運動）的具體過程（包括具體的政治操作手段、步驟等），而過程的變化，又會直接影響或決定最終的結果。如周恩來逝世及天安門事件、毛澤東逝世、京津唐地震、「四人幫」被捕、「文革」結束等，都直接影響（緩和）了對《一天》的處理步驟，最終竟因此而不了了之。這當然也可以認爲是時間、時機因素對政治的重要性。

　　四、社會政治基礎對特定的政治（包括權力、運動等）的重要性。毫無疑問，到了「文革」末期（尤其是 1974 年鄧小平復出至 1976 年），「文革」政治模式和「四人幫」政治權威的社會基礎，已經大大動搖和削弱了。大如批鄧遭到公開抵制，「四人幫」遭到公開抨擊，小到《一天》及其作者始終不乏公開的同情者。這說明在社會層面和範圍內，國家政治從上至下已經明顯分裂，特別是專制權威已趨瓦解。

〔註46〕據 1976 年 9 月 14 日、9 月 22 日日記手稿。涂光群、閻綱，均爲《人民文學》編輯。

五、當事人（如作者）的政治身份及相關權利關係的重要性。「新的工農兵業餘作者」這種政治身份在「文革」時期的特定「政治有效性」，顯然起到了保護蔣子龍的作用。《一天》事件中參與具體處理的一些人如施燕平等，正是因此爲蔣開脫並「政治消極」的。有些社會反響也因此而同情蔣子龍。但更重要的是，當事人（蔣）並沒有直接或具體介入任何政治權利關係之中，否則，他的命運仍將由相關的政治權利關係所決定。所謂政治權利關係，說白了就是具體的政治集團和派系。

六、個案的處理方式及其結果，有時取決於個案對於主要政治功利的實際價值，即對於重大的或全局性的政治利益而言，特定個案究竟具有何種可資利用的政治價值，這種政治判斷具有決定作用。如此看來，《一天》事件至少對1976年的中國政治（意識形態）的可利用價值顯然還比較有限，或者說，政治最高層還無暇顧及到這一具體事件，因此也就沒有必要對此作出明確的政治決策。可以對比的是，當時圍繞「樣板戲」的爭論則受到了最高度的關注，中央高層都直接介入其中了。

七、政治的具體操作者和執行者，對政治（意識形態）事件的處理過程和結局可以產生相當的影響，雖然這種影響大多數時候並無決定作用。很顯然，如果不是《人民文學》編輯部及其主要負責人如施燕平等人的消極（執行）和同情（蔣），對蔣子龍和《一天》的處理措施或許會「落實」得更及時、更嚴厲吧。當然，在這一事件中，也不能排除這種考慮，即編輯部的態度含有自我保護的動機。《一天》被定性爲「大毒草」的話，不僅作者要受到重大壓力，而且，編輯部也得承擔更大的罪責了。

八、當事人的性格和態度也會對政治事件的具體處理（過程）產生微妙的影響。有時，性格因素甚至會決定事件的最終走向及其政治定性。「文革」（包括更早的「十七年」）期間，許多政治事件的結局也可以說是包含了「性格決定命運」這句格言的含義。在這種意義上，政治並不純粹，也並不抽象。喜劇或悲劇，都會有具體的人性因素在其中起作用。在《一天》事件中，只能說蔣子龍的性格還沒有給他帶來厄運，反而在事後足以成爲驕傲的資本。

九、不同的政治利益集團（或派系）會對同一事件（對象）施加各自的影響，進而決定事件（對象）的走向和命運。特別有趣的是在這些政治集團的利益有所衝突時，「政治的戲劇性情節」也就出現了。對於《一天》，北京（文化部）、天津、上海、遼寧等地，之所以會有不同的反映和態度，主要決

非「政治理念」的不同或衝突，而只是地方（部門）的政治利益所致。這些利益和力量的博弈，顯然影響到了《一天》的具體處理和結局。此類事實遠非《一天》一例，而是普遍發生的現象。「文革」期間的利益政治、派系政治、地方（諸侯）政治現象，以及它們如何造成了一個時代的「政治生態」問題等，非常值得專門研究。《一天》事件還只能說是表面化地牽涉到了這種現象。

上述種種，在具體個案（如《一天》事件）中的作用會相當複雜，既互相交織，又並不平衡，但正是它們的「合力」，決定了具體的事件形態和政治形態，因此可以由此尋繹「環繞文學（意識形態）的政治博弈（操作）模式」。這種模式無疑具有制度化的含義和特徵。

最後順便提一下有關《一天》及其作者的兩個尾聲段落。「《中國新文學大系（1949～1976）・短篇小說卷》（王蒙主編，上海文藝出版社 1997 年出版）收入『文革』期間大陸上的短篇小說，只有一篇——蔣子龍的《機電局長的一天》」。〔註47〕

其次，因爲在《人民文學》第 4 期發表了批鄧、與走資派鬥爭的小說《鐵鍬傳》，「文革」結束以後，蔣子龍又幾乎被人「揪住政治小辮子」，甚至還醞釀批判和清算。這就幾近「無事生非」了。但也可見「文革」政治的深刻影響。

〔註47〕崔道怡：《惟一的這〈一天〉》，《方蘋果》，作家出版社，2000 年。

組稿：文學書寫的無形之手 [註1] ——
以《人民文學》（1949～1966）為中心的考察

對於「組稿」的特定理解與解釋

　　1951～1952 年間，以對電影《武訓傳》的批判和知識分子的思想改造運動為直接背景，新中國文藝界興起了一場規模甚大的整風學習運動。在此運動中，號稱「文學國刊」的《人民文學》雜誌遭受了創刊以來的第一次「重挫」。刊物的主要負責人，「對《人民文學》過去工作中的錯誤和缺點，應該負主要的責任」的艾青，被解除了副主編的職務。時任《文藝報》主編的丁玲，轉任該職 [註2]。

　　就在丁玲履新之前，也就是在文藝界整風學習運動展開之初，1951 年 11月 24 日，北京召開了文藝界整風學習運動的「動員大會」。丁玲緊隨胡喬木和周揚，也在動員大會上作了主要發言 [註3]。在題為《為提高我們刊物的思想性、戰鬥性而鬥爭》的講話末尾，丁玲指出：

〔註 1〕　本文是作者以《人民文學》為中心的考察中國當代文學現象的文章之一，相關研究分別獲得教育部博士點研究基金、上海市社科研究基金及華東師範大學項目經費的資助，謹此致謝。

〔註 2〕　參見拙文《文藝整風學習運動（1951～1952）與〈人民文學〉》，《南方文壇》，2006 年第 3 期。引文出自《文藝整風學習和我們的編輯工作》（《人民文學》，1952 年 2 月號），該文係《人民文學》編輯部對自身錯誤的「檢討」，署名「編輯部」。

〔註 3〕　胡喬木、周揚、丁玲三人在「動員大會」上的講話，均載《人民文學》1952年 1 月號。下文所引丁玲講話內容也據此，不另出注。

　　創作和批評是可以組織的，過去我們也組織過，但因爲方針不
明確，組織的稿子便不是在很好的計劃中的。從我們的經驗中，也
知道比較有組織的稿子，是群眾需要的稿子，是可以得到較多和較
好的反映的。稿件的能否組織，依靠編輯部工作的是否主動。編輯
部應該經常召集一些作品的座談會，一些問題的座談會，編輯部應
該收集研究一些存在的問題，將資料供給作家，並且幫助作家下鄉、
下廠、下部隊，幫助他們寫作。編輯部是組織者，卻不是只顧自己
寫作的人，編輯部的人員動了，開動了腦筋，作家們也就跟著動了，
問題也就活動起來，文章就多了。文章多，思想討論活躍，這樣編
刊物才有意義。編輯部不怕沒有稿子，就怕自己不主動。

在這段話裏，丁玲強調的就是「組稿」問題及其重要性。

　　組稿是刊物編輯部的主要業務工作，當時或稱「組織」工作之一。「組織」
也正是丁玲這段講話中反覆出現的關鍵詞和核心概念。胡喬木和周揚在這次
動員大會上的講話中，也都直接強調了「文學組織」和「組織文學」的重要
性的思想〔註4〕。略加辨析的話，「組織」一詞，即可作爲名詞，也能用作動
詞。在本文所涉的範圍內，其實也是在中國當代文學的許多情境中，作爲名
詞的「（文學）組織」，可被視爲關於文學的制度設計；而作爲動詞的「組織
（文學）」，則可理解爲關於文學的策略手段。通常作爲特定專業詞彙的「組
稿」，在其實際的運作特別是在「十七年」和「文革」時期的文學活動中，其
眞實的含義就如「組織」一詞，有著超越文學專業範疇的多項「語用」意義
和功能。簡言之，「組稿」是一項由特定政治─文化的權利所支配而進行的制
度化、組織性的文學業務。它關乎中國文學的制度和組織建設及其運作，也
關乎中國文學的資源利用、權利地位、價值歸屬及時代命運等重大問題。對
具體的組稿者（如刊物、編輯等）而言，其切身利益更是往往繫於組稿的（一
時）成敗。因此，組稿不能不是高度自覺的，有明確目的的，富於計劃性的，

〔註4〕　對於「組織」與文學的關係及其重要性的強調，在中國左翼文學理論、中共
　　　　各級領導人各不同時期和場合的講話（指示）、新中國文學等之中，所見多多，
　　　　遠非止本文略舉的胡、周、丁三位。但因丁玲係本文所論的「直接關係人」──
　　　　其時正出任《人民文學》副主編，且其講話時境也正在本文所論的範圍之內，
　　　　所以引其所說應是比較恰當也具說明性的。順便提一下，與文學的「組織」
　　　　概念相關的「紀律」（文學紀律，作家的寫作和行爲紀律等）一詞，也是胡、
　　　　周、丁三位等的講話中被反覆、突出地提及的。

需要講究策略的。特別是，組稿不僅承擔著文學的責任和義務，而且還負有著文學的政治使命。這決定了它必須進入、滲透、參與乃至影響、左右、支配文學寫作的各個環節和全部流程，當然也包括文學寫作的結果（如修改、定稿、發表或出版等）。如同計劃體制內的計劃經濟一樣，文學也被納入了「計劃文學」的制度之中。由宏觀的「計劃文學」的方針、政策，設計、制定具體的「文學計劃」。組稿就是對「文學計劃」的實際操作，或者說，組稿是對「計劃文學」的具體落實——這包括將計劃外的文學納入到計劃內的過程實施。在此意義上，組稿可謂中國當代文學（尤其是「十七年」、「文革」時期的文學）書寫的「無形之手」。作爲一種制度化和組織性的操作或運作機制（方式、手段），組稿全面參與並影響了中國當代文學的形成及其歷史。假如有一部中國當代文學「組稿史」的話，我以爲它幾乎就會是一部特定意義上的中國當代文學史〔註5〕。

《人民文學》既被制度化、組織性地設計、規定爲新中國的「文學國刊」，它的組稿，或它與組稿的關係，不能不在動機、方式、效果諸方面具備遠較其它文學刊物更爲深廣的自覺思考和多重訴求。它不可能僅僅著眼於刊物的自身（本位）利益，而必須自覺承擔新中國文學建設的義務、責任和使命。因此，它的組稿既屬刊物自身（特定）的一種文學關切方式和目標，同時也是中國當代文學宏觀走向的一種風向標和價值取向。概言之，它示範性地體現了新中國「國家文學」的想像、設計和實踐。

組稿：文學的政治資源及最高權利的爭奪

《人民文學》的「國刊」定位使該刊在組稿方面先天性地佔據著得天獨厚、無與倫比的優勢地位，它可以有保障地享受到最佳文學資源的選擇權和使用權。同樣，幾乎所有的文學作者及其作品也都以能夠在《人民文學》上占得一席之地而感到驕傲，因爲這不僅意味著寫作者的文學榮譽，而且也直

〔註5〕 在國家制度、國家意識形態的層面上，「組稿的文學史」可以納入我所謂「國家文學」的概念和理論框架中來理解和探討。所謂國家文學，簡言之就是由國家權利（包括其制度和意識形態等）全面支配的文學；同時，國家文學相應地也就成爲國家權利表達或體現的一種特定形態或方式。顯而易見，當國家權力成爲全面掌握所有的文學資源、文學評判（標準）和文學可能性的最高乃至唯一的權力時，國家文學就必然成爲文學的現實，文學就必然成爲國家權力支配的文學。

接或間接地顯示出某種「政治」的評價,尤其是在政治形勢變幻莫測,作家命運難以自控的當代中國,這一點最顯敏感。因此,《人民文學》的地位包括其組稿,在國家文學的體制及其具體情境中,一般而言是得到了多重保障的。

但是,這並不意味著組稿對《人民文學》來說就會顯得輕鬆或不重要了。實際情形恰恰相反,正因為《人民文學》地位的無比重要,它的責任和使命之重也是其它文學刊物所不能承擔的。所以,它的組稿往往反倒是最艱難的。它必須與其它刊物展開資源的爭奪,以此維護自身的形象和權利。資源爭奪的失敗——如好作品被其它刊物捷足先登,或資源的「不當使用」甚至「濫用」——如發表了「錯誤」作品等,都將不僅使刊物蒙羞,而且還會導致政治評價的危機。此類「恥辱」經歷,在《人民文學》歷史上不可謂少見。一言以蔽之,組稿之於《人民文學》,同樣是「性命攸關」的。《人民文學》的智慧必須在組稿上勝出一籌,這樣才能保證刊物的利益最大化。

組稿的資源爭奪及權利的分享(乃至獨享),首先表現在對政治資源及最高權利的爭奪上。在這方面,作為「國刊」的《人民文學》具備「文學的最高身份」的地位優勢,但更重要或主要的還是刊物在這方面所具備並表現出的敏銳的「自覺意識」和高度成熟的「政治智慧」。在《人民文學》的組稿史上,此類的「大手筆」並不鮮見。其中,向毛澤東的組稿並獲成功,就堪稱經典範例之一。

國家首腦、政治領袖的毛澤東,同時又是一個詩人、文學家,這對《人民文學》這樣的刊物來說真算是件「幸事」,因為恐怕也只有《人民文學》(另如《詩刊》等)這樣的刊物才「配」發表這位獨一無二的特殊作者的作品,也才「敢」將他作為刊物的組稿對象。對毛的成功組稿,毫無疑問將顯示出刊物在文學的政治資源及最高權利的爭奪上所獲得的最大成功和最高成就。《人民文學》組稿史上的這一得意之筆,落墨於 50 年代末,完成於 60 年代初。

1958 年間,正值張天翼、陳白塵主政《人民文學》(正、副主編),他們聽說鄧拓藏有毛澤東的多首未曾發表過的詩詞,這些詩詞是鄧拓在《人民日報》總編輯任上時與毛澤東的筆墨交往中留存下來的,遂商請鄧拓見示主席大作。這批詩詞有十幾首之多。鄧拓表示,《人民文學》如欲發表這些詩詞,還必須上呈作者本人,由毛親自審定才行。當時,沈從文夫人張兆和也在《人民文學》任編輯,她的小楷素有好評,便由她工整抄錄一份,連同主編代表

刊物編輯部的一封信（請示、組稿），一起送呈主席，請毛允許《人民文學》發表這些詩詞。這是一次有些漫長的組稿，一晃四年時間就過去了。到了1962年五一節前夕，兩位主編突然收到主席親筆來信，內有詞六首的校訂稿，信中說明：「這六首詞，是一九二九——一九三一年在馬背上哼成的，通忘記了。《人民文學》編輯部的同志們搜集起來，寄給了我，要求發表。略加修改，因以付之。」就這樣，毛澤東的《詞六首》首發於1962年5月號的《人民文學》上〔註6〕。

這次組稿的成功，在組稿者（《人民文學》）和作者（毛澤東）兩方面都有可圈可點之處。在前者，這顯然是一次十分敏銳的積極主動的組稿，並且充分利用了有效的組稿資源（即鄧拓），這兩點在此類個案上缺一不可。《人民文學》由此所體現出的與其說是「文學的動機」，不如說主要是「政治的智慧」。文學的政治資源及其所代表的政治權利，經由組稿這一文學資源的爭奪或利用形式，其意義顯然已非文學所能概括了。

有意思的還在，後者（即作者毛澤東）的回應組稿的方式也耐人尋味。一是相隔了四年之後，毛澤東才答應了組稿和發表的請求；二是毛從十幾首詩詞中僅選發了六首；三是對這六首詞進行了修訂，如「採桑子」詞中原句「但看黃花不用傷」，改爲「戰地黃花分外香」，「減字木蘭花」詞中原句「雪裏行軍無翠柏」，改爲「雪裏行軍情更迫」等〔註7〕；四是親筆回信作爲詞作發表的序文，既述寫作、修改之實，又記《人民文學》組稿之請，以此明瞭本事始末。從這幾點至少可以肯定地判斷：毛澤東對《人民文學》的這次組稿之請是十分鄭重其事的。伸言之，這意味著毛對《人民文學》的政治地位和文學地位顯然都持肯定態度，而且，對這份刊物也顯然持支持態度。

〔註6〕 上述關於毛澤東《詞六首》的組稿及發表史料，係據原《人民文學》編輯涂光群、周明的文章綜合而成。涂光群：《毛澤東詞六首發表內幕》，收入作者的《五十年文壇親歷記》（上），遼寧教育出版社，2005年5月。周明：《毛澤東與〈人民文學〉》，收入作者的《雪落黃河》，人民日報出版社，1999年7月。周文中還提供了一個「組稿」細節，因1958年的組稿請示一直未獲毛的回音，1962年初便又再次向毛請允，這次終獲成功。
　　　　關於毛澤東的這封信，另外值得一提的是，《人民文學》從創刊（1949年）到停刊（1966年）間所使用的封面刊名字樣，是經毛澤東提議的郭沫若的題字手跡。而從1976年復刊起迄今，封面刊名字樣則一直改用了毛澤東爲發表《詞六首》而於1962年覆《人民文學》編輯部的這封親筆信中的字樣手跡。這也是由毛本人同意刊物所請才採用的。
〔註7〕 此據涂光群：《毛澤東詞六首發表內幕》。

這次組稿所透露出來的政治信息，對《人民文學》來說當然更具重大意義，它證明了刊物獲得了最具價值、也是最高價值的文學資源和政治資源的支持，享有了「文學政治」意義上的最高權利。這同時其實也就是對刊物自身的最高地位的再次「法定」確認。

組稿，組的往往就是（文學和政治的）權利。組稿的動機或目標，指向的往往也就是權利。往往就是對權利的渴望（有時是因為恐懼），構成了組稿的自覺動力。《人民文學》的獨特地位，則使它有自信也有「野心」，可以將組稿指向最高權利。這雖看似孤例，很難複製，卻是當代中國文學（或國家文學）中組稿的最為突出而深刻的動機體現。

組稿：文學的（政治）風向標，或文學景觀的塑造

通過組稿獲取最具價值的文學政治資源及其支持，以此顯示或保證組稿者（通常是刊物，有時也會是編輯個人）享有的（最高）文學權利或政治權利，這可以說是中國當代文學組稿的重要目標和莫大榮譽。但此類「經典手筆」即使是對《人民文學》這種地位特殊的刊物來說，畢竟也是可遇而難求。既需智慧的把握，也靠機會的垂顧。「經典」之所以為經典，一方面是其所具意義和價值的無與倫比，另一方面也意味著它不可能為常態。經典性的組稿當然是必需的，但它顯然未必就會是必然的。經典的產生需要「歷史的合力」作用，有時看起來甚至僅僅像是一次「巧合」〔註8〕。

從政治解讀的角度來說，中國當代國家文學體制中的組稿常態，或其職業的、專業的責任和使命，主要體現為對「新中國文學」（或稱「人民文學」、「社會主義文學」、「革命文學」、「工農兵文學」、「工人階級文學」、「無產階級文學」等）的形態及其發展方向的塑造和引導，其中也包含著評價〔註9〕。顯然，《人民文學》對此的責任在所有文學刊物中應該是最突出和最巨大的。

〔註8〕 1975～1976年，《人民文學》和《詩刊》等相繼醞釀「復刊」。這一次，毛澤東的《詞二首》「花落」復刊的《詩刊》首期（1976年元旦），《人民文學》只有「轉載」跟進的份了。

〔註9〕 比如，胡喬木、周揚、丁玲在北京文藝界整風學習運動動員大會上的講話中，對於當時文學現象和文學刊物的一系列嚴厲批評，也都可以理解為包括了對組稿不力或組稿錯誤等編輯工作問題在內的不滿。參見《人民文學》1952年1月號所載三人講話。另參見拙文《文藝整風學習運動（1951～1952）與〈人民文學〉》（載《南方文壇》2006年第3期）。

它（的組稿）首當其衝也是理所當然地被視爲中國當代文學的（政治）風向標，塑造著中國當代文學的實際樣態、生態格局和發展取向。就此而言，不妨說《人民文學》的組稿，「領導」並「生成」著中國的當代文學。這實在是不由任何個人的意志可左右或改變的，而是由國家制度（意識形態的最高權利）所「賦予」的，而後，這又成爲《人民文學》的一種自覺和使命以及榮譽感。

1957 年 7 月號的《人民文學》號稱「革新特大號」。在這期的刊物上，出現了久違了的沈從文的名字，他的一篇題爲《跑龍套》的短文「被特意安排在本期散文的頭條」。在《人民文學》上發表沈從文的作品，在當時當然不會是無意而爲的。

1956 年 5 月 2 日，毛澤東在最高國務會議上提出，在文學藝術和學術研究中應該實行「百花齊放，百家爭鳴」的方針。不久後的 6 月 13 日，中共中央宣傳部長陸定一在《人民日報》上便發表了關於「雙百方針」的講話文章。當月 18 日，毛澤東的《關於正確處理人民內部矛盾的問題》正式公開發表。（次年 2 月 27 日，毛澤東在最高國務會議第十一次擴大會議上，又就此發表了講話。）此後，關於雙百方針的討論就在文藝和學術領域漸次展開。8 月 24 日，毛澤東在對音樂界人士的談話中，又闡述了「古爲今用，洋爲中用，推陳出新」的方針。9 月 15 日至 27 日，中共八次全會（八大）舉行。大會明確提出，我國的社會主義制度已經基本建立，國內的主要矛盾是先進制度和落後生產力之間的矛盾，是人民對經濟文化發展的需要與當前的經濟文化不能滿足人民需要的狀況之間的矛盾等。11 月 10 日，又召開了中共八屆二中全會，毛澤東在會上宣佈：將在 1957 年開展黨的整風運動。當年（1956）也是共和國成立後社會主義改造基本完成之年。1957 年 3 月 6～13 日，中共中央召開全國宣傳工作會議，毛澤東在會上著重講了知識分子問題、準備整風問題和加強黨的思想工作問題等。這次會議還邀請了黨外人士參加。4 月 27 日，中共中央發出了《關於整風運動的指示》，決定在全黨進行一次以正確處理人民內部矛盾爲主題，以反對官僚主義、宗派主義和主觀主義爲內容的整風運動。5 月 2 日，《人民日報》發表社論《爲什麼要整風？》。也就是從四、五月之交起，中共全黨的整風運動逐步展開，黨內外的建議、批評和爭鳴之風隨之波及全國。5 月 6 日，中共中央發出《關於繼續組織黨外人士對黨政所犯錯誤缺點展開批評的指示》。5 月 8 日至 6 月 3 日，中共中央統戰

部邀請各民主黨派負責人和無黨派民主人士召開了十三次座談會，對中共黨的工作和國家政治生活提出批評和意見。其間，5 月 14 日，文化部通令所有原來禁演的戲曲劇目全部解禁。但是，5 月 15 日，毛澤東卻已撰寫了《事情正在起變化》一文，其中指出，要認清階級鬥爭形勢，注意右派的進攻。雖然如此，整風仍在進行。5 月 19 日，《人民日報》又發表了《繼續爭鳴，結合整風》的社論。直到次月上旬，形勢才發生了公開的根本性逆轉。6 月 8 日，中共中央發出了《關於組織力量準備反擊右派分子進攻的指示》。同日，《人民日報》發表題為《這是為什麼？》的社論。以此為標誌，此後在全國範圍內陸續開展了大規模的反右派鬥爭運動。這一運動至 1958 年夏季才告基本結束。其中，特別要提出的是，1957 年 8 月，中共中央宣佈在全國範圍內粉碎右派分子的進攻。從此，整風反右實際上就真正成為了一場全民政治運動。

在這段歷史過程中，有一個細節是非常重要的，許多人和事件的「命運」就是由此決定的。那就是在毛澤東已發現「事情正在起變化」時，原先的整風運動不僅仍在以「慣性」發展，而且還得到了鼓勵，因此，局中人幾乎未曾注意到風向的悄然變化，當然也就無從引起警惕。這使所謂的「陽謀」和「引蛇出洞」終於大收其功，一役定局。本文對這一細節的強調，就因為《人民文學》的「革新號」及沈從文作品的發表，恰恰出現在足以決定其命運的這一歷史逆轉的當口。這真可以說是所有不幸中的最大不幸。——《人民文學》在這一時期的組稿，無疑就是在「自掘墳墓」。但其悲劇或無法自控的是，它是因（必須）響應雙百方針的號召且由文藝界的領導人直接授意才不由自主地被推入自掘的墳墓中的。

雙百方針提出之後，文藝界自然必須有所作為，這關係到新中國（國家）文學建設的「國策」部署。具體的操作或策略手段當然還是需有「政治設計」的，並非純是文學份內的事。從理論上說，「百花齊放」也應該允許或認可「香花」、「毒草」一起「放」的可能性。不過，公然的、已知的毒草，其實並不在可放之列，否則，「反動文藝」就能假道借機流行了。同時，紅色香花（革命文藝）雖應大力鼓吹，卻又不足以體現「百花齊放」的盛況。因此，究竟放什麼花，還真是必須慎重其事的。組稿是去覓花的，但花之所在，需有高明法眼指點。於是，「主管文藝界的周揚一再『耳提面命』中國作家協會各刊物的負責人，要『請動』多年擱筆的老作家寫稿」。

　　　　周揚對《人民文學》的主編嚴文井說：「你們要去看看沈從文。
　　沈從文如出來，會驚動海內外。這是你們組稿的一個勝利！」

嚴文井「跟沈從文私交不錯，這時欣然從命，很快跟《人民文學》編輯部主
任李清泉一起去看望了沈從文」〔註10〕。這便是《跑龍套》一文組稿並發表
的緣由。

　　周揚面授機宜，指示《人民文學》去向沈從文「組稿」，這在當時實在是
高明之極的一招。沈從文雖曾被斥責爲「反動文藝」的代表作家〔註11〕，但
他在新中國的表現，則一向「低調」而「老實」，毫無「蠢蠢欲動」的跡象，
更無「猖狂」之舉，形同「死老虎」。在中國當代政治生活的語境裏，他屬雖
有「歷史」問題卻無（或少）「現行」問題的一個「多年擱筆的老作家」。因
此，從政治上看（政治的定性），沈從文當然與「香花」無緣，卻也沒有「毒
草」的能量。他不是紅色作家，倒又不必視如「黑」得一塌糊塗。「灰色」大
概是他比較合身的政治色彩。彼時彼刻，「放」出一朵「灰色之花」，正可無
傷大雅卻又足能彰顯政治清明地裝點出盛世「百花齊放」的文學景象。──
所以，組稿或中國當代文學，一定要講政治，必須要懂政治，否則，充其量
只能算是「匠人」的作爲〔註12〕。再從文學上看，周揚也不愧是一位精於此
道且明白事理的行家高手，他是完全了然沈從文的文學地位及其巨大影響力
的，甚至可以說，他在「內心深處」還是對沈從文的文學成就有著高度評價
的。否則，他也不會在「政治上允許」的前提下，獨獨從「多年擱筆的老作
家」中特意拈出一個沈從文來。正像他說的：「沈從文如出來，會驚動海內外。」
因此，他心裏應該十分清楚，這次「組稿」的勝利，必將在政治上和文學上
都能贏利。從周揚對於《人民文學》的這次組稿的親自授意和具體策劃中，
足以見出他是一個全局在胸、眼光深廣的政治家，唯此他才足堪中國當代文
學（政治）領導人的位置。

〔註10〕　上引均見涂光群：《沈從文寫〈跑龍套〉》，據《五十年文壇親歷記》（上）。按：
　　　　其時實際負責《人民文學》具體編務等日常工作的是李清泉，1957年7月的
　　　　「革新特大號」及前一期的5、6月合刊，都由他主持。但是稍後的反右運動
　　　　中，這些又都成了他的罪證。李清泉是《人民文學》編輯部內第一個被劃右
　　　　派的領導幹部。2003年夏季，本文作者開始進行有關《人民文學》項目研究
　　　　之初，即赴京往訪年已八十的清泉老人，蒙其慷慨賜教，收穫「口述史料」
　　　　甚多，其中當然也包括了本文所論時期的諸多人、事話題及資料，感謝無已。
〔註11〕　郭沫若：《斥反動文藝》，《大眾文藝叢刊》第一輯（1948年）。
〔註12〕　參見周揚：《整頓文藝思想，改進領導工作》，據《人民文學》1952年1月號。

　　在上例個案裏，我們已能判斷，向沈從文組稿及「要『請動』多年擱筆的老作家」，正反映了雙百方針形勢下中國文學的一時風向，體現了對文學景觀的一種政治塑造動機〔註13〕。不幸在於，這次組稿及發表的前後，正是天地變色之際，因此同樣，當反右開始之後，因風向逆轉，需要重塑中國文學的時代景觀，則原先的所作所爲就必須被推翻。於是，雙百方針的產物頃刻間淪爲「毒草」——時過境遷，現在它被視爲組稿所犯下的錯誤了，《人民文學》1957 年的「革新特大號變成了『毒草』專號」。「中國作家協會很快編印出來供內部閱讀的一本厚厚的《人民文學》毒草集」。組稿的錯誤，即「編刊物『放毒』」成爲當時《人民文學》工作責任人之一的李清泉的一條主要罪狀，刊物領導幹部中他第一個被打成了右派分子〔註14〕。文學組稿的功過是非，已無基本的價值評判依據，完全受制或取決於政治（國家文學）的利益需求。

組稿：文學形式的政治潛臺詞，或人際政治利益關係的顯現

　　並非所有的組稿都有宏大的政治背景或戰略企圖，但組稿這種文學的業務，仍然不能不以「政治標準第一」的，這是由中國當代文學（國家文學）的體制所基本規定了的。因此，在組稿的文學形式中，或隱或顯地總能讀出一些政治的潛臺詞。作爲具體的組稿個案，特別是那些重要的組稿個案，其中還幾乎必然性地會折射出中國文學領域中人際政治利益關係的（部分）眞相。也就是說，組稿有時就是中國當代文學領域裏人際政治鬥爭的一種表現形式。——利益劃分（歸屬 ）是目的，組稿是形式，政治則是天平砝碼。

　　1955 年下半年，繼反胡風集團運動之後，反丁（玲）、陳（企霞）集團運動忽又接踵而起。丁、陳何以會在此時成爲打擊的靶子？原因無它，表面看是與胡風集團「沾了邊」，「丁陳集團」被認爲是胡風集團在黨內的「同盟軍」，是胡風集團企圖「爭取」的文學權力系統中的「實力派」。而且，這兩大集團

〔註13〕涂光群：「1957 年三四月間，秦兆陽因《現實主義——廣闊的道路》論文和修改王蒙小說問題以及被認爲貫徹雙百方針不力而實際靠邊。李清泉『受命於危難之際』，回編輯部接編《人民文學》。他執行作協領導的指示，大膽果斷，貫徹雙百方針毫不遲疑。以其編輯的膽識、慧眼和辛勤努力，編出了體現雙百方針的《人民文學》5、6 月合刊和 7 月革新特大號。他擴大了組稿面，使『五四』以來一批老作家如康白情、沈從文等重新面世，同時推出了李國文、宗璞等一批新人的力作。」——引自《中國「作協」反右掃描》，據《五十年文壇親歷記》（上）。

〔註14〕參見涂光群：《中國「作協」反右掃描》。

的「首犯」都並非「周揚派」（甚至還是「反周揚派」）中人。胡風集團倒臺後，就輪到清算丁、陳（還有馮雪峰）集團了。丁陳集團可說是受到了胡風集團的牽累（一說這其實不過是「藉口」而已）。實際上，在新中國文學的黨內權威中，能夠挑戰周揚且一度也能手眼通天的大佬，丁玲無疑是最突出的一個。這使她不能不顯得特別的礙眼。胡風案雖顯慘烈，但或只是一場權力的外圍戰，內部的「政變」（解決權力歸屬）只能在最高層爆發，且須一役定局。這是丁案發生的政治必然性，也就是歷史必然性。

　　像胡風案一樣，丁陳案也使一批人陷了進去。其中最著名的就是「舒（群）、羅（烽）、白（朗）小集團」。就在爲反丁陳集團而召開的中國作協黨組擴大會議期間，安排由《人民文學》和作家支部揭批舒、羅、白小集團問題。因爲這三個人在歷史上不僅和「反黨分子」蕭軍關係密切——他們同屬現代文學史上的「東北作家群」（蕭軍也與周揚不睦），並且也同丁玲關係密切。這兩個集團的命運最終在 1957 年的反右運動中塵埃落定。丁、陳、馮等不論，羅烽、白朗夫婦均劃右派，舒群則戴上了「反黨分子」的帽子。這一區別處理並非無意。未將舒群劃右，「留著舒，像是體現『區別對待』，體現『寬大』，但仍給以黨紀處分，長期下放」。不過，按理他們都是被剝奪了發表作品權利的，同樣也不會有刊物敢去向他們組稿的。組稿或約稿，首先是一種「政治待遇」（政治身份和地位的評價）。但是，1962年 9 月號的《人民文學》上，赫然發表了署名舒群的小說《在廠史以外》。這是怎麼回事呢？

　　《人民文學》的老編輯涂光群透露出一個耐人尋味的細節。

　　　　1962 年 8 月，邵荃麟主持農村題材小說創作座談會，周揚前往講話，散會後我看見久未見面的舒群訪晤周揚，大約是申述自己的處境。

　　　　……不久，周揚指示《人民文學》雜誌，可以向舒群約稿。

　　　　……很快，舒群自本溪寄來短篇《在廠史以外》……作家舒群這時對於廣大讀者已是久違了（自他 1954 年在《人民文學》發表短篇《崔毅》後，已有七八年沒發表作品）〔註15〕。

〔註15〕涂光群：《舒群的「寓言小說」》，據《五十年文壇親歷記》（上）。另參見《中國「作協」反胡風運動一瞥》、《丁（玲）、陳（企霞）一案小窺》兩文，均收入上書。

看來，不同的懲罰方式（「區別對待」）起到了不僅是打垮而且也是「瓦解」「敵營」的政治效果，預留的「寬大」伏筆，最終顯示出了人際政治利益關係的想像可能。這也是一種政治空間的價值。——組稿的意義在這裏充分顯現了：周揚以指示《人民文學》約稿的方式，表達了對舒群的「赦免」，後者以在《人民文學》上發表作品而獲得「解放」的身份。顯而易見，沒有周揚的指示，不說《人民文學》不可能去向舒群組稿，而且，即使舒群來稿，也不可能發表，更勿論會以如此之快的速度發表了。——《在廠史以外》後被收入人民文學出版社 1980 年出版的《建國以來優秀短篇小說選》。

　　舒群算是幸運的一例，而反例則各有其不幸。

> 大約 1954 年下半年，開始批判胡風時，（《人民文學》）評論組曾收到徐懋庸一篇來稿，稿中涉及了 30 年代文藝界紛爭的一些往事，編委何其芳建議送周揚同志一閱。不久周揚退回原稿，上有一句批語：「此人毫無進步」。……評論組退還徐稿後從此再也不敢輕易向其約稿。〔註16〕

那時徐懋庸雖然也在一定範圍內遭到批評，但仍正常任職工作，並未被完全「打倒」，也完全有資格寫作和發表，且以其文名和地位，也應該可以成爲《人民文學》的組稿對象。但是，周揚的一句批語何以使得《人民文學》「從此再也不敢輕易向其約稿」了呢？當時的評論組編輯涂光群的一句話或許就暗示出了答案。他說：「這事（按：指周揚批語一事）給我印象很深，覺得 30 年代老人們的關係真是複雜難測。」〔註17〕——直白了說，也就是特定的人際政治利益關係左右了具體的組稿行爲。周揚的批語使《人民文學》醒悟到今後「不宜」再向徐懋庸組稿了，哪怕是與政治無關的話題。徐懋庸後來也曾在《人民文學》發表過文章，那是借了 1957 年初的整風、鳴放的政治大氣候。當然，隨後很快也因大氣候的轉換、反右運動的興起而徹底被打倒了。

　　五十年代初，胡喬木、周揚同爲中共中央宣傳部副部長，連同部長陸定一，他們在處理相同問題時的（個人）具體態度有時是很不一樣的。如對丁玲的《太陽照在桑乾河上》，周揚的批評意見比較顯著，而胡喬木則主要是支持的態度。對於胡風及「胡風派」的作家，周揚的態度眾所週知，胡喬木起

〔註16〕涂光群：《中國「作協」反右掃描》。
〔註17〕同上。

初卻並未視如仇讎。1955 年毛澤東就「胡風集團」問題的處理徵求陸定一和胡喬木的意見時，只有胡還認為證據不足，對毛提出了不同意見〔註18〕。特別是，在此前的兩三年，正是因為胡喬木的直接干預，路翎才被安排去朝鮮體驗抗美援朝戰爭的實際生活，同時，胡喬木還明確支持發表胡風、路翎的作品。「當喬木指示了向胡風、路翎約稿，處在第一線的嚴文井、葛洛親自出馬組稿。」胡風作品此處不談，1953～1954 年，路翎就連續在《人民文學》發表了《記李家福同志》、《戰士的心》、《初雪》、《窪地上的「戰役」》等多篇反響顯著的小說。這都是在當時特定情境中經由胡喬木等人的具體「指示」而由《人民文學》專門組稿才得以實現的〔註19〕。鑒於周揚與「胡風派」的歷史和現實的關係「死結」，只有超越了周、胡的權力及其之間利益關係的胡喬木，以其特殊的政治身份和政治地位，才能左右《人民文學》在組稿與發表上充滿著人際權利角力的勝負。如果沒有胡喬木的因素，那麼，是否向「胡風派」作家組稿或發表其作品，就將完全取決於周、胡之間的權利關係了。如此，結果肯定會是另一種樣

〔註18〕 王康《我參加審查胡風案的經歷》：「毛主席在發表胡風集團的第二批材料前，將原定的胡風文藝宗派集團改定為反黨集團，並決定要逮捕法辦。他以此徵詢陸定一和胡喬木兩人的意見。胡喬木同志在 1980 年黨中央書記處聽取關於覆查平反『胡風反革命集團』一案情況彙報的會上說，在毛主席徵求他的意見時，他表示：胡風的文藝思想應該批判，但將胡風集團定為反黨集團，他認為證據不足。而且憲法剛剛公佈，對於逮捕胡風，他也認為不妥。（參見《胡喬木回憶毛澤東》第 13 頁）胡喬木同志還說，毛主席徵求陸定一的意見時，陸表示完全贊成毛主席的主張。在這次聽取彙報的會上，有人還聽到胡喬木說：周總理看到『胡風反革命集團』第三批材料後說過：阿壠是我方的地下情報人員，給我方送軍事情報的，中宣部和統戰部要注意這個問題。胡喬木還說，他對毛主席的決定提出不同意見後，擔心自己的政治生命可能就要完了。」——據《百年潮》1999 年第 12 期。

〔註19〕 涂光群《記路翎》：「假使不是當初胡喬木同志（時任中共中央宣傳部副部長）發了話（包括作家路翎到朝鮮前線去體驗生活也是喬木指示安排的），又假使不是 1953 年下半年《人民文學》雜誌的領導班子改組，很難設想從 1953 年下半年到 1954 年春季，這份權威的全國文學刊物會順利地拿出那樣多版面，以相當顯著位置連續發表路翎描寫抗美援朝戰爭的優秀短篇小說」。「1953 年7 月，《人民文學》改組領導，老資格的文藝理論家、作協新任黨組書記邵荃麟兼任主編，作家嚴文井任副主編兼編輯部主任，葛洛任編輯部副主任，胡風被吸收參加了編委會。」「這時喬木發話了，要《人民文學》廣泛團結作家，包括發表胡風、路翎等人的作品。」「《人民文學》因而制定了新的編輯方針」，「但是發表胡風和『胡風派』最主要的小說家路翎的作品，要是沒有主管文藝的主要負責人之一胡喬木發話，那是誰也不敢作主，誰也沒有這樣大的勇氣的」。——據《五十年文壇親歷記》（上）。

子了。並且，應該還可以有另一種判斷，胡喬木當時之所以「力挺」「胡風派」的作家，也含有「平衡」、「制約」周揚權利（一統文壇）的策略用意。胡喬木的「動作如此之大」，其潛臺詞非只純是對《人民文學》組稿工作的業務指示。不過，具有最終決定意義的政治形勢畢竟越來越明顯地不利於胡風、路翎們，最高權力者（毛澤東）的決策最終還是決定了周揚的「正確」和勝利。連胡喬木一度也只能「出局」了。就在路翎小說大獲好評之時，「文藝界領導層的某些人，似乎已醞釀一股強大的反對路翎小說之風」。

> 有一次周揚到作協來，創作研究室的女同志們向他稱讚「窪地」這篇作品，周揚笑笑對她們說：「怎麼你們還沒學會區分小資產階級感情跟無產階級感情啊！」〔註20〕

以後的結果就不必細述了。從類似例子中不難得出一種結論或看法，組稿包括發表，尤其是《人民文學》這種刊物的組稿或發表，即使無關乎宏觀政治，實際（個案）上也包含了特定的政治潛臺詞，顯現出特定的人際政治利益關係。組稿由此成為中國當代文學中權利鬥爭、利益博弈的一種重要形式。

結語：組稿的「成本」

一經確認從「組稿」的角度研究《人民文學》及中國當代文學（史），立即就會發現，組稿的個案及相關史料之豐富有趣，足以寫出一部中國當代文學組稿史。不僅如此，中國當代文學中的組稿之重要且特殊，根本在於它具體參與或進入了中國當代文學的歷史生命之中。一是它直接書寫了文學史，二是它也參與或影響了（後世）對於文學史的「重寫」或「改寫」。就此而言，文學史上的組稿其實一直影響至今。這是一個前景廣闊但尚未系統展開的研究課題。

著重從政治角度研究中國當代文學（史）中的組稿問題，有限的篇幅並不足以「窮盡」探討的初衷，對於組稿的政治解讀仍待拓展和深入進行。其次，除了政治角度，應該還有其它同樣可行的視角——如文學傳播等——能夠充分進入有關組稿的研究。行將收尾之際，最後將以提出組稿的「成本」問題來做一簡略的小結。

〔註20〕涂光群：《記路翎》。另參見《胡喬木和周揚》一文。又，本文上述史料，多取材於涂光群《五十年文壇親歷記》（上）一書。涂光群先生也曾幾次接受過本文作者的採訪，並慷慨提供了有關文字資料及「口述」史料，謹此再次致謝。

組稿當然要有成本投入。它需要刊物在人力、財力以及時間等方面的實際投入。像《人民文學》這樣的刊物，它的成本投入又顯然是最大的。中國當代文學中的組稿成本的投入特點，在於它只算（或主要算計）「政治賬」，而不計（或略計）「經濟賬」。這種政治─經濟成本的計算思維方法，當然也是受制於國家文學的最高利益考慮，受制於國家計劃體制的特徵。在相當程度上，具備「國刊」地位的少數幾家「國家級」的文學刊物（包括《人民文學》），充分享受著「舉國辦文藝」的「舉國體制」給予的優厚待遇。惟其資源之富，故而它的組稿在成本問題上常常是無後顧之憂的。換言之，它的組稿可以是不惜（不計）經濟成本投入的。關鍵是得保證有「合格」或「優質」的「政治產出」。「政治產出」的品質是「文學產出」品質的價值生命線，同時也將決定「經濟成本」（價格）的價值計算方法。

> 那些年我每年有大半年在外邊跑，從黑龍江到海南島，從上海到新疆，從河南下湖南，又到雲、貴、川，穿梭流動，跑遍了全中國。……李季（按：時任《人民文學》主編）同志下死令說：你們出去，時間長短不要緊，但要抓到好稿子；稿子你們在外邊基本上把它改好、編好，拿回來的爭取是成品，能上版面。抓不到稿子提頭來見！〔註21〕

從刊物組稿的主觀意願而言，不必懷疑完全是想因此組到好的文學作品。但這種主觀意願之所以能以這種方式去實行，說到底，還是因爲在「成本」投入的「預算」方面足以「有恃無恐」。也就是說，成本預算問題實際上是無需考慮的。今天想來，這是否也算是一種資源「揮霍」甚至「浪費」呢？但中國當代文學的特定情境，特別是其制度規定和組織方法，卻使這樣的組稿不僅在當時而且在現在，依然成爲文學中的「美談」。只算政治賬而不計經濟賬，反過來也可以說，經濟賬完全是爲政治賬服務的。──中國當代文學是一種制度性豢養的文學產業，組稿則是這種制度性豢養的一種機制性操作方式。在此意義上，其實也就是最大限度地計算了經濟賬，經濟賬其實是得到了最高度的重視。在這樣

〔註21〕 周明：《編輯部的老師們》，據《雪落黃河》。又，在我採訪《人民文學》的老編輯及歷史當事人、見證人的過程中，相似的組稿歷史細節或情形描述（回憶），聽聞甚多。聽多了，不免有了想法。不過很抱歉的是，講述人無一例外是以讚賞的口吻、肯定的態度提供了此類史料，而我最終卻將之作了「非分之想」的依據。同一史料的功能與價值，因之走上了歧途。

的考察和分析視野中，組稿對於中國當代文學的重要性及其價值地位顯然也愈見分明。這當然也屬中國當代文學組稿的一大特色〔註22〕。

〔註22〕本文之作，原擬還有一節專門討論「文革」時期的文學組稿問題，看來只能另文討論了。

另一種權利割據：當代文學與地方政治的關係管窺

　　通常所謂的割據，主要是指在一個國家範圍之內，擁有軍事力量的人或集團佔據了部分地區，成為該地區的實際統治者，並由此形成與中央政府或其它地區的對抗、分裂格局。顯然，從有史記載的古代一直到近現代，割據現象在中國歷史上實在是多不勝舉，有時甚至可以把某個時期（時代）徑稱之為割據時期（時代）。

　　除了這種主要體現為軍事－政治特徵的割據外，在中國當代，其實還出現過主要憑藉文藝權利或以文藝表現為特色的另一種割據現象——文藝權利體現或代表了地方政治權利的地位。因此，文藝權利的爭奪就成為地方政治策略及操作實踐中的重要關切；甚至不妨將之視為地方政治中的主要或核心問題之一。這種以文藝權利為標誌、以地方權利為目的的文藝－政治的特殊關係，反映的就是中國的當代文藝與地方政治之間的獨特利益關係。我將這種獨特的文藝－政治關係及其所形成的特定格局，看作是另一種權利割據。

　　本文所要探討的是，在「十七年」和「文革」期間，由地方政治權利圍繞著文藝表現及其權利的爭奪而呈現出的文藝與政治、特別是文藝與地方政治的權利地位之間的奇特表現和深刻聯繫。當然，探討中國當代文藝與政治的關係，或涉及文藝活動、文藝現象中的地方政治權利因素或問題，一定不會脫離對最高政治權利即國家政權、國家權利的關注。事實上，中國的當代文藝與地方政治之間，之所以會形成特殊的權利關係，就是因為它們與最高政治權利、國家權利之間的特定關係，就是因為它們必須面對並服從共同的國家意識形態和國家最高權利——簡言之就是國家政治。

一、文藝創作、文藝批評或文藝評價，是地方政治權利的體現或象徵。文藝也是地方政治權利地位的表達；地方政治權利則必須對文藝的命運負政治責任。

1975 年 11 月 18 日（星期二）下午三點，由京返滬不幾天的《人民文學》副主編施燕平〔註1〕，遵照前一天得到的通知約定，趕到上海市委小禮堂，接受上海市委書記、市革委會副主任徐景賢的約見。

施燕平此前是上海文藝叢刊（1974 年起改名為《朝霞叢刊》）和《朝霞》月刊（1974 年起增出）的主要負責人之一。1975 年 9 月，接到上海市委寫作組通知，將由滬調京，參加並負責籌備《人民文學》的復刊工作，擔任復刊後的《人民文學》常務副主編。次月，施燕平抵京到任。11 月中旬，為了盡快充分地組織好正式復刊後的初期稿源，施燕平又回滬組稿。《朝霞》編輯部是施燕平的「老家」，抵滬當日午後，他就去了《朝霞》。隨即又去市委寫作組找陳冀德〔註2〕。談話中，施燕平透露出了在京時看到有一份解放軍文藝社的座談會材料〔註3〕，「倒有些新的提法」。這個信息引起了作為上海的文藝領導的陳冀德的重視。次日一早，《朝霞》編輯部就電話通知施燕平，馬上聯繫陳冀德。

> 我馬上給陳打了電話，她問昨天我在她那裏講的解放軍文藝社的
> 那份材料帶來沒有，我說在我筆記本上。她要我抄一份給她，我說內

〔註1〕 施燕平存有當時的工作日記手稿（未刊）。2003 年我開始進行有關《人民文學》研究時，他就是我最重要的採訪對象之一，特別是他的日記手稿給我幫助極大，許多史料即來源於此。

〔註2〕 陳冀德當時是上海市委寫作組下轄的文藝組的負責人，《朝霞》即由她直接領導。「文革」前，上海市委就已成立了一個寫作班，專寫大批判文章。「文革」開始後，隨著運動的深入，該寫作班幾經演變發展成一個行政管理系統，改稱為寫作組，其管轄權限相當於市委宣傳部，寫作組下設的文藝組，相當於市委宣傳部的文藝處。

〔註3〕 解放軍文藝社的座談會材料，據抄件的標題是「解放軍文藝社學習主席關於《創業》批示的情況」，由總政文化部轉發。內容涉及關於怎樣調整黨的文藝政策、關於塑造無產階級英雄典型是社會主義文藝的根本任務和三突出、關於文藝創作不受真人真事局限的問題、關於社會主義時期的階級鬥爭等。總政文化部於 1975 年 9 月 22 日批文轉發：
「送上《解放軍文藝》社的同志學習毛主席關於影片《創業》重要批示的情況，請參閱。我們認為這些見解是可取的。目前許多作者在創作思想上一些問題不明確，影響創作，文藝社同志們的這些見解似可以用於他們編稿和指導作者進行寫作。」有關材料俱載施燕平日記手稿。

容你都知道了怎麼還要抄。她說徐景賢要看一下。這份材料是總政作為正式文件發到部隊的，他怎麼會看不到呢？這件事有點麻煩，徐景賢看了這份材料，萬一發現裏面有什麼不妥之處，告到春橋同志那裏，而春橋同志又是總政的什麼負責人，將來查這件事查到我身上，我吃不消，何況這份東西轉抄來的，有沒有差錯，我也沒把握。我在電話裏支吾了一陣說，這事情我有點怕。她說這有什麼好怕的，你抄好後交給我好了！說到這個份上，我硬了頭皮答應了下來。〔註4〕

第二天（11月17日）上午，施燕平帶著轉抄好的材料到《朝霞》編輯部，請陳冀德派通訊員來取。當時，「《朝霞》同志聽說有什麼材料，吵著要我給他們介紹，我只好把封好的材料取出給大家讀了一遍。大家聽後，議論紛紛，有的說，這裏有些意見顯然是針對樣板戲創作經驗談的，也有的認為觀點有道理，百家爭鳴嘛，有些不同的聲音也好。」〔註5〕

施燕平「正要離開編輯部時，陳冀德打來電話，說徐景賢知道我回來，想約個時間見見面，暫定於明天下午三點，地點在市委小禮堂」〔註6〕。第二天和施燕平一起去見徐景賢的，除了陳冀德還有任大霖〔註7〕。「景賢同志已等在那裏，他一開始就問：聽說對上海去的幾個同志反映不好。我知道他指的是蕭子才和張伯凡，我說主要是指他們的作風和態度。徐說這些同志基本上是要革命的，因此要幫助他們，以後有機會，要提醒提醒他們。接下去，他作了長篇講話。他講得很隨便，也沒有稿子，但卻很有條理，對我工作很有幫助。」〔註8〕

徐景賢的長篇講話，內容所涉都是當時重大的文藝政治問題〔註9〕，而與本文主旨直接相關的，主要是下面幾段話：

〔註4〕 施燕平日記手稿 1975 年 11 月 15 日。

〔註5〕 施燕平日記手稿 1975 年 11 月 17 日。

〔註6〕 同上。

〔註7〕 任大霖：兒童文學作家。「文革」時期曾任上海人民出版社文藝編輯室主任，施燕平調北京後，任被調入《朝霞》工作。

〔註8〕 施燕平日記手稿 1975 年 11 月 18 日。蕭子才、張伯凡均為「文革」時期由滬調京在文化部機關擔任部門領導職務的「上海同志」，當時口碑不佳。

〔註9〕 施燕平日記手稿 1975 年 11 月 18 日：「注：徐景賢於 11 月 18 日的講話（根據當時記錄）。」內容主要涉及如何理解當前文藝的政治形勢、重大題材和表現無產階級文化大革命題材問題、工農兵作者和老作家問題、落實政策和上海文藝的活躍與成績、對文藝問題的地方化政治傾向的批評等。

要謹慎，特別是對上海去的同志，前些時候有些反映，要多聽，謙虛謹慎。你去，有很多人不一定會服氣的，你施燕平算老幾，就是編了幾期刊物，就到這裏來佔地盤，文學史上哪有你的地位。有些人表面上服心裏不服，因此更得注意謹慎，團結更多的人。（講到這裏，他轉向一旁的任大霖說：《朝霞》也得注意，現在還欠了遼寧的一筆債，批了他們的《生命》，是否可以考慮轉載他們的一些文章，表示向他們學習，以改善關係。）

上海的稿子不要發得太多，我倒有個建議，今後《紅旗》一般不發戲曲了，今後發的戲，也不再標樣板戲了，因此你們是否把《審椅子》發了。

文學創作、文學評論，絕對不能搞成地方化，本來有些作品可討論，可評價，可現在一評論到那個作品，就變成對那個地方的支持了，同樣一批評，也成了對這個地方的事了，造成緊張，這很不好。《春苗》在其它報紙上，沒有看到一篇評論，只是在上海。看來《紅旗》發了文章後，可能各地會跟著來。今後評論都這樣，恐怕不行吧！〔註10〕

從徐景賢的這幾段話裏，至少可以作出如下幾個判斷：一，將文藝創作、文藝批評或文藝評價與地方政治的權利地位、形象尊嚴直接聯繫起來，將文藝問題與地方政治利益直接對等掛鉤，將有關文藝現象的態度和判斷直接等同於對地方政治權利的親疏善惡褒貶評價，已經成為一種相當嚴重的普遍現象——在徐景賢看來這也可稱時弊。只要考慮到徐景賢當時所處的政治權利地位和具體職務身份，就能明白他的這番議論完全是針對全國範圍的文藝—政治的普遍狀況而言的。二，雖然這種普遍現象的弊端已經被一些地方高層領導所清醒地認識到了，也對之懷有或表達了深刻的不滿，但恰恰因為生成這種普遍現象的政治生態和政治語境沒有也無法真正改變，即文藝與政治的具體對應、對等關係已經無可改變地成為當代文藝的性格宿命，文藝的政治利益歸屬問題是必須要考慮的最首要問題，所以這種普遍現象及其弊端也就難以或不可能被充分、有效地清除，並且反而會更加強化它的積重難返。徐景賢有關上海文藝的人、事議論及上海（《朝霞》）與遼寧的文藝評價關係的擔

〔註10〕據施燕平日記手稿 1975 年 11 月 18 日。

憂，正說明和強調了這一點。三，從文藝方面的權利得失和地位來看，上海的地方政治利益不僅已經變爲一種特殊利益，而且還成了一種優勢權利，上海的地方政治領導必須關注、思考如何保護和維持有關上海的文藝政治權益的策略，既保持特殊優勢，又防患於未然。所以徐景賢要面授機宜。

其實，從上海（《朝霞》）調人（施燕平）到北京去具體主持《人民文學》的復刊並擔任其實際負責人（常務副主編），這本身就說明了文藝權利與（上海）地方政治權利的特殊關聯。簡言之，文藝（權利）也是地方政治權利地位的表達；地方政治權利則必須對文藝的命運負政治責任。

下面再來看另外一個非常典型、極具代表性的相關例子。

> （郭澄清）於1975年春夏拿出了115萬字的長篇《大刀記》。⋯⋯人民文學出版社看中了老郭的《大刀記》。責編謝永旺同志（後任《文藝報》主編）來山東好幾趟，幾次組織力量進行幫助。成稿交上以後，出版社又讓老郭去，住在那裏，精益求精地修改。作品清樣打出後，寄來山東徵求意見。那時出版一部作品，出版社定了還不行，還得由當地領導審批。省委分管文藝工作的常委、宣傳部長王眾音同志親自閱讀，然後責成省文化局組成閱讀小組審讀。⋯⋯閱讀意見集中後，由省委主管領導拍板，派我爲代表進京彙報。⋯⋯並講省裏領導特別交代要向出版社表達謝意：「《大刀記》的出版，既是出版社的一件重要工作，也是山東文藝界的一件不小的喜事。」彙報後，⋯⋯老郭說：「效果很好。他們都表示了十分的滿意。讓我按省裏的意見稍加修改，書就可以出了。」 ⋯⋯
>
> 《大刀記》於1975年7月紀念抗戰勝利30週年前夕出版。⋯⋯在約30年的時間內，《大刀記》已累計印數280餘萬冊。〔註11〕

顯然，《大刀記》的成功出版並大獲好評〔註12〕，其最大的政治利益應該歸屬於作家所在地或作品出生地的地方政治領導，實際上就是山東省委（領導）的勝利。

〔註11〕 苗得雨：《郭澄清，1975──懷念18年前辭世的郭澄清同志》，《文藝報》2007年3月29日。

〔註12〕 據施燕平日記手稿1975年11月5日：「下午同袁水拍同志一起到『創辦』，找了負責人張伯凡，聽他談了一通當前的文藝評論。他說當前對一些作品口頭議論的多，見諸文章的少，缺少爭鳴。如《大刀記》有不同看法，但發表出來的評論，大同小異，都說好。」

　　某個地方一旦長出了「毒草」卻又如何呢？大的原則仍然不變，即地方政治領導必須爲此承擔政治責任。

　　1951 年 5 月，對於電影《武訓傳》的討論和批判運動突然升級，《人民日報》發表了題爲《應當重視電影〈武訓傳〉的討論》的社論〔註13〕。時爲上海《解放日報》編輯的袁鷹，在 55 年之後回憶說：「我編一版要聞一年多以來，常收到新華社播發有關國內國際大事的《人民日報》社論，地方報紙必須轉載，但是《人民日報》爲一部電影發社論卻是破天荒頭一回，不禁有點驚訝」。副總編輯魏克明判斷：「這篇社論非同小可。我估計有幾段很可能是毛主席寫的。」這個猜測以後得到了印證〔註14〕。那麼，作爲上海黨報的《解放日報》該怎麼做呢？「報社編前會上，有人問報紙應該怎麼辦，要不要組織稿件。魏克明同志很沉著，說：《人民日報》怎麼宣傳我們就跟著辦，《武訓傳》是上海拍的電影，更要看市委的態度，不必忙。」因爲當時的上海市委宣傳部長、文化局長夏衍正出訪蘇聯等國，所以上海市委決定先由文化局副局長兼電影廠廠長的于伶署名發表一篇緊跟《人民日報》社論的文章，上海各報則一律轉載社論，「算是上海市文化界領導機關向中央表一個態」〔註15〕。等到夏衍回國，就輪到他出面檢討承擔責任了。據夏衍的回憶，回京次日，周揚電約面談。見面後沒有一句寒暄，第一句話就是談「毛主席批《武訓傳》的事」，要夏衍「趕快回上海，寫一篇關於《武訓傳》問題的檢討」。夏衍「感情激動」地據實說明「拍《武訓傳》這件事，與我無關」，「不必由我來做檢討」。周揚則「非常平靜」地開導他：你要知道問題的嚴重性。《人民日報》那篇文章，毛主席親筆改過兩次，有大段文章是他寫的。爲此我作了檢討，周總理也一再表示過他有責任。加上這部片子是上海拍的，你是上海文藝界的領導……周揚還很嚴肅地說：你再想想，除了《武訓傳》外，也還有一些別的問題，中央領導是有意見的。夏衍終於領悟了，思想被打通，周揚這才露出了笑容，說這樣就對了，要你寫檢討，主要是因爲你是華東和上海的文藝界領導。夏衍臨回上海前，接到周總理電話，周對上海方面的檢討和工作方式作了指示。夏衍表態：「這件事發生在上海，我當負主要責任。我回去後一定要公開做自我批評，還要對我在上海的領導工作進行一次檢

〔註13〕 1951 年 5 月 20 日。此後各地報刊開始展開對電影《武訓傳》的討論和批判。
〔註14〕 《毛澤東選集》第五卷收入此文。
〔註15〕 以上詳見袁鷹《狂飆爲誰從天落？》，《風雲側記——我在人民日報副刊的歲月》，袁鷹著，中國檔案出版社，2006 年。

討。」回到上海，夏衍先向華東局的最高領導饒漱石等做了彙報——在《武訓傳》試映審看時，饒漱石不僅親臨看片，「更意外的是影片放完之後，從來面無表情的饒漱石居然滿面笑容，站起來和孫瑜、趙丹握手連連說『好，好』，祝賀他們成功。當時，他的政治地位比陳毅還要高，是華東的第一號人物，他這一表態，實際上就是一錘定音：《武訓傳》是一部好影片了。」——「饒漱石面無表情，更不講他對《武訓傳》的看法，只是聽我說要公開做自我批評和寫文章檢討時，點頭表示同意。」 夏衍的檢討文章《從〈武訓傳〉的批判檢查我在上海文化藝術界的工作》發表於 1951 年 8 月 26 日的《人民日報》。此前，夏衍曾將此文寄呈周揚。「此文發表前夕，周揚打來電話，說這篇文章送請毛主席看了，他還親筆修改，有一段話是他寫的。」時值建國未久，土改、抗美援朝、鎮反和「三反」、「五反」等全國範圍內的各項政治運動正幾乎同時形成高潮，加之中央最高領導（毛、周）和地方領導（陳毅）等的政治策略，對於電影《武訓傳》的批判運動因此並未極端發展。但是，「《武訓傳》批判對電影界，對知識分子，影響還是很大的，1950 年、1951 年全國年產故事片二十五六部，1952 年驟減到兩部」。〔註16〕真可謂上海一失足，全國路難行。倒楣。

文藝與地方政治的權利地位如此緊密、直接地聯結在一起，不能不發揮示範或警示的作用。

二、文藝的命運或它在政治天平上的砝碼重量，當然要看政治的走向或需要。文藝與地方政治權利綁在一起，聯為一體，其悲喜命運也就都不能自主了。對最高政治利益而言，沒有任何利益是不能犧牲的——除了自身的利益。問題的核心處只在於：任何地方利益都並不能完全等同於國家最高政治利益，或並不能完全代表國家最高政治利益，有時，兩者甚至還可能會是相疏離或悖逆的。這就決定了此類問題或現象背後的深刻複雜性。

文藝與地方政治權利的關係既是如此的密切和直接，它們之間實際上也就構成了一種政治利益的互動關係：榮辱與共，進退同步。對它們來說，最重要的是必須完全、無條件地聽命、服從於更高或最高的政治利益（需要）。更高或最高的政治利益無疑就是國家的政治利益。但是，所謂國家利益的說法是不是聽起來顯得太抽象了呢？現實中的政治是非常具體的，所謂國家利

〔註16〕以上詳見夏衍《〈武訓傳〉事件始末》，《懶尋舊夢錄》（增補本）「附錄」，夏衍著，生活・讀書・新知三聯書店，2000 年。

益當然也應該是非常明確的。但許多時候,這對文藝家、特別是政治家(包括地方政治領導人)卻都會是一種有關乎政治智慧的挑戰與考驗。並非人人都能順利過關的,其中既有政治權利的博弈,也有始終不明就裏的糊塗蛋;如果真有政治上的對立者,那麼,關乎文藝的國家利益的政治聚訟,其實就是兩者的政治命運對決。決定命運走向的關鍵,只繫乎一線:是否能夠洞察、看透博弈或聚訟的真相與真意。

共和國成立後的國家政治運動大事中,規模最大又是全面深刻地影響、改變或決定了中國文藝命運的,應說先有反「右」,後是「文革」。這兩件事也是與毛澤東個人有關的大手筆。

1956 年 4 月末,《文匯報》「自動」宣佈停刊。至於停刊的原因,據徐鑄成說,主要是當時的上海市委第一書記柯慶施「認爲上海報紙太多,不便控制,主張《文匯報》停辦」。報社的主要人員移往北京,創辦了教育部所屬的《教師報》。〔註17〕可是過不多久,國家政治形勢發生了重大改變。中南海裏中宣部長陸定一作報告闡發中共中央的「雙百」方針精神。在報業新聞界,劉少奇對新華社講話提出不要生搬硬套蘇聯經驗,還建議新華社自己也辦一張能與《人民日報》比賽的報紙。鄧拓主政的《人民日報》實行改版,特別改革了副刊,以體現文藝上的「雙百」方針精神。更使人意外的是,中央決定將《光明日報》「還給」民主黨派(民盟)來辦,同時還決定要將屬於中共黨員的原總編輯撤出報社。徐鑄成最早被作爲新的《光明日報》總編輯第一人選,因徐婉拒不任,最後請出了儲安平擔綱。〔註18〕在此形勢下,《文匯報》的復刊也就很快進入了議事日程並付諸實行了。徐鑄成最先倒是無意之中得知這個消息的。中宣部副部長張際春正式通知徐鑄成時,當面透底:「中央盼望《文匯報》早日復刊」。此後一路綠燈,終於 1956 年 10 月 1 日國慶日在上海正式復刊。其間,與本文旨趣相關的一個細節必須一提。因爲顧慮於柯慶施(上海市委)不久前對《文匯報》的封殺,徐鑄成曾提議《文匯報》復刊於北京。但此議未獲採納。雖如此,徐鑄成的《文匯報》因此也有大收穫:《文匯報》將「與中央報的同等待遇,以後中央的宣傳大綱可以及時發給你們,

---

〔註17〕徐鑄成《『陽謀』——1957》,據《荊棘路——記憶中的反右派運動》,牛漢、鄧九平主編,經濟日報出版社,1998 年。又,徐鑄成《文匯報的第三次復刊》有相同記述,文字間有不同;參見《在曲折中行進——文匯報回憶錄·2》,文匯報報史研究室編,文匯出版社,1995 年。

〔註18〕參見前注徐鑄成文。儲安平出任《光明日報》總編輯事另詳。

也可以訂閱新華社的《大參考》」。此前，中央的復刊批示中還有一句附文：「要讓徐鑄成同志有職有權」。〔註19〕顯而易見，至少從現象或表現上看，在關於《文匯報》問題的政治策略上，作為地方政治領導的柯慶施（上海市委）與中央政治領導並不合拍，還有些明顯的分歧。但權利地位的政治規則說了算，上海地方政治領導也只能「樂觀」《文匯報》又在自己的地盤上復刊了。最重要的是，《文匯報》的復刊體現了當時的國家利益和最高政治利益。

這個個案的探討還未結束。「《文匯報》復刊之後，報社編委會就給北京辦事處來了一封信，說是為了給『雙百』方針鳴鑼開道，活躍空氣，決定發起一場討論。但討論什麼呢？集思廣益，要求『北辦』記者多多徵求各界意見，給予大力支持。」於是，《文匯報》「北辦」記者姚芳藻專門去採訪了「紅牆裏的影評家」中宣部文藝處的鍾惦棐。結果大有收穫，興奮異常，拋開顧慮，「立即給報社編委會反映了鍾惦棐的意見以及我的看法，建議發起電影問題討論。」「報社採納了我的意見，仔細研究了鍾惦棐的觀點，決定發起電影問題討論。」微妙的是，「編委會來信中表揚了我的建議，但又說：『討論只限於上海進行⋯⋯北辦沒有任務』。」《文匯報》編委會的這一決定，顯見就是一種充分考慮了政治因素後所採取的報紙策略，希望將此表現為主要只是地方範圍的一種言論，以減少因此造成的對中央相關領導部門的衝擊。其實這一看似聰明周到的策略，自始至終都毫無意義。職業報人畢竟還不是政治家。報刊的思路遮蔽不了政治的邏輯。結果就有了一波三折的下文和最後的悲劇。

先是姚芳藻表面上受到了文化部電影局領導的禮遇和公開的讚揚，骨子裏卻是已經大大地開罪了中央部門領導，並且還是「以下犯上」，地方批評中央。很快就嘗還到了領導的憤怒辭色。接著是鍾惦棐以《文藝報》評論員的名義寫了一篇題為《電影的鑼鼓》的文章，同時發表於《文藝報》和《文匯報》。鍾原意是要將此文單發於《文藝報》的，但因《文匯報》與之的協商交涉，才決定兩報同發。《文匯報》是有關電影問題討論的始作俑者，最後關頭豈能為人所棄。另一方面，這也算是地方（報紙）與中央（報紙）的權利資源爭奪吧。

最有意思的事情還在後面。電影問題討論歷時近五個月。「最初，討論掛的牌子是：《為什麼好的國產片這樣少？》這個題目據說是編委會再三斟酌才

〔註19〕同注〔註17〕。

決定的。好的國產片為什麼這樣少，那意思就是，好的國產片是有的，只是少而已。對這個題目，編委會很自鳴得意，我也十分欣賞。可是沒過多久，這塊牌子不翼而飛，代替的題目是《電影問題討論》，平庸極了。這是怎麼回事呢？打聽之下，才知道上海市委文藝工作部部長張春橋對這場討論很有意見，他說：『你們用《為什麼好的國產片這樣少？》作為討論題目，就是不要人家談電影的成就，只能談缺點。』並命令『牌子一定要換』。報社無奈，只得更換牌子，既不說好，也不說壞，四平八穩。一時沸沸揚揚的對電影討論橫加指責，我耳邊刮到這些消息，好不泄氣。」〔註20〕

《文匯報》的原題是在當時政治氣候的大環境中報紙試圖有所作為採取的決定，在政治條件允許的前提下，報紙更多考慮的是自身的形象、地位和利益。但是，張春橋的意見則完全出自官場政治的通則，或政治的潛規則；他想避免的是地方批評中央、上海評價全國的政治嫌疑及其危險的政治後果。他敏感、關切並必須負責的是地方（上海）的政治利益。毫無疑問，張春橋在當時是「政治正確」的，而且，極富成熟的政治經驗和智慧。

但歷史的詭異又在於，繼大張旗鼓地宣傳「雙百」方針之後，大鳴大放的號召開始深入人心，而幾乎同時，引蛇出洞的「陽謀」也已經成熟。〔註21〕當時的最高政治利益和最高政治權力公開站在了《文匯報》及其電影問題討論這一邊。毛澤東「慈祥地」對徐鑄成說：「你們的《文匯報》辦得好……我下午起身，必先找你們的報看，然後看《人民日報》」。對於電影問題討論，毛澤東不僅表示了支持，批評了文化部電影局，而且還要指示周揚「給你們這場討論寫一篇小結」。黨和國家最高領導人的這番談話立即以最快的速度傳達到上海，「鼓舞了整個上海文教界」。〔註22〕事情發展至此，似乎就到了結束的時候。但真正收官時，卻是走向了極端的反面，反「右」運動清算了一切。——此時，不能不佩服張春橋的政治頭腦。他能在多事之秋的險地上海走進中南海，自有一番過人的政治權利關係考量和本領。

〔註20〕 參見姚芳藻《電影鑼鼓大風波》，《在曲折中行進——文匯報回憶錄・2》，文匯報報史研究室編，文匯出版社，1995年。

〔註21〕 關於1957年「陽謀」的研究文章甚多，如李慎之《毛主席是什麼時候決定引蛇出洞的》，據《六月雪——記憶中的反右派運動》，牛漢、鄧九平主編，經濟日報出版社，1998年。

〔註22〕 參見前注徐鑄成、姚芳藻兩文。

有太多的事實可以證明，一旦忽略了文藝問題背後的政治，就會遭遇政治失敗；而政治在打文藝牌時，文藝的政治權利歸屬則是關鍵。1965 年 11 月 10 日，上海《文匯報》發表了姚文元的《評新編歷史劇〈海瑞罷官〉》一文。半年之後的 1966 年 5 月 10 日，上海《解放日報》和《文匯報》又同時刊發了姚文元的《評「三家村」──〈燕山夜話〉〈三家村札記〉的反動本質》。一個地方的文藝官員居然敢拿北京的副市長（吳晗）、市委文教書記（鄧拓）、市委統戰部長（廖沫沙）開刀，打的雖然是文藝牌，但其政治潛臺詞已經是不言而喻了：北京市委將遭滅頂之災；同時，某種地方政治勢力已經獲得了國家最高政治權力的支持。而姚文元之所以能夠在「文革」前夕如此高調登場，歷史或者說國家最高政治權力之所以選擇了他，也並非即興之作。至少在大鳴大放和反「右」運動之前，當時還身爲上海市委宣傳部文藝處小幹部、被徐鑄成貶稱作「小不拉子」的姚文元，就已經受到毛澤東的青眼了。主席說：「我看任何人都難免有片面性，年青人也有。李希凡有片面性，王蒙也有片面性，在青年作家中我看姚文元的片面性比較少。」此言頓使徐鑄成大惑不解。〔註 23〕看來五十年代中期姚文元就已被化好妝準備著他日上場扮演主角了。政治家的文藝評論，或政治家的看文藝問題、文藝現象，常常獨具隻眼，出人意料。難怪老成如徐鑄成也要迷惑。如果說文藝問題給北京市委的傾覆造成了易於攻陷的突破口，那麼一股特殊的地方政治勢力（上海）則由此正式崛起。從某種角度或許多現象上看，正是借助了文藝的特權，上海的地方政治權利才能在「文革」期間擴張、膨脹到極點。這也爲文藝與地方政治權利地位的互動關係下了個確鑿的注腳。

三、爲什麼會這樣？答案可以從制度實踐中去探求。其中存在著四者之間的多變關係：最高權力或國家利益、中央權利、地方政治權利和文藝。關鍵癥結在於集權＼極權制度。

從制度實踐的角度看，可以將中國當代文學（文藝）──尤其是「十七年」、「文革」還包括八十年代中前期的文學──理解或概括爲國家文學（文藝）的構建和塑造過程。所謂國家文學（文藝），我的基本界定是：由國家權利依據國家政治制度的規定或規範全面支配的文學（文藝），謂之國家文學（文藝）。即國家利益及其相關的、泛化的各種政治權利（包括國家意識形態）構

〔註23〕參見前注徐鑄成文。

成了文學的最高和主要的標準——在文學政治的實踐中，最高和主要的標準幾乎必然地成爲唯一的標準。但是，這又不只是一個理論問題，更重要的倒是一種實踐問題——闡釋及闡釋權的問題，或理論與實踐的支配權歸屬問題，也就是現實中的政治權利地位問題。顯然，國家文學（文藝）的構建和塑造過程不能不是一個相當漫長的時期。這個時期延續在了狹義的中國當代（文學）歷史中的絕大部分時間。宏觀上很難離開或不考慮中國當代政治的（變遷）因素對中國當代文學的支配性作用或影響來談後者的流變與發展，因此，只要中國當代的制度建設仍然處在一種重大的發展和完善過程之中，當代文學或曰國家文學的構建和塑造過程也就不可能最後完成。這是當代中國文學獨特的現實問題和歷史問題，而首先這是一個政治問題——關乎國家權力和利益的政治問題。〔註24〕

正因如此，在本文的題旨中，地方政治權利對文藝權利的關切和爭奪，地方政治權利與文藝權利的互動關係，必須自覺到兩個基本前提。一是地方政治權利必須保證其屬地的文藝作品、文藝現象的政治正確性，以符合國家政治（意識形態）、國家權利和國家文藝的現實要求或標準；二是任何地方文藝即地方政治權利所屬的文藝作品、文藝現象都不可能或不被允許完全取代或代表國家文藝的最高典範，否則便同樣是政治上的僭越——如同地方政治權利對國家最高政治權利的僭越一樣，政治野心的罪莫大焉。——而只能對國家文藝的構建和塑造提供支持，或成爲其有益的、可資利用的文藝資源，成爲其有機的組成部分。從國家權利、國家文藝與地方政治權利及其文藝產品的這種政治結構的權利關係來看，那麼對諸如「樣板戲」之類的國家文藝的最高經典現象的產生，也就完全不難理解了。國家文藝經典的創造者、權屬者、闡釋者和支配者，不能不是國家權利或最高政治權利的化身或扮演者。

但是，實際政治的複雜性卻在於，不管是在政治問題上，還是在文藝問題上，地方政治權利的傾向有時卻會不知所措，無所適從，甚至因此會犯政治路線錯誤。可怕莫測的癥結就在於：最高政治權力究在誰屬？國家利益的權威體現究竟何在？支配文藝的權利政治是否仍然保持或已經失去平衡？國

〔註24〕參見吳俊《中國當代「國家文學」概說》，《文藝爭鳴》2007年第2期；《〈人民文學〉與「國家文學」——關於中國當代文學的制度設計》，《揚子江評論》2007年第1期。

家文藝的原有現實要求是否仍然有效？——概言之，國家政治權利的構成和體現方式是否發生重大的改變？這個問題才是決定性的。

換言之，制度集權或權力結構問題（包括其在各個時期、階段的具體表現）乃是其中的關鍵性癥結。一旦政出多門的最高權利格局或態勢儼然形成，文藝和政治的形勢立即就會混亂乃至失控。這時，必須首先重建國家政治和國家權利的秩序，文藝乃至國家意識形態的規範才能重新建立。因此，即便是在消極的意義上，文藝也是要為現實政治服務的。這也應該說是國家文藝的要義。以文藝思想清算為政治先兆的「文革」政治和「文革文藝」的歷史，正體現了中國當代文藝政治的鮮明特點。

從政治視野考察中國當代文學＼文藝史，一個主要且隱秘的坐標就是最高權力或國家利益、中央權利、地方政治權利和文藝四者之間的多變關係。其中，最重要的變量關係是前二者即最高權力或國家利益與中央權利之間的關係。當它們在政治上高度一致時，國家文藝的構建和塑造就相對順利或平穩；地方政治權利與文藝的利益權屬關係也就相對明確。一旦二者產生重大的政治權利分歧，國家文藝的運行就會出現滯礙和分叉，連帶著地方政治權利與文藝的利益權屬關係也會相對曖昧——如何闡釋就會成為一個首要的政治路線問題。因為所謂最高權力往往成為一種極權的表達主體，代表了凌駕於一切之上的威權；國家權力化身為領袖個人權力。中央（政府）權力＼權利就有可能被剝奪，也就是出現了黨內的路線鬥爭。因此，就政治權利的宏觀格局而言，地方政治權利的地位在其中更多時候體現的主要是技術性的或工具性的角色。它會被用來打出那張出於特定政治動機的文藝牌。

歷史不會終結，文學史也在繼續。時至八十年代，在因所謂現代派文學、人道主義和馬克思關於「異化」問題理論等的討論而終於引發的「清除精神污染」、反對「資產階級自由化」的政治運動中，幾乎重演了驚人相似的歷史一幕。其中，地方政治權利及其文藝現象也又成為非常活躍的政治因素。〔註25〕而且，其中的複雜性、激烈性與尖銳性也堪比似乎謝幕了的歷史——當然，除了「文革」。

〔註25〕參見徐慶全《與顧驤談周揚》，《知情者眼中的周揚》，徐慶全著，經濟日報出版社，2003年。

大陸「文革」時期的魯迅——根據 1966～ 1976 年編年史料的觀察

一

　　政治批判運動是 1949 年後中國生活中的常態，山雨欲來風滿樓的 1966 年更非例外。文藝界和文藝批評也依然稱得上首當其衝。此前的 1965 年 11 月 10 日，姚文元已經在《文匯報》上發表了歷史性的政治檄文《評新編歷史劇〈海瑞罷官〉》。甫入 1966 年，批海瑞、批吳晗的政治烈度顯然就在逐漸加劇了。由吳晗而至鄧拓，文藝批評的政治烈焰在按設計的計劃延燒，並指向著政治的核心目標。很快，田漢（《謝瑤環》）、夏衍（《賽金花》）等相繼被批判。最可作為標誌性的事件，也是一種「頂層設計」的明示，則是「五一六通知」的發佈〔註1〕和新的中央文革小組的成立〔註2〕。從文藝的突破口，已

〔註 1〕 1966 年 5 月 16 日，中共中央政治局擴大會議在北京通過了毛澤東主持起草的指導「文化大革命」的綱領性文件《中國共產黨中央委員會通知》（即五一六通知）。一是前言，宣佈撤銷《二月提綱》和「文化革命五人小組」及其機構，提出重新設立「文化革命小組」，隸屬於政治局常委會。

〔註 2〕 1966 年 5 月 28 日成立。主要成員：組長陳伯達，康生（中共中央書記處書記）任顧問，江青、王任重（中南局湖北省委第一書記）、劉志堅（總政治部第一副主任）、張春橋（上海市委文教書記）為副組長；成員有謝鏜忠（總政治部文化部長）、姚文元（上海市委宣傳部部長）、王力（中宣部副部長、《紅旗》雜誌副主編）、關鋒（《紅旗》雜誌編委）、戚本禹（《紅旗》雜誌歷史組組長）、尹達（中國科學院社會科學部考古所副所長、歷史研究所第一副所長）、穆欣（《光明日報》總編）、郭影秋（北京市委文教書記）、鄭季翹（東北局吉林省委文教書記）、楊植霖（西北局青海省委第一書記）、劉文珍（西南局宣傳部

經明確地逼近了北京市委（從吳晗、鄧拓搞倒彭眞）和中宣部（先是周揚、後是陸定一）。期間遭到公開批判的包括電影《兵臨城下》、《舞臺姐妹》等，同時還追溯歷史舊案，批 1930 年代文藝黑線。如果說批吳晗鄧拓等（《三家村札記》、《燕山夜話》）的目的是想搞倒彭眞及北京市委，對電影戲曲和 30 年代文藝的大規模批判，就爲了兜底打到周揚——他不僅是現行反革命，而且是歷史反革命。1930 年代的左聯舊案用做了無產階級文化大革命運動的一份政治酵母。所以很容易聯想，魯迅就此必與批判周揚發生了關係。

差不多是在當年紀念《講話》的時機開始了對周揚的大規模公開批判，這對此前最權威的《講話》闡釋者來說堪具諷刺意味。1966 年的夏天，周揚迎來了第一批火力最集中、最猛烈的批判風暴。魯迅也最早就被拉上了後來習以爲常的大批判戰場。

《紅旗》雜誌 1966 年第 9 期重新發表毛澤東《在延安文藝座談會上的講話》，同期發表《紅旗》雜誌編輯部的《無產階級文化大革命的指南針——重新發表〈在延安文藝座談會上的講話〉按語》。當期署名阮銘、阮若瑛的《周揚顛倒歷史的一支暗箭——評〈魯迅全集〉第六卷的一條注釋》和穆欣的《「國防文學」是王明右傾機會主義路線的口號》兩文，掀起了批判周揚的輿論潮。當時全國多家報刊都轉載了這兩篇文章〔註3〕。《人民日報》於 7 月 4 日、6 日先後發表二阮和穆欣的文章。「以周揚爲首的反黨文藝黑線」的歷史線索既深刻又清晰，那便是從 30 年代的黨內王明右傾機會主義路線一直貫穿到現在（共和國 17 年）的文藝黑線——後者不久後就有了另一個王明式的首惡，即「黨內最大的走資本主義道路的當權派」劉少奇。這條文藝黑線的共同點之一，就是反對和誣衊魯迅。於是，從這個夏天開始，批判周揚與「魯迅研究」漸成文藝輿論熱點。9 月 17 日，《紅旗》雜誌第 12 期發表許廣平的《不許周揚攻擊和誣衊魯迅》。次日《光明日報》轉載。——這顯然是直接借魯迅（未亡人）的權威和特殊地位徹底批判周揚的有力一擊。

長）等。同年 8 月 2 日，增補陶鑄（政治局常委、中央書記處常務書記、國務院副總理、中宣部部長）爲中央文革顧問。穆欣任辦公室主任。辦公地點在釣魚臺 14 號樓。文革期間其中的 11 人又先後被公開打倒，包括王任重、劉志堅、王力、關鋒、戚本禹、陳伯達、尹達、郭影秋、鄭季翹、楊植霖、劉文珍、陶鑄。

〔註3〕 如《長春》第 7 期轉載、《延河》7 月號增刊轉載、《鴨綠江》7 月號轉載、《青海湖》第 7 期轉載、《電影文學》7 月號轉載、《萌芽》第 7 期轉載、《奔流》戲劇專刊第 3 期轉載等。

7 月 17 日，《光明日報》以「高舉毛澤東思想偉大紅旗 向以周揚爲首的反黨黑線開火」爲總題，發表《一個徹頭徹尾的修正主義文藝綱領──批判周揚在〈中國現代文學綱要〉討論會上的「講話」》。30 日，《文匯報》以「高舉毛澤東思想偉大紅旗 向反黨反社會主義的黑線開火」爲總題，發表《徹底粉碎周揚黑幫詆毀魯迅的大陰謀》，次日《解放日報》轉載。

8 月 2 日，《光明日報》發表《斬斷射向魯迅的暗箭──周揚一夥又一條顛倒黑白篡改歷史的「注釋」》。8 日，《解放日報》發表張如松的《周揚黑幫攻擊魯迅的又一支暗箭──評〈魯迅全集〉中〈半夏小集〉的一條注澤》。18 日，《人民日報》闢專欄「周揚爲什麼拼命貶低和攻擊魯迅」，發表《冷槍毒箭三十年》，《文藝報》編輯部的《周揚顛倒歷史的又一罪證》，文物出版社的《「見了影子都害怕的鬼魅」》，魯迅博物館的《魯迅墨跡猶在，周揚罪責難逃》，文化部的《魯迅的信揭了周揚的底》。〔註4〕

與此同時，「十七年──文革」魯迅研究的另一條線索也在勉強延展，雖然時代的意識形態色彩依然濃烈，但與當下的政治權力之爭似乎還保持了一點距離，力圖在政治的旋流中掙扎出一點學術性。這以高校學報文章爲主，比如：

7 月，《江蘇師院學報》第 3 期專欄「讀點魯迅」，發表了《「這學校除全盤改造外，沒有第二法」──魯迅教育思想學習札記》、《戰鬥的啓示──讀新發現的魯迅題辭》、《鬥爭不熄 進擊不止──學習魯迅〈慶祝滬寧克復的那一邊〉》。

8 月 15 日，《甘肅師大學報》（社會科學版）第 3 期專欄「紀念魯迅學習魯迅」，發表《爲掃蕩「資產階級王國」戰鬥不息──試論魯迅世界觀的轉變和他對資產階級民主派的批判》、《魯迅雜文選介〈現在的屠殺者〉〈答有恒先生〉》、《階級鬥爭的現實和「空頭夢境」的「復故」──讀魯迅的〈聽說夢〉》、《「愚人」造成世界──讀魯迅〈寫在「墳」後面〉》、《「橫眉冷對千夫指，俯首甘爲孺子牛」──學習魯迅舊詩札記之三》。

〔註 4〕相關史料整理主要來源於林寧主編的《中國當代文學批評史料編年·文革卷（1966～1976）》（暫名，未刊稿）。下同，另見本文注〔註 10〕。

但是，這個夏季的第一波批判高溫還只剛開始，真正的政治酷暑的大幕還待毛澤東親自拉開。8月1～12日，中共中央八屆十一中全會在北京召開。5日，毛澤東寫出《炮打司令部——我的一張大字報》。8日，會議通過《關於無產階級文化大革命的決定》（即「十六條」）。8～10日，《人民日報》《光明日報》《紅旗》雜誌迅即發表了《中國共產黨中央委員會關於無產階級文化大革命的決定（一九六六年八月八日通過）》。

不公開的高層政治和看得見的紙上（媒體）批判，隨後跟進了全民動員和「革命造反」運動——紅衛兵運動獲得了政治合法性，成為一個時代的主要政治身份標誌。8月18日，北京百萬人在天安門廣場舉行「慶祝無產階級文化大革命」群眾大會，毛澤東首次接見來自全國各地的紅衛兵和師生。至11月26日，毛澤東在北京先後8次共接見1100多萬人。

現實的革命當然需要歷史的資源。魯迅的「戰士戰鬥」形象和「徹底革命」精神被利用、誇張到了極端。時有湊巧，魯迅逝世30週年的紀念日剛好就在眼前，這為重新解釋、強調魯迅的形象和精神提供了絕佳的契機。魯迅不只是遙遠年代的文學家思想家革命家，更重要的他是今天的「無產階級文化大革命的闖將」，而且，學習魯迅的精髓和目的，在於揭示他的當代價值——學習魯迅，永遠忠於毛澤東思想；學習魯迅捍衛毛澤東思想的戰鬥精神。魯迅不僅預示了後世文化革命的必然性，而且還依然成為這場革命的旗手。

　　10月19日，《人民日報》發表社論《學習魯迅的革命硬骨頭精神》。《光明日報》發表社論《向魯迅學習，做無產階級文化大革命的闖將》；同日發表《學習魯迅的徹底革命精神》、魯迅博物館的《斬斷周揚伸向魯迅博物館的魔爪》。《解放軍報》發表社論《學習魯迅，永遠忠於毛澤東思想》。20日，《文匯報》轉載《人民日報》10月19日社論；《解放日報》轉載的同時，發表《上海萬人昨隆重舉行集會紀念魯迅逝世三十週年，學習魯迅徹底革命的共產主義精神》。《解放軍報》以「學習魯迅，永遠忠於偉大的毛澤東思想——紀念偉大共產主義戰士魯迅逝世三十週年」為總題，發表《學習魯迅捍衛毛澤東思想的戰鬥精神》、《魯迅的骨頭是最硬的》、《橫眉冷對千夫指，俯首甘為孺子牛》。21日，《文匯報》發表《像魯迅那樣 一輩子不放下革命的筆桿》、《學習魯迅 做徹底革命派》。《解放日報》發表徐景賢的《一顆戰鬥的心——讀〈魯迅書簡〉》，同日發表《發

揚魯迅的革命造反精神》、《學習魯迅，堅決捍衛無產階級革命路線》、《我們就是要「打落水狗」》、《當毛澤東思想的紅色宣傳員》。23 日，《人民日報》發表《發揚魯迅在文化戰線上的徹底革命精神》。25 日，《文匯報》轉載。31 日，《人民日報》轉載《紅旗》雜誌 1966 年第 14 期社論《紀念我們的文化革命先驅魯迅》（11 月 1 日）。11 月 1 日，《人民日報》《光明日報》《解放軍報》《文匯報》《解放日報》等均發表新華社 31 日訊《首都隆重紀念文化戰線偉大旗手魯迅》；陳伯達的《在紀念魯迅大會上的閉幕詞》；姚文元的《紀念魯迅 革命到底》；許廣平的《毛澤東思想的陽光照耀著魯迅》；郭沫若的《紀念魯迅的造反精神》以及北京的大中學生署名文章。《紅旗》雜誌第 14 期專欄「紀念文化戰線上的偉大旗手魯迅」，發表上述姚文元、許廣平、郭沫若、陳伯達以及北京的大中學生署名文章；同期發表社論《紀念我們的文化革命先驅魯迅》。

11 月，天津人民出版社出版《學習魯迅的革命硬骨頭精神》。

12 月，人民出版社出版《紀念我們的文化革命先驅魯迅》；陝西人民出版社出版《學習魯迅的革命硬骨頭精神》。

這場紀念盛典所塑造的魯迅，就此被拉進了文革初期特定的政治風暴中了。文革中的紀念魯迅也從此成為政治批判的演出道具。到 1966 年底，被魯迅調侃過的「四條漢子」周揚、夏衍、田漢、陽翰笙均被公開點名批判，而且，借著紀念和學習魯迅的名義，既批周揚之流，又連帶著正面鼓吹「革命現代京劇」（10 月始）、「革命現代樣板戲」（11 月始），特別是弘揚革命京劇的「文化革命」意義。——「魯迅研究」走向了前所未有的「當代政治化」的第一個高峰。

二

1967 年初的無產階級文化大革命運動的政治主旋律是「奪權」，即造反的革命群眾起來奪「黨內走資本主義道路的當權派」的權。最終矛頭直指「黨內頭號（最大的）走資本主義道路的當權派」劉少奇。在文化和意識形態領域，文藝批判仍在持續升溫，政治力度不斷加碼，特別是具體的作品批評＼批判也都要與所謂「文藝黑線的總後臺」聯繫在一起。似乎是因為剛經歷過了去年的狂熱，魯迅在今年主要只被用來作陪襯了。

　　電影《武訓傳》曾被當做意識形態領域革命的突破口，這次被選中的則是《清宮秘史》等影片。有所不同的是，對《清宮秘史》等的批判指向更具有現實的黨內政治鬥爭針對性。4月6日，《人民日報》發表《徹底批判賣國主義影片〈清宮秘史〉打倒黨內頭號走資本主義道路當權派》。9日，《光明日報》跟進發表《爲什麼吹捧資產階級改良主義？——揭穿黨內頭號走資本主義道路當權派美化賣國主義電影〈清宮秘史〉的惡毒用心》。15日，上海的《解放日報》以「打倒黨內頭號走資本主義道路的當權派　徹底砸爛反革命修正主義的文藝路線」爲總題，加編者按，發表《文藝戰報》編輯部的《向反革命修正主義文藝路線的總後臺猛烈開火，東方紅電影製片廠東方紅聯合戰鬥隊衛東戰鬥組的《〈燎原〉爲黨內頭號走資本主義道路當權派樹碑立傳》。17日，《解放日報》又以「徹底批判賣國主義影片《清宮秘史》　打倒黨內頭號走資本主義道路當權派」爲總題，發表《珍妃——帝國主義的代理人——揭穿黨內頭號走資本主義道路當權派吹捧反動影片〈清宮秘史〉的賣國主義嘴臉》。

　　緊接著的5月，「黨內頭號走資本主義道路當權派」幾乎就被公開點名了。5月4日，《文匯報》發表社論《再論七億人民都來做批判家》。8日，《人民日報》發表《紅旗》雜誌編輯部、《人民日報》編輯部的《〈修養〉的要害是背叛無產階級專政》等文。——批判《修養》實際就意味著對劉少奇的公開批判了。

　　原先的文藝權威連同其「總後臺」都被陸續批判和打倒了，現在輪到「革命現代樣板戲」開始上場奠定文藝典範的權力地位。

　　5月25日，《人民日報》發表毛澤東的《看了〈逼上梁山〉以後寫給延安平劇院的信》；新華社24日訊《八個革命樣板戲在京同時上映》〔註5〕。《紅旗》雜誌第9期發表《林彪同志給中央軍委常委的信》；《林彪同志委託江青同志召開的部隊文藝工作座談會紀要》。31日，《人民日報》發表社論《革命文藝的優秀樣板》（首次命名「八個革命樣板戲」）。當月，中央文化革命小組成立文藝組，組長江青，副組長戚本禹、姚文元。——「樣板戲」成爲典型的「國家文藝製作」，即由國家權力直接操控並塑造其文藝經典形象的標準（樣板）。6月17日，《人民日報》發表《八個革命樣板戲在京會演結束，把革命

_____

〔註5〕八個樣板戲指京劇《智取威虎山》、《海港》、《紅燈記》、《沙家浜》、《奇襲白虎團》，芭蕾舞劇《白毛女》、《紅色娘子軍》，交響音樂《沙家浜》。

樣板戲推向全國》。因此，在文藝領域，「文革」時期也可以說就是「樣板戲」的時代。

魯迅的名字以一種特殊的方式被啓用了。1967 年 6 月 15 日，《光明日報》發表署名爲「新人大公社魯迅兵團」的電影評論《人民戰爭的勝利史詩——贊影片〈地道戰〉、〈平原游擊隊〉、〈南征北戰〉、〈上甘嶺〉》。8 月 5 日，《人民日報》發表人民文學出版社「革命造反團」、北師大井岡山中聯「奔騰急」戰鬥隊、北師院「東方紅魯迅兵團」的《〈煤城春秋〉是吹棒中國赫魯曉夫的大毒草》。11 月 5 日，《解放日報》發表紅衛兵新師大魯迅戰鬥團、上海作協造反兵團的《從小說〈紅日〉到影片〈紅日〉，一根黑藤上的兩只毒瓜》。——由此可以知道「魯迅」招牌的新功能，「魯迅」成爲造反派組織的革命稱謂。

7 月 17 日，《人民日報》發表新華社 16 日訊《中央直屬文藝系統革命派高舉毛澤東思想的革命批判旗幟，聯合起來向文藝黑線總後臺及其代理人發起總攻擊》，同時發表魯迅的《論「費厄潑賴」應該緩行》。《光明日報》《解放軍報》《文匯報》《解放日報》也都同時發表了魯迅的這篇名文。——「痛打落水狗 批臭黨內頭號走資派」所指的就是劉少奇了。如果說周揚與魯迅還有直接的「過節」，用魯迅來對付劉少奇就顯得有點無辜了。這也說明了魯迅在「文革」中總歸難於寂寞的命運。

暑假期間的 8 月 5 日，《人民日報》發表毛澤東的《炮打司令部——我的一張大字報（1966 年 8 月 5 日）》；社論《炮打資產階級司令部》。《紅旗》雜誌第 13 期跟進發表（17 日）。

每年的 9、10 月是魯迅誕辰、逝世的紀念日。10 月 19 日，《人民日報》發表《學習魯迅，做「鬥私、批修」的闖將》；轉載《文學戰線》1967 年第 3 期許廣平的《「我們的癰疽，是他們的寶貝」——怒斥中國赫魯曉夫一夥包庇漢奸文人、攻擊魯迅的罪行》。接著兩天，《光明日報》《解放日報》《文匯報》都作了轉載。

不過，幾乎與魯迅的紀念日同時，10 月 14 日，中共中央、國務院、中央軍委、中央文革發佈了《關於大、中、小學校復課鬧革命的通知》。革命的閥門開始有了控制的跡象。回頭看，1967 年的魯迅總的來說過得還算相對平靜。次年 3 月 3 日，許廣平逝世。

三

　　1968 年的熱鬧也不主要屬於魯迅，「文革」中最重要的一張政治大牌已經醞釀成熟就要徹底翻開了。與權力政治相輔的無產階級革命文藝運動依然一枝獨秀。

　　5 月 23 日，《文匯報》發表于會泳的《讓文藝舞臺永遠成爲宣傳毛澤東思想的陣地》（首次提出「三突出」口號）〔註6〕。7 月 1 日，《文匯報》刊出了「向文化革命的英勇旗手江青同志學習」的大標題。但最具政治潛臺詞意味的是當日《人民日報》、《解放軍報》刊登的油畫《毛主席去安源》。夾著油紙傘走在安源（煤礦）小徑上的英俊瀟灑的青年毛澤東形象，從此抹去、改寫了劉少奇在安源工人運動中的歷史。同期對於陳登科小說《風雷》的批判，顯然也是針對劉少奇的佈局。

　　9 月 4 日，《解放軍報》以「高舉毛澤東思想偉大紅旗　徹底批判修正主義文藝黑線及其總後臺」爲總題，發表《痛斥黨內另一個最大走資派破壞京劇革命的滔天罪行——四五六三部隊部分指戰員在批判會上的發言摘要》。該文既高度吹捧文革文藝的旗手江青，又呼之欲出地點明了「黨內另一個最大走資派」的劉少奇——此前的彭眞已被公開點名批判，北京市委和中宣部都已經垮臺了。

　　從國家權力制度的「革命」意義上看，文革到了此時也進入了一個新階段。一個制度性的標誌就是到了當年的 8、9 月份，全國各省的最高權力機構「革命委員會」相繼成立，這意味著文革造反奪權形成的權力體制已經最終完成並獲得了政治合法性。——「一小撮走資本主義道路的當權派」事實上已經被徹底打倒，不再具備權力地位的合法性。因此，拋出「國家主席」劉少奇也就水到渠成了。

　　10 月 13～31 日，中共八屆十二中全會（擴大）會議在北京召開。全會批准了《關於叛徒、內奸、工賊劉少奇罪行的審查報告》，宣佈「把劉少奇永遠

〔註6〕三突出：1968 年 5 月 23 日，《文匯報》發表于會泳的《讓文藝舞臺永遠成爲宣傳毛澤東思想的陣地》，首次提出「三突出」——在所有人物中突出正面人物，在正面人物中突出主要英雄人物，在主要英雄人物中突出最主要的中心人物。其後「三突出」的文字表述有所改變，一般表述是：在所有人物中突出正面人物；在正面人物中突出英雄人物；在英雄人物中突出主要英雄人物。該創作原則成爲文革文藝的指導性理論，「文藝創作塑造無產階級英雄人物必須遵循的一條原則」。

開除出黨,撤銷其黨內外一切職務」。11 月 2 日,《人民日報》刊登中共第八屆第十二次中央全會公報,宣佈將劉少奇永遠開除出黨。

此後的文藝批判也就必然地要與批劉相結合,直到過了若干年林彪後來居上,一度奪走了劉的首席被批位置。批劉和批林的不同效果或許在於,批劉就像是給文革政治打了一劑強心針或興奮劑,文革終於有了一個最大的革命成果;批林卻是一副鎮靜藥,林彪事件使人們從震驚中回過神來後,也就開始了對文革政治的懷疑和再思考,文革由此漸成強弩之末。

當年這一切都發生在原本每年周期性地舉行媒體輿論儀式的魯迅紀念期(9 月誕辰、10 月逝世),但 1968 年的魯迅紀念只能是個例外了。在權力政治思維中,魯迅既為現實政治服務,也得為現實政治讓路,政治焦點不容模糊。而且說到底,為現實政治讓路其實也是一種為政治服務的方式。

接著,魯迅同樣基本「平靜」地度過了 1969 年。這一年的最大政治新聞是 4 月 1～24 日,中國共產黨第九次全國代表大會在北京舉行,確認林彪為「毛澤東同志的親密戰友和接班人」。而劉少奇在這一年 11 月的默默死去,則無人所知;他和一個無關的名字及數字一起被火化了。

與魯迅相關的還是老一套──他常被拉去充當大批判的「幫兇」,比如,作為五四時期的反傳統文化旗手,魯迅在半個世紀後不得不再次扮演了批判孔家店、孔孟之道的「打手」角色。說起來,孔孟二子比魯迅更為不幸,凡有批判運動,必連帶著要批孔孟。無怪有人認為這種文化的慣性歷史邏輯都源始於五四新文化一干人造的孽,魯迅也難辭其咎。

10 月 20 日,《解放日報》以「抓緊革命大批判!把社會主義革命進行到底」為總題,發表《痛打剝削階級反動思想體系這條落水狗──學習魯迅批判孔家店的徹底革命精神》。12 月 3 日,《解放日報》加編者按發表《學習魯迅批判孔家店的徹底革命精神》。28 日,《解放日報》以「高舉毛澤東思想偉大紅旗深入開展革命大批判──學習魯迅的徹底革命精神,批臭反動的孔孟之道」為總題發表相關文章等。「徹底革命」云云,也就是極端的革命精神,文革的造反運動即其一端。魯迅確乎可被用作當代革命的資源,而孔孟則成為復辟、倒退或妥協也就是反革命的代名詞。而且批孔不僅是清算傳統的意識形態沉渣,更是為了建立當代無產階級文化大革命確立的文化和意識形態權威──這種手段與目標與當年新文學者的思維也極其相似。文革的政治運動思維不斷地將魯迅引為同調,至少有其表面相通的理由。但魯迅從來不為權力政治服務,這才是魯迅的真精神。

四

1970 年有了變化的起色。魯迅名字的曝光率似乎多起來了。但大多還是側面的關聯提及，並非正面主打。只是這對某些人來說也就是厄運臨頭了。因為文革時期革命大批判運動的不二法門就是借魯迅之名來磨刀，文藝界的批判運動尤甚。1970 年再度提升了一直持續著的批判魯迅所謂「四條漢子」的運動強度。污名既來自魯迅，批判的武器當然也還是魯迅。但魯迅應該並非批判的起因。

1970 年的樣板戲運動也有了一點新名堂，就是普及。本來，盛名中的樣板戲好像就有點隱憂了。所以年初出現了「保衛樣板戲」的興論。如 1 月 28 日，《文匯報》發表本報評論員的《保衛革命樣板戲是一場嚴重的階級鬥爭》。階級鬥爭是你死我活的，可見調門定得如此之高。但更重要的應該是，在歡呼樣板戲的成功勝利之餘，如何將此國家文藝的經典推廣、深入到整個社會的基層，在社會生活中建立起牢固的一尊地位，必須被提到國家政治議程上來。於是，借著紀念毛澤東《講話》發表 28 週年，這年 7 月正式提出了「大力普及革命樣板戲」的口號。《紅旗》雜誌、《人民日報》、《解放軍報》、《文匯報》等集中開闢了專欄或發表了文章。全國各大報刊同時也掀起了新一輪學習《講話》、學習樣板戲的高潮。

在革命大批判運動的思維定式和文革政治情境中，保衛和普及樣板戲在政治上就需要進一步打倒、清算長期佔據統治地位的文藝黑線，「四條漢子」無疑便是其首惡。而借用魯迅來徹底批臭「四條漢子」，顯見就是順理成章的事。同時，普及樣板戲的藝術後果則是催生出了當時樣板戲的改編熱，改編成各種藝術形式的樣板戲大量出現，不少還拍攝了電影。——在所有文藝形式中，「四條漢子」關聯最密切、產生影響最大的就是戲劇和電影。這也就足以理解批判「四條漢子」再掀高潮實就是樣板戲運動進一步深入發展的現實政治需要。

1970 年的上海兩報（《解放日報》和《文匯報》）幾乎全年每星期都有「批倒批臭『四條漢子』」的大標題，發表上海各系統的專欄大批判文章。北京的「兩報一刊」則起了領銜作用。在這其中，魯迅名字的使用也到了順手拈來全不費工夫的無比嫻熟的程度。

1 月 26 日，《解放日報》加編者按發表上海魯迅紀念館革命大批判寫作組編寫的《學習魯迅徹底批判「四條漢子」》。27 日，《解

放軍報》發表《化作利劍斬凶頑──贊革命樣板戲〈智取威虎山〉，批判周揚等「四條漢子」的滔天罪行》。29 日，《文匯報》以「學習革命樣板戲 保衛革命樣板戲」爲總題發表文章。

2 月 16 日，《解放日報》以「徹底批判『四條漢子』」爲總題，發表《學習魯迅批判「四條漢子」的徹底革命精神》，上海魯迅紀念館革命大批判寫作小組的《聲討周揚攻擊魯迅的罪惡行徑》。

5 月 1 日，《紅旗》雜誌第 5 期專欄「紀念《在延安文藝座談會上的講話》發表二十八週年」，發表中國京劇團集體改編的《紅燈記》（一九七〇年五月演出本），中國京劇團《紅燈記》劇組的《爲塑造無產階級的英雄典型而鬥爭──塑造李玉和英雄形象的體會》。23 日，《人民日報》發表《人民日報》、《紅旗》雜誌、《解放軍報》社論《改造世界觀──紀念〈在延安文藝座談會上的講話〉發表二十八週年》。

6 月 18 日，《文匯報》以「批倒批臭『四條漢子』 徹底摧毀文藝黑線」爲總題，發表《是藝術眞實，還是政治欺騙？──評夏衍推行「離經叛道」的一種反革命手法》。24 日，《解放日報》加編者按發表《革命與反革命的階級大搏鬥──五十年來尊孔與反孔的鬥爭》。

7 月 2 日，《紅旗》雜誌第 7 期闢有「大力普及革命樣板戲」專欄。4 日，《文匯報》以「大力普及革命樣板戲」爲總題發表多篇文章。15 日，《人民日報》發表短評《做好普及革命樣板戲的工作》，並以「大力普及革命樣板戲」爲總題，發表多篇文章。次日《解放軍報》轉載《人民日報》7 月 15 日短評《做好普及革命樣板戲的工作》。26 日，《解放軍報》以「高舉毛澤東思想偉大紅旗 徹底批判『四條漢子』」爲總題，發表《向工農兵普及從工農兵提高──批判周揚等「四條漢子」反對文藝爲工農兵服務的罪行》等文。

8 月 27 日，《文匯報》以「批倒批臭『四條漢子』 徹底摧毀文藝黑線」爲總題，發表上海紅衛兵電影製片廠革命大批判小組的《撕下夏衍「狼外婆」的面紗》等文。《解放軍報》以「高舉毛澤東思想偉大紅旗徹底批判『四條漢子』」爲總題，發表《隨時準備用革命戰

爭反對革命戰爭——徹底批判周揚等『四條漢子』的反『火藥味』的謬論》、《把革命的「火藥味」搞得濃濃的》。

9 月 19 日,《紅旗》雜誌第 10 期專欄「繼續深入開展革命大批判」,發表清華大學革命大批判寫作小組的《「國防文學」就是賣國文學——揭穿周揚「國防文學」的反動本質》。

10 月 28 日,《光明日報》以「高舉毛澤東思想偉大紅旗 深入開展革命大批判」爲總題,發表《徹底摧毀周揚的反革命「立腳點」——評所謂三十年代文藝》。29 日,《光明日報》以「大力普及革命樣板戲」爲總題,發表《喜看銀幕展紅旗——學習彩色影片〈智取威虎山〉札記》。同日,《解放軍報》以「大力普及革命樣板戲」爲總題,發表《實現在銀幕上對資產階級的專政——贊彩色影片〈智取威虎山〉》。

12 月 7 日,《光明日報》以「大力普及革命樣板戲」爲總題,發表《可貴的探索巨大的成就——贊彩色影片〈智取威虎山〉》等文。12 日,《人民日報》以「高舉毛澤東思想偉大紅旗 深入開展革命大批判」爲總題,發表《兩個口號一條黑線》,《揭穿「國防文學」的反動本質》,《「全民文學」就是復辟資本主義的文藝》。同日,《光明日報》以「高舉毛澤東思想偉大紅旗深入開展革命大批判」爲總題,發表《三十年代的一場大討論——兩條根本對立的文藝路線的兩個口號》,《砸爛反動派的記功碑——剖析「國防文學」的三個黑標本》(「三個黑標本」指田漢的電影《勝利進行曲》、夏衍的話劇《一念間》、陳白塵的話劇《大地回春》)。

五

1971 年基本上是沿襲了上一年的主旋律:普及、移植革命現代樣板戲運動,以批判「四條漢子」爲突出特徵的革命大批判運動。但也有驚天之變,這就是「9.13」事件的發生,林彪墜機身亡,留下一團身後迷霧。雖然從 9 月 18 日中共中央發佈【1971】57 號文件《關於林彪叛國出逃的通知》後,包括 1971 年 10 月 24 日,中央發出《關於向全國群眾傳達林彪叛黨叛國事件的通知》,一直到當年底,林彪事件已經轉達至基層,但公開的點名批判卻遲遲不

見展開。這在 1949 年後中國大陸的高層政治鬥爭歷史上是極其不同尋常的例外。因為這種公然的有意為之的控制，以及其它的疑問，更增加了人們對林彪事件的真相迄今仍保持著的強烈探究興趣〔註7〕。

　　至於魯迅則迎來了一個習慣上的重大紀念節點——誕辰 90 週年、逝世 35 週年。這當然都是要做些文章的。與魯迅直接相關的文章，比較重要的可例舉如下：

　　　　3 月 2 日，《紅旗》雜誌第 3 期專欄「深入開展革命大批判」，發表周建人的《學習魯迅 深入批修——批判周揚一夥歪曲、誣衊魯迅的反動謬論》。《人民日報》4 月 1 日發表本文。《廣東文藝》第 3 期（3 月）發表《「文章得失不由天」——讀魯迅雜文的札記》。

　　　　9 月 25 日，《人民日報》發表羅思鼎的《學習魯迅批判孔家店的徹底革命精神——紀念偉大的革命家、思想家、文學家魯迅誕生九十週年》。次日《文匯報》《光明日報》《解放日報》等轉載。《文匯報》發表上海魯迅紀念館寫作小組的《學習馬克思主義和革命實踐的統一——紀念魯迅誕生九十週年》；《學習魯迅精神 深入批修整風》。《光明日報》發表周建人的《學習魯迅把書讀活——紀念魯迅誕生九十週年》。《解放日報》發表《永不磨滅的革命原則——學習魯迅「痛打落水狗」的戰鬥精神》；《學習魯迅，無限熱愛毛主席》。《解放軍報》發表《絲毫不能放鬆革命警惕性——學習魯迅對敵鬥爭的徹底革命精神》等文。本月，安徽人民出版社出版《學習魯迅雜文》。

〔註7〕　《人民日報》首次點名批判林彪，是 1973 年 8 月 29 日《中國共產黨第十次全國代表大會新聞公報》。《解放軍報》首次出現「林彪反黨集團」是次日 8 月 30 日所載的《中國共產黨第十次全國代表大會新聞公報》。8 月 31 日，《人民日報》發表上海第五鋼鐵廠第一電爐車間黨總支的《繼續把批林整風放在首位》，首次出現「批林」字樣。類是標題或說法在當時非只少數，但是有點怪異的是，此前並無公開批判林彪的先例，何來「繼續」呢？《解放軍報》也從 31 日起連篇發表批林文章，口徑完全一致。該報大規模批林則從當年 9 月 8 日第二版整版的「憤怒聲討和批判林彪反黨集團的罪行」專欄文章開始。同樣，《紅旗》雜誌首次點名批判林彪是 1973 年 9 月 3 日，《紅旗》第 9 期發表甘戈的《林彪是無產階級專政的可恥叛徒》；北京懷柔縣大蒲池溝大隊黨支部的《要團結，不要分裂——批判林彪分裂黨的罪行》；天津市建築工程局工人批判組的《努力實現工人階級的歷史任務——批判林彪破壞工人運動的罪行》；內蒙古烏審召公社寶日勒岱的《深入批林整風，加快牧區建設步伐》。從此，批林的規模、節奏和口徑等，在各主要報刊媒體上大都保持了同步。

　　10 月 18 日，《解放日報》發表《發揚魯迅革命精神，徹底批判反動的人性論——紀念魯迅逝世三十五週年》等文。19 日，《文匯報》發表《向偉大的革命家魯迅學習——讀魯迅後期的雜文》。《解放日報》發表《魯迅的徹底唯物主義精神永放光芒——批判劉少奇、周揚一夥政治騙子用唯心論歪曲和誣蔑魯迅的罪行》。20 日，《人民日報》發表《學習魯迅反對假馬克思主義的鬥爭精神》。22 日，《光明日報》發表《學習魯迅，徹底批判地主資產階級人性論》。

　　11 月，廣東人民出版社出版《紀念魯迅文選》。江西省新華書店出版《學習魯迅反對假馬克思主義的鬥爭精神》。

　　12 月 20 日，《解放日報》發表《用馬克思主義的光輝照出群魔的嘴臉——學習魯迅對反革命兩面派鬥爭的革命精神》等文。25 日，《光明日報》發表《學習魯迅堅持馬克思主義認識論的戰鬥精神——斥周揚一夥用先驗論攻擊和歪曲魯迅》。本月，上海人民出版社出版《向偉大的革命家魯迅學習》；新疆人民出版社出版《學習魯迅反對假馬克思主義的鬥爭精神》。

上文說這些文章「比較重要」，指的只是它們標示的特定時代的政治風向價值，並無關乎內容價值；它們幾乎千篇一律都是爲革命大批判服務的，而且連大批判自身的內容也都極其蒼白、空洞和無力，實在翻不出新花樣來了。所以，1971 年的魯迅雖較前兩年受到更多關注和利用，但充其量也就是被用來例行公事做些無奈文章而已。

六

　　1972 年，有關魯迅的文章發表和書籍出版明顯增多，其中的突出特點是提倡學習魯迅雜文、特別是後期雜文，加強對階級敵人特別是政治兩面派和政治騙子的鬥爭——這大概是對林彪的暗指，但當時公開提到的還只是劉少奇，或者再拉上兩千多年前的孔子陪綁。這樣通過強化魯迅的戰鬥精神，將紀念和學習魯迅與當下的所謂「批修整風」結合起來——後來就變成了「批林整風」。因爲這一年內的文章太多，茲將單行本目錄開列如下，以見當年「魯迅研究」盛況一斑。

1 月，浙江人民出版社出版《向偉大的革命家魯迅學習》。

2 月，吉林人民出版社出版《學習魯迅》。

3 月，雲南人民出版社出版《繼承和發揚魯迅的革命精神（紀念魯迅逝世九十週年）》；青海人民出版社出版《學習魯迅反對假馬克思主義的鬥爭精神》。

4 月，河北人民出版社出版《學習魯迅的革命精神》。

5 月，甘肅人民出版社出版《向偉大的革命家魯迅學習》；內蒙古自治區人民出版社出版《學習魯迅雜文》；安徽人民出版社出版《學習魯迅的革命戰鬥精神》；陝西人民出版社出版《學習魯迅反對假馬克思主義的鬥爭精神》；浙江人民出版社出版《要提倡讀一些魯迅的雜文》。

6 月，廣西人民出版社出版《學習魯迅的革命戰鬥精神》；四川人民出版社出版《讀一些魯迅的雜文》；湖北人民出版社出版《學習魯迅 深入批修》。

7 月，江西人民出版社出版《讀魯迅雜文》；青海人民出版社出版《從魯迅雜文中學習階級鬥爭經驗》；黑龍江人民出版社出版《向魯迅學習》。

8 月，山東人民出版社出版《學習魯迅》。

9 月，上海人民出版社出版《學習魯迅革命到底》；安徽人民出版社出版《學習魯迅雜文》。

10 月，人民文學出版社出版《學習魯迅 深入批修（一）》；內蒙古自治州區人民出版社出版《魯迅論寫作》。

11 月，遼寧人民出版社出版《學習魯迅的革命精神》；西藏人民出版社出版《學習魯迅 徹底革命》。

12 月，暫無記載。

學習和紀念魯迅之餘，還透出了一點在政治的縫隙中尋找文學研究可能性的跡象，哪怕只是一種點綴。比如當年 8 月裏集中發表的這些文章：

8 月 6 日，《解放日報》專欄「文藝短論」發表石一歌的《要情理並茂——對「議論」的議論》。9 日，《文匯報》發表《文風與路

線——學習魯迅的革命文風》。11 日，《人民日報》發表夢陽的《短
些，精粹些》。12 日，《文匯報》以「學習魯迅無產階級的戰鬥文風」
為總題，加編者的話，發表石一歌的《掃蕩新的八股》，另有《力求
易懂》、《清除「叭兒狗文藝家」的「遺產」》、《文章寫完後要認真刪
改》、《抓住本質，以一擊制敵於死命》，專欄「魯迅作品介紹」發表
《戰勝腐朽文風的銳利武器——介紹魯迅〈答北斗雜誌社問〉》。17
日，《光明日報》發表《為革命寫短而精的文章——學習魯迅的革命
文風》。21 日，《解放軍報》專欄「文藝短論」發表《短文一定會帶
片面性嗎——學習魯迅的文風札記》。

在這種年代這就算是與政治的功利顯出了一點安全的距離。確實，林彪事件
後，中國的文革政治鐵幕開始稍稍鬆動了，甚至，中國與世界的關係也有了
改變。2 月 21 日，美國總統尼克松訪華。27 日，中美兩國在上海發表聯合公
報。9 月 25 日，日本內閣總理大臣田中角榮訪華。29 日，中日兩國政府發表
聯合聲明。

但與文藝最有切身利害關係的是，1972 年開始出現了新的文藝刊物。文
革伊始，各級權力機構受到衝擊，當權派紛紛下臺，權力機器無法運轉，刊
物無人領導和組織工作，連《人民文學》這樣的「文學國刊」也只能自動停
刊。林彪事件後，這些停刊的刊物有了復刊的政治氣候，幾年間都在醞釀復
刊，或稱試刊、創刊等名目。1972、73 年間的就有《解放軍文藝》《廣西文藝》
《安徽文藝》《黑龍江文藝》《山東文藝》《天津文藝》《四川文藝》《新疆文藝》
等多家省級文藝機構刊物出現。——即便是單從這一文藝\政治生態的格局
變化來看，林彪事件也可視為文革歷史的轉折點；或直接就可視為文革失敗
破產的標誌。而在這一特定時期魯迅作品及相關紀念、宣傳或研究性的文章、
書籍發表出版得如此之多，或也映證了權力意識形態資源的極度匱乏的現
實。魯迅不僅要被用作大批判，而且也要為革命樣板戲勉強「背書」，為毛澤
東的文藝路線和文藝思想充當「前驅」——當時居然還有這種標題的文章而
能不使人發笑：《魯迅——執行和捍衛毛主席革命路線的光輝榜樣》（舒成，《解
放日報》，1972 年 5 月 29 日），《魯迅——捍衛毛主席無產階級革命路線的英
勇旗手》（山東大學中文系寫作小組，《山東文藝》試刊第 2 期，1972 年 8 月）。
這證明了在最基本的事實邏輯上，文革政治也走到了窮途末路。

七

1973 年仍不脫去年的尷尬，同時也拓展了去年萌發的生機。通觀全年，有更多的各類刊物紛紛復刊、創刊、試刊，而且多家刊物都有著統一的「規定動作」，就是多發有關魯迅的文章。這可被視為政治保險的選擇，無從選擇中的選擇。但也因此，本年度中有關魯迅的文章不僅數量更多了，而且範圍也更廣了，甚至，研究性、學術性的可能也有所出現了。

1 月 1 日，《解放軍文藝》第 1 期發表《魯迅與斯諾──讀書札記》。5 日，《河北文藝》創刊，發表鮑定文的《新戰士和老戰士──讀魯迅〈對於左翼作家聯盟的意見〉有感》。7 日，《光明日報》發表《從生活到藝術的辯證法──學習魯迅文藝思想札記》。本月，《北京大學學報》試刊第 1 期，發表袁良駿的《讀魯迅的〈答托洛斯基派的信〉》；周先慎的《關於魯迅的〈在現代中國的孔夫子〉》。《四川文藝》創刊，發表譚洛非、譚興國的《學習魯迅嚴於解剖自己的徹底革命精神》。《安徽文藝》試刊第 1 期，發表《談「多看看」與「不硬寫」──學習魯迅〈答北斗雜誌社問〉一文的體會》。《黑龍江文藝》試刊第 1 期，發表《光輝的範例──讀〈答托洛斯基派的信〉》。

2 月 1 日，《解放軍文藝》第 2 期發表《〈一件小事〉及其它──讀魯迅著作札記二則》。《天津文藝》創刊第 1 期發表李何林的《魯迅的後期雜文》。

3 月 4 日，《人民日報》發表《像魯迅那樣幫助青年》。24 日，《文匯報》發表石一歌的《「深」「淺」辨──讀魯迅雜文札記》；《從〈木刻紀程〉看魯迅對青年的關懷》。

4 月 22 日，《光明日報》發表《學會「畫眼睛」──魯迅作品學習札記》。本月，《安徽文藝》試刊第 4 期發表《「言語不多道理深」──學習魯迅雜文〈估「學衡」〉一得》。

5 月 13 日，《光明日報》轉載《紅旗》雜誌 1973 年第 5 期周建人的《學習魯迅 培養青年》。15 日，《安徽文藝》第 5 期發表《「希望就正在這一面」──讀魯迅〈一八藝社習作展覽會小引〉有感》。

6月29日，《文匯報》發表任犢的《傳神全在點睛中——評〈魯迅的故事〉》；專欄「魯迅作品介紹」，發表《透過「臉譜」看本質——介紹魯迅雜文〈臉譜臆測〉》。本月，《安徽文藝》第6期發表《魯迅與兒童讀物》。

7月11日，《文匯報》發表復旦大學中文系的《「文字在人民間萌芽」——學習魯迅〈門外文談〉的一點體會》。15日，《河北文藝》第4期發表吳士余、戈塵等的《希望有更多更好作品出世——學習魯迅的戰鬥精神和創作思想（五篇）》。本月，《安徽師範大學學報》（哲學社會科學版）試刊第1期，發表《勞動人民一定要成為文化的主人——學習魯迅的〈門外文談〉》。《湘江文藝》第4期發表《比較和「看真金」——讀魯迅雜文〈隨便翻翻〉》。

8月8日，《解放日報》發表大泓的《我國第一部小說史——讀魯迅〈中國小說史略〉》。

9月26日，《人民日報》發表新華社記者的《魯迅與中日文化交流》。本月，《黑龍江文藝》試刊第5期發表鐵健的《生活和藝術——讀魯迅雜文札記》。

10月10日，《光明日報》半月刊「文字改革」第8期發表《「將文字交給大眾」——讀魯迅〈門外文談〉》，《從魯迅的墨跡得到的啟示——希望繼續簡化和整理漢字》。18日，《人民日報》《光明日報》發表新華社記者的《訪問魯迅的朋友增田涉先生》。

11月2日，《文匯報》發表《試論魯迅對譴責小說的評價——兼論〈中國小說史略〉的政治意義》。本月，《北京大學學報》（哲學社會科學版）第4期發表曹靖華的《風雪萬里栽鐵花——回憶魯迅先生片斷》。《西北大學學報》（社會科學版）第1期發表中文系《魯迅詩歌注釋》小組的《魯迅詩歌六首注釋》。

12月1日，《光明日報》發表《學習魯迅 重視兒童文學創作》。16日，《學習與批判》第4期發表《因魯迅之死所想到的——》。

當然，魯迅與大批判、魯迅與樣板戲的政治關聯並沒有任何改變，甚至還更緊密了、更翻新了。——9月以前，學習魯迅同時批判劉少奇的走資派黑線，多稱批修整風；9月以後，批林整風開始了，魯迅也要跟著完成批判林彪的任

務，這一運動於次年掀起全國高潮。至於學習樣板戲則歷來就與學習魯迅聯繫在一起，魯迅和樣板戲被視為從 1930 年代甚至更早的「五四」開始直到文化大革命貫穿著的進步文藝、革命文藝、無產階級文藝的紅色傳統，正與兩條黑線的傳統（30 年代、建國「十七年」）相對立、相鬥爭，彼此水火不容，關乎中國文藝的發展路線之爭。

那麼，在魯迅與大批判、魯迅與樣板戲的正反關聯中，還有一條持續不斷的線索，便是批判孔子——批劉批修批林的大批判要批孔子，學習魯迅學習樣板戲的同時也得批孔子；再提一句，五四至文革，批孔顯然已經成為一個鮮明的歷史特徵和政治傳統，並不僅限於文藝領域。1973 年，馮友蘭教授也出山發文登報批孔了。

　　1 月 13 日，《文匯報》專欄「魯迅作品介紹」，發表《新花樣掩蓋不了賣國賊的真面目——介紹魯迅雜文〈文章與題目〉》。25 日，《遼寧大學學報》（社會科學版）創刊第 1 期，發表《必須防備自己一面的三翻四復的暗探——學習魯迅同反革命兩面派作鬥爭的歷史經驗》。

　　3 月 10 日，《北京文藝》第 1 期發表《揭穿劉少奇一類騙子的反革命實質——讀魯迅〈徐懋庸並關於抗日統一戰線問題〉》。19 日，《人民日報》以「學習魯迅 深入批修——選自解放軍某部的革命大批判牆報」為總題，發表多篇文章。

　　4 月 1 日，《解放軍文藝》第 4 期發表《堅持「打落水狗」的革命原則——讀魯迅〈論「費厄潑賴」應該緩行〉》。6 日，《解放日報》專欄「讀魯迅雜文」，發表《為革命而認真學習——斥騙子的讀書經》。本月，《山東文藝》試刊第 5 期發表《撕去偽裝 徹底批判——讀魯迅〈在現代中國的孔夫子〉》。

　　5 月 9 日，《文匯報》發表方海、任犢的《催促新苗成茂林——像魯迅那樣關心文藝戰線上新生力量的成長》。

　　6 月 1 日，《解放軍文藝》第 6 期發表佘樹森的《正對要害 制敵死命——讀魯迅札記》。

　　7 月 4 日，《解放日報》專欄「讀魯迅雜文」，發表《復辟祖師和他的徒子徒孫——魯迅雜文〈趨時和復古〉讀後》。本月，《四川

文藝》第 4 期發表《戳穿「靈感論」的反動本質——讀魯迅雜文筆記》。

8 月，《四川文藝》第 5 期發表鄧儀中、仲呈祥的《學習魯迅解剖階級敵人的鬥爭經驗》。

9 月 10 日，《北京文藝》第 4 期發表黃侯興、田本相的《一篇討伐「天才論」的戰鬥檄文——讀魯迅的〈門外文談〉》。19 日，《人民日報》發表《辨潮流，反潮流——學習魯迅的大無畏革命精神》。《吉林文藝》9 月號發表《學習魯迅的革命精神 批判孔子的反動思想》。本月，《安徽勞動大學學報》（哲學社會科學版）創刊第 1 期，發表《「聖人」原是「敲門磚」——讀魯迅雜文〈在現代中國的孔夫子〉》等文。

10 月 1 日，《解放軍文藝》第 10 期重新發表魯迅的《在現代中國的孔夫子》；《孔子——反動階級妄圖復辟的「敲門磚」——讀魯迅雜文〈在現代中國的孔夫子〉》。本月，《中山大學學報》（哲學社會科學版）第 1 期，專欄「學習十大文件 搞好批林整風」，發表《粉碎林彪篡改黨的文藝路線的陰謀》，吳宏聰的《學習魯迅反潮流的革命精神——紀念魯迅逝世三十七週年》；專欄「資料」《魯迅論孔子》。《北京大學學報》（哲學社會科學版）第 3 期專欄「要抓好意識形態領域裏的階級鬥爭」，發表北京大學、清華大學大批判組的《近百年來反孔和尊孔的鬥爭》，《學習魯迅反尊孔鬥爭的歷史經驗》。《吉林大學學報》（哲學社會科學版）第 1 期專欄「批判孔子反動思想」，發表《學習魯迅革命精神 批判孔子反動思想》。《陝西師範大學學報》（哲學社會科學版）創刊第 1 期，發表《學習魯迅反孔鬥爭的徹底革命精神》。

11 月 1 日，《廣西文藝》第 8 期專欄「匕首與投槍」，發表《討孔檄文——讀魯迅雜文〈在現代中國的孔夫子〉》。5 日，《文史哲》復刊，發表《學習魯迅，徹底批判孔家店》。10 日，《山東文藝》第 2 期發表《堅持文藝領域的社會主義革命——學習〈關於文學藝術的兩個批示〉》；《魯迅筆下的孔夫子——兼剝新尊孔派的畫皮》。《北京文藝》第 5 期發表《學習魯迅 徹底批孔——兼批林賊尊孔讀經的

反動實質》;《「敲門磚」及敲門者的命運──〈在現代中國的孔夫子〉讀後》。16 日,《學習與批判》第 3 期發表秋雨的《尊孔與賣國之間──從魯迅對胡適的一場鬥爭談起》。27 日,《文匯報》以「學習魯迅徹底批孔的革命精神」爲總題,發表石一歌的《關於魯迅反尊孔鬥爭的主要著作》等文。本月,《廣東文藝》第 11 期發表黃新康的《學習魯迅積極反映階級鬥爭和路線鬥爭》。《四川文藝》第 8 期發表《形象化的批孔檄文──魯迅小說中對孔子反動思想的批判》,《「焚書坑儒」與「黃臉乾兒」──讀魯迅雜文〈華德焚書異同論〉》。《北京大學學報》(哲學社會科學版)第 4 期發表《「不克厥敵,戰則不止」──學習魯迅反孔鬥爭的歷史經驗》等文、馮友蘭的《對於孔子的批判和關於我過去的尊孔思想的自我批判》。《吉林大學學報》(哲學社會科學版)增刊發表《魯迅對孔子及尊孔讀經的批判》。《安徽文藝》第 11 期發表《徹底批判孔子的反動文藝觀》、《擲向孔家店的戰鬥檄文──讀魯迅的〈在現代中國的孔夫子〉》。《黑龍江文藝》試刊第 6 期發表《魯迅是徹底批判孔家店的光輝榜樣》。《湘江文藝》第 6 期發表《從尊孔鬥爭中學習魯迅的反潮流精神──讀〈在現代中國的孔夫子〉》等文。

　　12 月 3 日,《光明日報》加編者按轉載《北京大學學報》(哲學社會科學版)1973 年第 4 期馮友蘭的《對於孔子的批判和關於我過去的尊孔思想的自我批判》。7 日,《人民日報》發表北京大學、清華大學大批判組的《一百多年來反孔和尊孔的鬥爭》。14 日,《解放日報》發表石一歌的《魯迅──反尊孔鬥爭的先鋒戰士》。《雲南文藝》、《甘肅文藝》第 3 期均發表了魯迅批孔文章。《安徽勞動大學學報》(哲學社會科學版)第 2 期發表《一篇勇猛的討孔檄文──讀魯迅小說〈狂人日記〉》。

本年還有兩件事值得一提,5 月,上海人民出版社出版「上海文藝叢刊」第 1 輯《朝霞》。此後俗稱「朝霞叢刊」,共出版了 13 輯,是文革期間最著名的文藝創作集刊〔註8〕。8 月 24 日,中共第十次全國代表大會在北京召開。王洪文

〔註 8〕 「上海文藝叢刊」於 1973 年出版《朝霞》《金鐘長鳴》《鋼鐵洪流》《珍泉》四輯,1974 年改名《朝霞》叢刊,仍爲不定期出版,主要發表小說、話劇和電影文學劇本等。1974 年始還同時出版《朝霞》月刊,屬綜合性文藝刊物,

當選中共中央副主席。30 日，中央十屆一中全會在北京舉行。會議選舉了毛澤東爲中央委員會主席，周恩來、王洪文、康生、葉劍英、李德生爲副主席，並選出了新的中央政治局和常委會成員。

八

1974 年的政治大背景以全面展開的批林批孔運動爲最顯著，而批林批孔運動中很快又突出了所謂儒法鬥爭、評法批儒、批尊孔反法的內容線索。那麼，作爲永遠的批判者的魯迅，自然就化身爲批林批孔批儒的當世最偉大的法家人物了。所以，在此期間的魯迅依然走紅，而且紅到了極點。——當年初就有新華社通知《魯迅全集》最近出版發行。這表達的就是對魯迅最高規格的政治禮遇。

文革期間對樣板戲的高度評價是始終不渝的主旋律。樣板戲的評價和地位關乎無產階級革命文藝實踐的當代政治命運；樣板戲的走向也就是文革進程的風向標——對樣板戲的態度就成爲政治立場問題了，也就是對毛澤東文藝思想的態度問題了。因此，不難理解對樣板戲的對立面的批判，同時也貫穿了文革始終；除了幾家恒定的批判對象外，每隔幾年還會挖掘、發現新的批判對象。1974 年的主要批判對象先後就是晉劇《三上桃峰》、湘劇《園丁之歌》。此外的較顯中性的熱點現象則是《紅樓夢》評論和評《水滸》的漸次展開；這兩者的區別是，對《紅樓夢》是「評中顯褒」，對《水滸》則是「評中帶批」——價值判斷取向還是顯著不同的。文革中的這場「紅學熱」持續時間可說是比較長的，而且在某些時段發表、出版的文章、書籍，足可與魯迅的相關文字相敵，但規模上看似乎還沒到發動全民參與的程度。相比之下，評《水滸》批宋江（投降主義）卻眞是一場紮紮實實的全民動員批判運動。

內容以短篇小說爲主，兼發散文、詩歌、報告文學、文藝評論等。後世一般將前二者的叢刊連帶統稱爲「朝霞叢刊」，但也常將三者混淆。統稱的「朝霞叢刊」共包括 13 輯：「上海文藝叢刊」的《朝霞》(1973 年 5 月)、《金鐘長鳴》(1973 年 8 月)、《鋼鐵洪流》(電影、話劇劇本專輯，1973 年 12 月)、《珍泉》(電影、話劇劇本專輯，1973 年 12 月)、「朝霞叢刊」的《青春頌》(1974 年 4 月)、《碧空萬里》(1974 年 10 月)、《戰地春秋》(1975 年 3 月)、《序曲》(《努力反映文化大革命的鬥爭生活》微文選，1975 年 6 月)、《不滅的篝火》(1975 年 8 月)、《閃光的工號》(1975 年 12 月)、《千秋業》(電影文學劇本專輯，1976 年 4 月)、《火，通紅的火》(1976 年 6 月)、《鐵肩譜》(1976 年 9 月)，均由上海人民出版社出版。

魯迅被起於地下，當然也是要趕往人間參加這些當代的政治文化盛宴的，尤其是要充當「文革」批判運動中的英雄。

1974 年 1 月 1 日，《紅旗》雜誌第 1 期專欄「搞好上層建築領域的革命」，發表初瀾的《中國革命歷史的壯麗畫卷——談革命樣板戲的成就和意義》，《無產階級必須牢固佔領文化陣地》。5 日，《解放日報》發表上海師範大學文藝系大批判小組的《學習魯迅批判尊孔反法思想的歷史經驗》。11 日，《人民日報》《光明日報》發表新華社訊《魯迅全集》最近出版發行。18 日，中共中央轉發由北京大學、清華大學批判組彙編的《林彪與孔孟之道（材料之一）》。之後，全國展開「批林批孔運動」。19 日，《人民日報》發表林誌浩的《魯迅——深刻批判「孔家店」的偉大戰士》。20 日，《朝霞》月刊創刊。《朝霞》月刊、《朝霞》叢刊發出《〈努力反映文化大革命的鬥爭生活〉徵文啟事》。31 日，《人民日報》發表《狠批孔孟之道 深挖林彪修正主義路線的老根——北京大學、清華大學聯合召開批林批孔座談會紀要》。本月，人民出版社出版中央黨校編寫組編的《魯迅批判孔孟之道的言論摘錄》。

2 月 1 日，《紅旗》雜誌第 2 期專欄「批林批孔 反修防修」，發表多篇文章。4 日，《文匯報》發表《批孔是為了更好地批林——學習〈魯迅批判孔孟之道的言論摘錄〉》。5 日，《北京師院學報》（社會科學版）第 2 期發表《〈魯迅批判孔孟之道的言論摘錄〉試解》。8 日，《人民日報》發表《孔丘是歷代反動人物的楷模——讀魯迅〈十四年的「讀經」〉有感》。10 日，《文匯報》發表新華社記者的《學習魯迅的革命精神 狠批林彪孔老二》。13 日，《文匯報》加編者按發表石一歌的《魯迅批判「孔家店」的光輝戰鬥歷程》。18 日，據 21 日《人民日報》的《華北地區文藝調演勝利結束》，「國務院文化組舉辦的華北地區文藝調演歷時二十七天，已在二月十八日勝利結束。」20 日，《朝霞》第 1 期專欄「深入批林批孔 提高路線鬥爭覺悟」，發表石一歌的《「中庸之道」「合」哪個階級的「理」？——從魯迅批判林語堂談起》。28 日，《人民日報》發表初瀾的《評晉劇〈三上桃峰〉》。本月，人民文學出版社出版《魯迅批孔反儒的文輯》。內蒙古人民出版社出版《學習魯迅批判尊孔反法思想》。

　　3月3日，《光明日報》發表《晉劇〈三上桃峰〉是爲劉少奇翻案的大毒草》。13日，《甘肅師大學報》（社會科學版）創刊第1期，發表《批林必批孔 批孔爲批林──讀魯迅雜文〈在現代中國的孔夫子〉》、《從販賣孔孟之道看〈三上桃峰〉的反動性》等文。30日，《解放日報》專欄「魯迅批孔的鬥爭」，發表《一場「青年必讀書」的論戰》。本月，《中山大學學報》（哲學社會科學版）第1期專欄「學習魯迅的革命精神 狠批林彪孔老二」。廣東人民出版社出版《魯迅批孔雜文選讀》。

　　4月17日，《解放日報》發表《學習魯迅，把批林批孔運動進行到底》。本月，《廣東文藝》第4期發表《魯迅小說中的批孔精神》。《南京大學學報》（哲學社會科學版）第3期發表《學習魯迅 徹底批判孔家店》。

　　5月20日，《學習與批判》第6期發表徐緝熙的《魯迅是怎樣讀〈紅樓夢〉的》。本月，《遼寧文藝》第6期專欄「把批林批孔的鬥爭進行到底」，發表陳鳴樹的《學習魯迅肯定法家的反潮流精神》等文。北京人民出版社出版《魯迅反孔作品選講》、《魯迅批孔與批尊孔言論選輯》。河北人民出版社出版《魯迅──深刻批判「孔家店」的偉大戰士》。

　　7月9日，《解放日報》發表陳鳴樹的《魯迅小說中的批孔反儒精神》。本月，上海人民出版社出版《風濤集──學習魯迅革命精神徹底批林批孔》。

　　8月1日，《解放軍文藝》第8期發表《梁山農民軍的思想政治路線與反孔鬥爭──讀〈水滸傳〉》。10日，《文匯報》以「用馬克思主義研究法家──學習魯迅對法家的正確評價」爲總題，加編者按，發表復旦大學中文系多位學員的文章。15日，《吉林大學學報》（哲學社會科學版）第3期發表《要古爲今用──學習魯迅評法批孔的寶貴經驗》。本月，《廣東文藝》第8期發表《魯迅讚美了「火」與「劍」──讀魯迅有關武裝鬥爭的論述札記》。《吉林文藝》8月號發表《學習魯迅正確評價法家人物的歷史經驗》。文物出版社出版《魯迅反對尊孔復古言論選輯》。陝西人民出版社出版《魯迅批孔反尊孔言論摘錄》。

9 月 1 日，《紅旗》雜誌第 9 期專欄「批林批孔 反修防修」，發表《爲鞏固無產階級專政而研究儒法鬥爭》。14 日，《光明日報》發表馮友蘭的《詠史二十五首》並序；高信的《從「顧及全人」談起——學習魯迅正確評價法家札記》。25 日，《武漢大學學報》（哲學社會科學版）第 3 期專欄「正確評介法家在歷史上的進步作用」，發表陸耀東的《魯迅是怎樣評論法家的》。本月，《廣東文藝》第 9 期發表黃新康的《魯迅是怎樣評價法家的》。《天津師院學報》創刊第 1 期，專欄「學習魯迅的革命精神」，發表李何林注解的《五四前夕「打倒孔家店」的宣言書——魯迅：〈狂人日記〉》。《吉林文藝》9 月號發表《一篇馬克思主義的討孔檄文——學習〈在現代中國的孔夫子〉》。《安徽文藝》第 9 期專欄「學習札記」，以「學習魯迅對法家的正確評價」爲總題，發表多篇文章。内蒙古人民出版社出版《學習魯迅批孔的歷史經驗》。遼寧人民出版社出版《魯迅批孔的故事》。

10 月 15 日，《廈門大學學報》（哲學社會科學版）第 1 期，專欄「用馬克思主義觀點研究《紅樓夢》」，發表許懷中的《魯迅在評〈紅樓夢〉中對胡適派的批判》；專欄「魯迅作品研究」，發表《魯迅是評價法家的榜樣》等文。22 日，《人民日報》發表新華社訊《日本各界人士在仙臺市舉行各種活動 紀念魯迅先生留學仙臺七十週年》。本月，《河南文藝》第 4～5 期合刊專欄「學習魯迅著作」，發表《堅持用馬克思主義研究法家——魯迅後期雜文學習札記》等文。《南京大學學報》（哲學社會科學版）第 5～6 期合刊發表中文系 72 級「學習魯迅」小組的《學習魯迅評法經驗 深入批林批孔》；中文系學員的《學習魯迅 正確評論〈紅樓夢〉》；中文系 72 級「學習魯迅」小組的《魯迅評法言論選注》。

11 月 10 日，《光明日報》半月刊「文字改革」第 37 期，發表《談魯迅對秦始皇同文歷史功績的評價》。11 日，《人民日報》發表石一歌的《堅持古爲今用 正確評價法家——學習魯迅有關法家的論述的體會》。12 日，《文匯報》發表《研究法家要古爲今用——學習魯迅論法家的一點體會》。20 日，《華中師院學報》（社會科學版）第 4 期發表黃曼君的《共產主義者魯迅 不容歪曲——評瞿秋白《〈魯

迅雜感選集〉序言》》；專欄「批判蘇修社會帝國主義」，發表《誰是
真正的僞造者？——駁蘇修污蔑魯迅的反動謬論》，加編者按發表
《蘇修污蔑魯迅、瘋狂反革言論摘譯（供批判用）》。本月，《中山大
學學報》（哲學社會科學版）第 5 期專欄「批林批孔 反修防修」，發
表中文系工農兵學員的《刺向中庸之道的匕首和投槍——學習魯迅
批孔反儒雜文》。

　　12 月 20 日，《遼寧大學學報》（哲學社會科學版）第 6 期專欄
「魯迅反孔批儒雜文選講」。本月，《遼寧文藝》第 12 期專欄「把批
林批孔的鬥爭進行到底」。安徽人民出版社出版《堅持進步 反對倒
退（學習魯迅評法批儒的革命精神）》。

除了樣板戲及其移植或改編的作品，1974 年還另有受到熱捧的無產階級文藝
和革命作品，比如電影《閃閃的紅星》、浩然的小說《西沙兒女》等。——對
「文革」乃至「十七年」作品的評價，在「文革」後的新時期迄今，一直成
爲一個問題：有的概稱爲陰謀文藝，有的後被譽爲紅色經典，有的基本作爲
否定對象，有的被視爲社會主義文學的實踐經驗，也有的難以歸類定位而只
能被懸置，無法展開有效討論，或無法將討論進行到底——浩然一人其實就
集中了上述所有現象，就此可見問題之複雜、深刻，評價之分歧、艱難。即
便是對於「文革」本身的評價，現在似乎也難有共識了。

九

　　1975 年，文革政治又發生了戲劇性的變化。權力最高層的爭奪一時沒定
勝負。

　　1 月 8 日，中央十屆二中全會在北京舉行。會議選舉鄧小平爲中共中央副
主席、中央政治局常委。接著，13～17 日，第四屆全國人民代表大會在北京
召開。大會通過了《中華人民共和國憲法》。鄧小平的復出必然再度加劇權力
的激蕩，意識形態的戰爭也隨之趨於激烈。

　　2 月，所謂的「無產階級專政理論」出籠。18 日，中共中央發出關於學
習毛澤東對理論問題的指示。22 日，《人民日報》刊登《馬克思、恩格斯、列
寧論無產階級專政》語錄 33 條。由此，全國開展學習「無產階級專政理論」
運動。

　　3 月 1 日，《紅旗》雜誌第 3 期專欄「學習無產階級專政理論」，發表姚文元的《論林彪反黨集團的社會基礎》。《人民日報》同日發表姚文元的同題文章。樣板戲、魯迅立即被歸入了這套最新的宣傳口徑中，同時，批劉批林批孔批修也就與「無產階級專政理論」直接掛鉤了。

　　4 月 1 日，《人民日報》發表張春橋的《論對資產階級的全面專政》。同日，《紅旗》雜誌第 4 期專欄「學習無產階級專政理論」，發表張春橋的《論對資產階級的全面專政》。落一葉而知秋。評《水滸》批投降主義在當年的下半年會愈演愈烈，顯然就與這一意識形態的新口徑直接有關。

　　《紅旗》雜誌 1975 年第 9 期發表《重視對〈水滸〉的評論》。9 月 1 日，《文匯報》《解放日報》轉載此文，並發表了《魯迅論〈水滸〉》。2 日，《人民日報》轉載《紅旗》雜誌 1975 年第 9 期的《使人民都知道投降派——學習魯迅對〈水滸〉的論述》。3 日，《解放軍報》發表《〈水滸〉：一部宣揚投降主義的反面教材——學習魯迅對〈水滸〉的論述》。4 日，《人民日報》發表社論《開展對〈水滸〉的評論》。——批判所謂投降派所顯示的政治博弈，非僅關乎鄧小平（復出和再度下臺），魯迅被拉來論《水滸》，也不僅是為彰顯批判的權威性或正確性，無產階級專政理論將由此找到一個立論的歷史依據，或能成為當代「文革」運動的一大理論成果。

　　而隨著鄧小平的再度倒臺，反擊右傾翻案風旋成目標更加清晰明確的全國性批判運動高潮。11 月下旬，根據毛澤東的指示，中共中央在北京召開「打招呼」會議，宣讀了經毛澤東審閱批准的《打招呼的講話要點》。此前的 11 月 3 日，清華大學黨委已召開常委擴大會議，傳達了毛澤東 10 月下旬對清華黨委領導人劉冰等人來信的講話。此番《打招呼的講話要點》：中央認為清華大學的問題是當前兩個階級、兩條道路和兩條路線鬥爭的反映。這是一股右傾翻案風。由此，「反擊右傾翻案風」運動很快便在全國掀起高潮。

　　魯迅畢竟是特殊的存在。他是一種歷史存在，一種文化存在，也是一種政治存在，或者就是一種偶像存在。就在他對批林批孔評《水滸》、反修防修反擊右傾翻案風也不能作壁上觀的時刻，他的存在受到了最高權力的直接關注，有了一個歷史性的制度安排。

　　魯迅博物館原於 1956 年建立，「文革」中的魯迅雖然表現不俗，但魯博的級別地位卻一路下降，從中央級下放到北京市，又降至西城區。接著連魯迅的部分手稿也一度失蹤。據說是在胡喬木的建議下，周海嬰為此於 1975

年給毛澤東寫了一封信，終於引起了重視。10 月 28 日，周海嬰上書毛澤東，提出有關魯迅書信出版、魯迅著作注釋、魯迅博物館內增設魯迅研究室等建議。11 月 1 日，毛澤東在周海嬰信上批示：「我贊成周海嬰同志的意見，請將周信印發政治局，並討論一次，作出決定，立即實行。」12 月 25 日，國家文物局正式傳達了毛澤東批示，宣佈自 1976 年 1 月 1 日起魯迅博物館歸國家文物局直接領導，任命李何林為魯迅博物館館長兼魯迅研究室主任。這就意味著魯迅研究有了一個權威學術機構，並且得到了國家權力的授權。——在相當程度上，「文革」中的魯迅研究終於發展成了一種特殊的國家學術，即受到國家資源的直接支持，同時也受到國家權力的直接支配。這種格局定位一直沿襲到了文革結束後的很長一段時間，現在也仍能看出鮮明的歷史痕跡。

除了上述的大節輪廓，還可以隨例具體看看 1975 年的魯迅出場方式。

1 月，《四川文藝》第 1 期發表《魯迅論文學史上的儒法鬥爭——讀〈漢文學史綱要〉》。《安徽文藝》第 1 期發表王永生的《生活原型與文藝創作的典型化——學習魯迅有關論述札記》等文。文物出版社出版《魯迅致增田涉書信選》。吉林人民出版社出版《魯迅批孔反儒雜文簡析（知識青年學習叢書）》。

2 月，《安徽勞動大學學報》（哲學社會科學版）付印第 1 期專欄「學習魯迅批孔經驗」，發表中文系學員的《在批孔鬥爭中繼續前進——讀魯迅關於知識分子問題的幾篇小說》等文。文物出版社出版《魯迅批判孔孟之道手稿選編》。

3 月 11 日，《解放日報》發表吳歡章的《認真學習和勇敢捍衛無產階級專政的理論——魯迅雜文學習筆記》。15 日，《廈門大學學報》（哲學社會科學版）第 1 期專欄「學習魯迅《漢文學史綱要》」，轉載《人民日報》2 月 26 日的《閃爍著戰鬥光芒的一部文學史——學習魯迅〈漢文學史綱要〉的體會》。18 日，《人民日報》發表毛志成的《魯迅小說中對尊孔派的批判》。山西人民出版社出版《魯迅批孔反儒雜文注析》。中華書局出版田本相、華濟時的《魯迅反對「孔家店」的鬥爭（歷史知識讀物）》。

4 月 23 日，《光明日報》發表賴應棠的《階級鬥爭經驗的寶貴總結——讀魯迅〈偽自由書·後記〉》。25 日，《文匯報》發表石一歌的《魯迅抵制資產階級生活作風的故事》等文。

5 月 30 日，《南京大學學報》（哲學社會科學版）第 3 期發表錢林森的《徹底和孔孟之道決裂 堅決走與工農結合的道理——試論魯迅小說中的知識分子形象》。山東人民出版社出版《魯迅——反孔鬥爭的偉大戰士》、《認真研究文藝史上的儒法鬥爭》等。

6 月 15 日，《吉林師大學報》（哲學社會科學版）第 3 期專欄「學習魯迅」，發表《「革命無止境」——學習魯迅關於階級鬥爭的論述》、《文化大革命以來新發現的魯迅佚文、書簡述評》。30 日，《安徽勞動大學學報》（哲學社會科學版）第 2 期專欄「學習魯迅批孔經驗」，發表《學習馬克思主義與批孔——學習魯迅批孔經驗札記之二》等文。本月，《延邊大學學報》（哲學社會科學版）第 2 期發表《學習魯迅 做破除資產階級法權觀念的闖將》。

7 月 25 日，毛澤東對電影《創業》編輯張天民的來信批示：「此片無大錯，建議通過發行。不要求全責備。而且罪名有十條之多，太過分了，不利調整黨內的文藝政策。」本月，《四川文藝》第 7 期發表《無產階級專政和革命家魯迅》。山西人民出版社出版《學習魯迅論法家人物札記》；上海人民出版社出版《學習魯迅批孔評法的革命精神》。

8 月 30 日，《光明日報》發表梁效的《魯迅評〈水滸〉評得好——讀〈流氓的變遷〉》。本月，文物出版社出版北京魯迅博物館編的《魯迅手稿選集四篇》。

9 月 10 日，《北京文藝》第 5 期發表黃侯興的《一針見血 擊中要害——學習魯迅對〈水滸〉的評論》。17 日，《文匯報》發表《宋江的投降主義和金聖歎的反動昏庸——學習魯迅對〈水滸〉的兩段評語》。《解放軍報》發表《揭露投降派的奴才嘴臉——學習魯迅對〈水滸〉的評論》。25 日，《文匯報》以「學習魯迅 深入開展對《水滸》的評論」為總題，加編者按發表文章。本月，人民文學出版社出版《魯迅關於〈水滸〉的論述》。

10 月 18 日，《光明日報》發表《充分發揮無產階級詩歌的戰鬥作用——學習魯迅關於詩歌的論述》。24 日，《人民日報》發表王瑤的《學習魯迅論〈水滸〉》。30 日，《南京大學學報》（哲學社會科學

版）第 4 期專欄「學習理論 評論《水滸》 反修防修」，發表鍾珊、嚴迪昌的《評金聖歎腰斬〈水滸〉──讀魯迅〈談金聖歎〉》。本月，《河南文藝》第 5 期專欄「學習毛主席的指示 開展對《水滸》的評論」，發表《魯迅論〈水滸〉》。山東人民出版社出版《魯迅反孔鬥爭史話》。

11 月 13 日，《光明日報》轉載《紅旗》雜誌 1975 年第 11 期任犢的《讓革命詩歌佔領陣地──重讀魯迅對新詩形式問題的論述》。14 日，《學習與批判》第 11 期發表石一歌的《讀魯迅的詩論》。本月，陝西人民出版社出版李何林注解的《魯迅〈野草〉注解（修訂本）》。福建人民出版社出版《魯迅評〈水滸〉文章淺析》。

12 月 20 日，《朝霞》第 12 期發表石一歌的《時代風雲 筆底波瀾──論魯迅散文的特色》。本月，《廣東文藝》第 12 期發表陳則光的《學習魯迅論奴才札記──評宋江的奴才氣》。吉林人民出版社出版《魯迅評〈水滸〉文章選讀》。

十

總算到了 1976 年，既是尾聲，又是開始。文革期間的政治劇變有三次。第一次的打倒劉少奇是早有伏筆，隨後的情勢完全握在最高權力的掌控中，可謂一切不出所料。第二次的林彪事件則是突然發生，毫無心理準備，整個社會為之愕然，政治走向多少發生了一些分歧，權力不能不受到質疑，但基本沒有失控。第三次發生在 1976 年 10 月，以所謂「四人幫」的倒臺為主要標誌。這是一次國家權力及政治走向發生轉折的歷史性巨變。既是文革中國的政治尾聲，終於謝幕，又是改革開放嶄新歷史時期的序幕。所以，「文革」的結束意義應該要遠大於文革的開始──前者是逆勢來襲，後者只是順勢而為。冥冥之中，這好像也是一種命運的安排。

動盪和詭異在 1976 年初就露出了端倪。元旦有喜，一是毛澤東詞二首的發表給所有媒體提供了歌功頌德的話題和內容，二是在去年的末日，新華社已發電訊公告《詩刊》、《人民文學》重新出版》。後者使林彪事件後的復刊、創刊潮走向了標誌性的頂峰。一時間，媒體和內容都有了。《人民日報》、《紅旗》雜誌、《解放軍報》發表了喜慶和自信的 1976 年元旦社論《世上無難事

只要肯登攀》。但是，沒幾天，1 月 8 日，中共中央副主席、國務院總理、全國政協主席周恩來逝世。死人的事無疑明顯地對沖了中國大地上的喜悅，或強顏歡笑。甚至，後來才明白，這次的死人還引發了巨大的騷動和憤怒，國家政治和最高權力也受到了震動和衝擊。當年的「4.5」天安門詩歌運動就此載入史冊。4 月 7 日，中共中央政治局通過《中共中央關於華國鋒同志任中共中央第一副主席、國務院總理的決定》，《中共中央關於撤銷鄧小平黨內外一切職務的決議》。8 日，《人民日報》發表《天安門廣場的反革命政治事件》。看似強硬，其實，權力政治已經不可控了。

還在繼續死人。7 月 6 日，中共中央政治局常務委員、全國人大常委會委員長朱德逝世。同月 28 日，河北省唐山、豐南一帶發生 7.5 級強烈地震。多年後解密計算，地震造成 24 萬多人死亡，16 萬多人重傷，7200 多個家庭全家震亡。9 月 9 日，中共中央主席、中共中央軍委主席、全國政協名譽主席毛澤東在北京逝世。死到頭了，不該再死人了。

魯迅則在這一年迎來了他的紀念聲譽巔峰。9 月是魯迅誕生 95 週年，10 月是魯迅逝世 40 週年。此時此刻，紀念和學習魯迅的文字依然連篇累牘、汗牛充棟，最具標誌性的則是大型彩色文獻紀錄片《魯迅戰鬥的一生》上映〔註9〕。幾天後的 10 月 6 日，王洪文、江青、張春橋、姚文元等人被「隔離審查」。──「四人幫」的倒臺與魯迅有什麼特別的關係呢？魯迅又被用來批判「四人幫」了。從政治角度看，魯迅形象的塑造是在文革期間、尤其是在 1976 年達到了最高峰。在這整個塑造過程中，包括 1976 年的巔峰時刻，又依然充滿了戲劇性。

1976 年的總體形勢還是大批判開路。大批判的內容和路徑分成了兩條線索，一是批林批孔、反修防修，一是反擊右傾翻案風和批走資派，後者是針對「黨內那個不肯改悔的走資派」鄧小平。後來兩條線索也在批鄧上合流了，批林則漸漸淡出。與此同時，隨著黨內權力鬥爭日趨激烈，捍衛革命樣板戲和文革成果也在質疑聲中變得緊迫起來了。至於一些老題目如評水滸、紅樓夢評論、批判蘇修文藝等，沿著政治功用的慣性仍在不斷地變換著已經顯得陳舊的手法，但再也翻不出新花樣了。魯迅則依然流行且熱鬧不斷。

〔註9〕 新華社北京 1976 年 9 月 30 日電《爲紀念魯迅誕生九十五週年、逝世四十週年 大型彩色文獻紀錄片〈魯迅戰鬥的一生〉上映》。

1 月 15 日，《汾水》第 1 期發表《學習魯迅對〈水滸〉的評論》。19 日，《光明日報》發表胡從經的《愛的大纛憎的豐碑──學習魯迅關於詩歌社會作用的論述》。27 日，《人民日報》發表《歷史的經驗值得注意──讀魯迅的小說〈風波〉有感》。本月，遼寧人民出版社出版《魯迅批孔小說選講》。

2 月 6 日，《光明日報》發表周建人的《新發現的魯迅的一首題詩》。14 日，《學習與批判》第 2 期專欄「批判孔孟之道評論《水滸》」，發表《淺論俠與盜──讀魯迅的〈流氓的變遷〉》。15 日，《河北文藝》第 2 期發表《堅持業餘創作的「星期六義務勞動」──學習魯迅為革命寫作的鬥爭精神》。20 日，《朝霞》第 2 期專欄「學習魯迅文藝論著札記」。26 日，《光明日報》發表周建人的《學習魯迅永葆革命青春──從章太炎、劉半農談起》。本月，《廣東文藝》第 2 期發表黃新康的《為什麼魯迅評〈水滸〉評得那麼好？》。《遼寧文藝》第 2 期發表賴應棠的《「和革命共同著生命」──學習魯迅論革命新生事物札記》。《遼寧大學學報》（哲學社會科學版）第 1 期發表賴應棠的《典型塑造要堅持源於生活　高於生活──學習魯迅論典型化札記》。

3 月 4 日，《人民日報》轉載《紅旗》雜誌 1976 年第 3 期初瀾的《堅持文藝革命，反擊右傾翻案風》；發表新華社記者、本報記者的《資產階級在哪裏進攻，無產階級就在哪裏戰鬥──首都革命文藝工作者反擊文藝界的右傾翻案風》。《文匯報》發表《「歷史決不倒退」──學習魯迅反對復辟倒退的徹底革命精神》。13 日，《文匯報》轉載《學習與批判》1976 年第 3 期《由趙七爺的辮子想到阿 Q 小 D 的小辮子兼論黨內不肯改悔的走資派的大辮子》。14 日，《學習與批判》第 3 期專欄「學習魯迅　徹底革命」。15 日，《安徽勞動大學學報》（哲學社會科學版）付印第 1 期發表專欄「學習魯迅」，發表中文系 73 級、75 級魯迅研究小組的《堅持階級鬥爭的光輝典範──讀魯迅後期雜文》。《鄭州大學學報》（哲學社會科學版）第 1 期發表《批判投降主義的光輝典範──學習魯迅批判「國防文學」的戰鬥經驗》。16 日，《文匯報》發表石一歌的《學習魯迅，痛擊右傾翻案風》。18 日，《人民日報》發表周建人的《學習魯迅，把無產階級教

育革命進行到底》。20 日,《人民日報》發表《詩歌是戰鬥的——學習魯迅對詩歌創作的論述》。24 日,《解放軍報》發表王一桃的《文藝革命的巨輪滾滾向前——學習魯迅,回擊文藝界的右傾翻案風》。31 日,《解放日報》以「批判修正主義路線　回擊右傾翻案風」為總題,發表市革委會機關業餘大學寫作班學員的《學習魯迅深批那個搞翻案的走資派》。本月,山西人民出版社出版黃侯興的《魯迅小說反儒精神》。

　　4 月 15 日,《安徽大學學報》(社會科學版) 第 1～2 期合刊,專欄「學習魯迅革命精神」,發表中文系學習魯迅小組的《學習魯迅反對投降派鬥爭的歷史經驗》。24 日,《北京師院學報》(社會科學版) 第 2 期專欄「學習魯迅」,發表《學習魯迅革命精神　把反擊右傾翻案風的鬥爭精神進行到底》。本月,《安徽師範大學學報》(哲學社會科學版) 第 2 期專欄「讀點魯迅」,發表《為反修防修讀點魯迅》。上海人民出版社出版《朝霞》叢刊《千秋業》(電影文學劇本專輯);石一歌的《《魯迅傳》(上)》(《學習與批判》叢書)。

　　5 月 10 日,《鄭州大學學報》(哲學社會科學版) 第 2 期專欄「學習魯迅的革命精神」,發表《光輝的遺囑——讀魯迅雜文〈死〉》。16 日,《人民日報》發表《人民日報》、《紅旗》雜誌、《解放軍報》編輯部的《文化大革命永放光芒——紀念中共中央一九六六年五月十六日〈通知〉十週年》。《廣東師院學報》(社會科學版) 付排第 2 期專欄「學習魯迅的革命精神」,發表《歷史的鏡子　深刻的告誡——學習魯迅關於「同路人」的論述》,《胡適「整理國故」與鄧小平刮「業務颱風」》。20 日,《山東師院》(社會科學版) 第 3 期專欄「研究魯迅作品　學習魯迅精神」,發表《學習魯迅的徹底革命精神　把反擊右傾翻案風的鬥爭進行到底》。22 日,《光明日報》「文學動態」《國家出版局最近召開魯迅著作注釋工作座談會》。本月,《湖北文藝》第 3 期發表古遠清的《略論魯迅對革命同路人的批判》。

　　6 月 10 日,《華中師院學報》(社會科學版) 第 2 期專欄「學習魯迅革命精神」,發表黃曼君的《反對復辟倒退　堅持革新進擊——學習魯迅反復辟鬥爭的歷史經驗》,《學習魯迅支持新生事物的革命

精神》。25 日，《北京大學學報》（哲學社會科學版）第 3 期專欄「學習魯迅的革命精神」，發表袁良駿的《無情揭露復辟倒退派的反動本質——魯迅反復辟反倒退鬥爭學習札記》。《安徽勞動大學學報》（哲學社會科學版）付印第 2 期專欄「讀點魯迅」，發表中文系魯迅著作研究室的《讀點魯迅　把批鄧鬥爭進行到底》。本月，《廣東文藝》第 6 期發表《狠批鄧小平，痛打「落水狗」——讀〈論「費厄潑賴」應該緩行〉有感》。人民文學出版社出版《魯迅言論選輯》。

7 月 4 日、10 日，《解放日報》專欄「在批鄧鬥爭中學習魯迅」。14 日，《中山大學學報》（哲學社會科學版）第 4 期發表《深刻的揭露　無情的鞭撻——從魯迅筆下的復辟派形象看鄧小平的醜惡嘴臉》。15 日，《天津師院學報》第 4 期發表《「讀點魯迅」講話》（第一講　學習魯迅，堅決反對復辟倒退；第二講　學習魯迅，堅決反對投降派；第三講　學習魯迅，反對折中、調和與「中庸之道」；第四講　學習魯迅，熱情支持革命新生事物；第五講　學習魯迅，永遠堅持繼續革命）。

8 月 3 日，《解放軍報》發表《粉碎「不平家」的復辟夢——學習魯迅，批判鄧小平反對社會主義新生事物的謬論》。19 日，《人民日報》發表《從一面鏡子看鄧小平的真面目——讀〈中國文壇上的鬼魅〉》。25 日，《解放日報》發表新華社 8 月 24 日電《增田涉回憶魯迅》。28 日，《光明日報》發表馮天瑜的《反潮流的傑出著作——讀魯迅的〈漢文學史綱要〉》。29 日，《光明日報》發表《文字改革是批判資產階級的需要——魯迅雜文、書信學習札記》。

9 月 1 日，《紅旗》雜誌第 9 期專欄「紀念魯迅　學習魯迅」，發表《魯迅的光輝形象鼓舞我們戰鬥——評組畫〈魯迅——偉大的革命家、思想家、文學家〉》。《解放軍文藝》第 9 期發表《掌握馬列武器　堅持反修防修——魯迅評〈水滸〉評得好的寶貴啟示》。8 日，《光明日報》發表王德厚的《學習魯迅的韌性鬥爭精神——讀魯迅一九三六年五月二十三日致曹靖華信的手稿》。25 日，《文匯報》發表本報訊《認真執行偉大領袖和導師毛主席關於學習魯迅的指示本市魯迅著作注釋工作取得成績》。《文史哲》第 3 期發表孫昌熙的《試論魯迅〈中國小說史略〉的戰鬥意義》。《解放日報》發表吳歡

章的《魯迅——爲毛主席革命路線奮鬥到底的偉大戰士》。本月，上海人民出版社出版周建人的《回憶魯迅》。

10 月 1 日，《文匯報》發表新華社北京 1976 年 9 月 30 日電《爲紀念魯迅誕生九十五週年、逝世四十週年　大型彩色文獻紀錄片〈魯迅戰鬥的一生〉上映》。9 日，《光明日報》發表李何林的《毛主席最瞭解偉大的魯迅》。18 日，《光明日報》發表《魯迅先生與日本人民》。《解放日報》發表新華社北京 10 月 17 日電《熱烈響應毛主席號召，學習魯迅革命精神〈魯迅書信集〉、〈魯迅日記〉正式出版》。《解放軍報》發表新華社 10 月 17 日訊《〈魯迅書信集〉、〈魯迅日記〉出版發行》。中共中央發出《關於王洪文、張春橋、江青、姚文元反黨集團事件的通知》。19 日，《人民日報》發表社論《學習魯迅　永遠進擊》；周海嬰的《在毛澤東思想指導下學習魯迅》。20 日，《人民日報》發表新華社記者的《魯迅的詩鼓舞著日本人民》。21 日，《人民日報》《光明日報》發表任平的《一個地地道道的老投降派》；魯迅的《三月的租界》。22 日，《解放軍報》發表魯迅的《三月的租界》；《揭開狄克們的反革命嘴臉——重讀魯迅雜文〈三月的租界〉》。23日，《光明日報》發表《掃除「狄克」一彩害人蟲——讀魯迅〈三月的租界〉》，陳漱渝的《關於魯迅書信的版本》，天石的《〈斯巴達之魂〉和中國近代拒俄運動》。29 日，《文匯報》以「憤怒聲討『四人幫』陰謀篡黨奪權的滔天罪行」爲總題，加編者的話，發表上海電機廠學習魯迅小組的《斥「人面東西」張春橋》，上海自動化儀表一廠學習魯迅小組的《「狄克」之流的本性改也難》等文。《解放日報》以「學習魯迅無產階級徹底精神　徹底揭發批判王張江姚反黨集團」爲總題，發表《老投降派「狄克」是怎樣向敵人獻媚的——讀魯迅〈三月的租界〉》、《堅決清除「獅子身中的害蟲」——學習魯迅〈〈僞自由書〉後記〉》、《讀魯迅書簡　看「狄克」野心》等文。30 日，《光明日報》發表劉再復的《魯迅對「求全責備」的批判》，《老投降派張春橋的又一自供狀——評「狄克」給魯迅的信》。31 日，《人民日報》發表魯迅研究室大批判組的《魯迅痛打落水狗張春橋》。本月，中華書局出版《魯迅批判「狄克」》。江西人民出版社出版《魯迅反孔的光輝戰鬥歷程》。

很明顯，魯迅的「變臉」和「轉向」集中發生在 10 月間。但到了 11 月和 12 月間，忽然就幾乎沒有了魯迅的相關文字，也幾乎沒有了大批判。——與文革時期運動式集中爆發的高潮現象和雷同化的標籤文字相比，這兩個月的相關零星文章幾乎不再具有特定的社會政治意義，死水微瀾的少數個案已經失去了分析的價值。這種近於無魯迅、無批判、無熱點、無運動的「空白」狀態，顯示中國社會正處在一種權力空缺、政治曖昧、意識形態模糊的觀望期，真無所措手足。但社會依然封閉，並未有進步的徵兆。因為舊的已死，新的卻未見生長。沒有權力的允許，還只能是新生命的真空期。由此到達所謂的新時期，還需要時間。

十一

以上從 1966～1976 年大陸的文藝編年史料中考察魯迅的存在和影響方式，大致可以得出這樣幾個基本的概括性認識：

一，除了偉大領袖毛主席（詩詞）和革命現代樣板戲，魯迅是文革期間大陸文藝中獲得國家權力認可的唯一典範作家。魯迅的文藝＼政治地位無人可匹。因此，大陸「文革」時期的魯迅堪稱一種獨特的現實和歷史的存在。

二，文革期間魯迅的經歷並不平衡，相對而言，文革初期（1966 年）和文革末期（1976 年）是兩大高峰，十年之間則是峰谷——從 1966 年向 1967、1968、1969 年的變動，明顯就是一條下行線；從 1970 年開始，向 1971 至 1976 年的變化，則又顯然是一條上行線。後一高峰又超越了前一高峰。魯迅的政治神化應該就是在這個時間段中如此這般地完成其最終的塑造。

三，處於典範地位的魯迅，在「文革」中並沒有真正獲得自覺、自由或獨立的學術研究，他的地位幾乎全部是因為政治功用的需要而奠定的。文革魯迅的最大特徵就是工具化——偶像化為其表，工具化才是實。操縱魯迅、工具化的主人則是政治權力。批孔批修批劉批林批鄧一直到批狄克（張春橋）、四人幫，魯迅的四面出擊和轉向批判，莫不源於政治權力的肆意苛求。完全沒有黑白是非的基本訴求，也就談不上、也不可能有起碼的學術動機。

四，因為魯迅的一切已經政治化，有關魯迅遺產的保護和整理就成為國家文化行為，這產生了雙刃劍的效果：一方面抬升了魯迅研究的地位，使之在相當一個時期成為無可匹敵的顯學，因此魯迅研究的水平和成果客觀上相對突出，包括《魯迅全集》的整理出版都達到了當時的最高技術水平，這在

相當程度上爲「文革」後的魯迅研究提供了一定的基礎。這也是文革魯迅所獲得的最低限度的學術待遇。另一方面，權力政治也在許多時候干預、規範、阻礙著魯迅研究的學術自由，使得學術的「去權力化」在魯迅研究中始終沒法得到貫徹和實現。——這裏「學術的去權力化」，指的是去除「定於一尊的正確魯迅觀」的預設和規定，而非指學術中一般含有甚至強調的政治＼意識形態動機。「定於一尊的正確魯迅觀」是對學術探討自由的限制和禁錮，而學術中一般含有甚至強調的政治＼意識形態動機，則可以理解爲自由思想和個體意志的體現，也是學術權利的基本體現，這是不應被剝奪的。

　　五，政治化的過度也影響到了學術化的魯迅研究，其突出表現就是對於魯迅的過度闡釋，而過度闡釋其實走向的是學術的反面。一種過度闡釋是平面的堆砌，沒有深度的挖掘和廣度的拓展，即沒有新意的重複。另一種過度闡釋則是脫離基本限度、假借魯迅之名進行的自說自話，其行爲視學術規範若無物，屬於一種「跑題」的研究。魯迅闡釋中的極端化傾向其實早已構成了魯迅研究中的 ·種基因，或傳統，雖然長期的政治統制是其形成的主要根源，但將其驅逐出魯迅研究的學術傳統，恐怕很難如願。——魯迅研究的兩難就是去政治化而不能，反極端而難免過度。所以，魯迅研究從來就不是純學術；就此而言，文革魯迅的表現也在情理之中，理論上不算是意外〔註10〕。

〔註10〕 本文史料目錄主要來自林寧主編的《中國當代文學批評史料編年·文革卷（1966～1976）》（暫名，未刊稿）。該稿係本文作者任首席專家的中國教育部重大課題攻關項目《中國當代文學批評史》的相關成果《中國當代文學批評史料編年》（12 卷）中的一卷，已在出版流程中。特此致謝。同時感謝李丹、張自春兩位對本文資料提供及核查的貢獻。本文如有資料引述上的問題則概由本文作者負責。

中國當代「國家文學」概說——
以《人民文學》爲中心的考察

「國家文學」釋義

　　從政治角度概觀當代中國文學〔註1〕，我把它「命名」爲國家文學。何謂國家文學？我的基本定義是，由國家權利全面支配的文學謂之國家文學。換言之，國家文學是國家權利的一種意識形態（表現方式），或者就是國家意識形態的一種直接產物，它受到國家權力的支持和保護。同時，國家文學是意識形態領域中國家權利的代表或代言者之一，它爲國家權利服務。國家權利是國家文學的最高也是最終的利益目標。這也就決定了國家文學的基本的、也是根本的價值觀。

　　國家是個政治概念。除了代表法律意義上的主權概念及其區域範疇以外，國家主要是一種統治機構，是一種權力系統或工具。最高的統治機構或權力系統，也就是（國家）政權。（國家）政權行使其維護自身利益的職能。這種利益也就是國家利益。國家利益是國家的最高利益。按照經典著作的解釋，國家所包含的統治權力及其利益內涵，體現的是統治集團、統治階級的意志。顯然，國家意識形態或占統治地位的意識形態，屬於國家利益的範疇，它是國家權力必須建立並維護的一種最根本的觀念和價值系統。而所謂多元

〔註1〕當代中國文學的時限，傳統上界定爲 1949 年以後迄今，但在具體的行文中，一般又可適度上溯，而其下限，迄今也是模糊的。這裏無意討論文學史的分期概念，基本上是在通常狹義的時限內使用「當代」概念。

價值及其實現的程度，往往取決於國家權力及其意識形態的實際權利地位，或其能夠承受、容忍的底線。將當代中國文學視爲國家文學，理由之一不僅是指當代中國文學系由國家權力及其意識形態所全面建構，是自覺意義上的國家意識形態構成，而且也是指當代中國文學系由國家權力及其意識形態所全面支配，是被充分改造、整合、納入到國家權利範疇之中的意識形態。除了國家權力及其意識形態，其它可能的文學「支配」因素，或者可以忽略不計，或者表現爲逐漸喪失其支配性影響而淪落邊緣（地位）的過程。由此，當代中國文學成爲由國家權利全面支配的一種文學（形態）即國家文學。理由之二是指當代中國文學不僅被完全賦予了國家意識形態的表現或代言的職能與使命，而且它還是充分自覺地履行了這種表現或代言的職能與使命，即它是充分自覺地服務於國家權利目標的。由此，當代中國文學在其基本表達方式或形態方面，特別是在其價值訴求和價值歸屬上，也不能不主要屬於國家文學（性質或範疇）。

當代中國文學之爲國家文學，還依賴於一種特定的理由，即具備著一種特定的解釋。那就是當代中國文學應當而且必須成爲民族文化復興的象徵或標誌。而這一切的實現，並且能夠對此提供保障的唯一可能性，就是必須依靠並服從新的國家權力。新的國家權力是作爲民族復興的唯一政治前提而出現的，因此它也理所當然地承擔了重建並復興民族文化的政治和歷史責任。建立新的國家意識形態，復興民族文化，在（國家）政治層面上，兩者合而爲一。或者，只有將民族文化的復興寄託在新的國家權力及其意識形態的建設中，前者的實現才有可能。在此意義上，民族文化的想像、設計與實踐，也就必須依附於國家政治（權力及其意識形態）的想像、設計與實踐。在文學領域，建立和建設國家文學（包括其主流或權威的地位與形象），也就是重建或復興民族文學，至少也是其前提與保證。在更廣大的範疇上，國家文化也就是民族文化。這可以說是當代中國文學、中國文化的特定政治性，也就是其特定的價值依據和規範性。在這種政治文化的邏輯中，當代中國文學之爲國家文學，顯然也就獲得了多重合理性的解釋。概言之，文學和文化的合理性，乃至其合法性，必須首先釐清並確認其政治的合理性與合法性。

由於當代中國的國家權力完全歸屬於執政黨，國家利益就是執政黨的利益，國家意識形態就是執政黨的意識形態，因此，國家文學在理論上和實際上也就成爲執政黨的文學。這可以說是當代中國「國家文學」的根本要義。

那麼，也就不難理解或解釋爲什麼文學、文化和意識形態問題等，總是會與國家政治（建設）和執政黨利益及其權利地位發生多重的直接聯繫。比如，一個規律性的事實就是，黨內整風運動和文藝、文化及意識形態領域內的整風運動，歷來幾乎都是直接互動甚至成因果關係的。

「國家文學」形成的一般特點

國家文學的形成依賴於國家權力（政權）及其相應的制度、意識形態等的規範（建立）和操作。在當代中國，國家文學伴生於新的國家權利的出現，因此，兩者在宏觀上幾乎呈現爲同步發展狀態。

首先，國家文學的形成伴隨著國家意識形態地位的確立特別是其制度化的過程。如果說國家意識形態及其統治地位爲國家文學提供的是基本的思想觀念資源及其政治規範，那麼，國家意識形態的制度化設計和安排，則爲國家文學（包括所有的文學形態）提供的是法理依據和規定。所以，在當代中國，政權建設、意識形態建設和組織制度建設等，既成爲國家文學形成的政治基礎，也與之充分互動，互爲驗證。在此過程中，國家權利與國家文學的範疇及價值內涵與時俱變，但指向的則是同一的目標。

以《人民文學》的創刊和復刊爲例。中華人民共和國宣告正式成立前的1949年7月，第一次文代會在北平召開。大會通過了中華全國文學藝術界聯合會章程，全國文聯正式成立。作爲全國文聯的下屬協會之一，中華全國文學工作者協會（全國文協）也在7月間成立。1953年9月，全國文協改名爲中國作家協會。文協（作協）所創辦或主辦的最重要的兩大機關刊物就是《文藝報》和《人民文學》。《人民文學》自創刊伊始（1949年10月25日）即爲全國文協（作協）的直屬機關刊物。簡單地說，《人民文學》的創辦，實際上是新政權、新政治和新政策爲建構新的文藝和意識形態而進行的一次組織化、制度化的具體運作。國家最高權力直接介入並支持了刊物創辦的整個過程。換言之，《人民文學》也就是被賦予了應當而且必須代表或承擔新中國新文藝的最高政治文化使命。對作爲文學刊物的《人民文學》來說，最重要的是如何才能將所謂「示範性的作品、指導性的理論」實現爲具體的文學形態，或落實到具體的文學寫作之中。只有完成了這種使命，《人民文學》才不負「文學國刊」的最高政治地位，即以文學形態獲得了政治合法性的證明和庇護。否則，它就會受到理所當然的質疑、批評甚至組織清理。一旦出現了這種不

幸的結果，顯然，在國家權力（利）的觀念視野中，《人民文學》其實就是越出了「國家文學」的既定軌道。

復刊的情形和動機同樣鮮明。1966 年 5、6 月間，《人民文學》被迫「自動停刊」。1972 年至 1975 年間，《人民文學》一直在醞釀「復刊」，但因爲對「復刊」後的《人民文學》的權利歸屬問題，連國家最高權力機構及領導人也無法把握，難以解決其分歧，故而久議不決，久拖無果。「復刊」之議終告流產。等到 1975、1976 年之交《人民文學》終於「復刊」成功之時，其實也就是已經解決了有關《人民文學》的權利構成和權利分配問題。當時對《人民文學》的制度安排、組織建制等等而特別是領導權的歸屬，都有既複雜曲折又扼要明確的細節規定。爲什麼要這樣做？實質上就是爲了保證「復刊」後的《人民文學》能夠充分體現當時特定的國家權力（利）意志，能夠成爲國家權力（利）全面而有效支配的國家文學的一個最高範本──如同「革命樣板戲」。有個細節頗具說明性，從《人民文學》的歷史來看，1976 年的重新恢復出版，理應屬於「復刊」。但經由文化部的報告並獲中央（政治局）批准的決定，則是「創辦」。一詞之別中顯然寓有特定和明確的政治潛臺詞。《人民文學》的歷史被腰斬，劃分併明確了「十七年」和「無產階級文化大革命」這兩段不同歷史時期的政治與意識形態的區別及定性。──在我們後來看去，好像「國家文學」也有正宗嫡傳與旁支庶出之別似的〔註 2〕。

第二，國家文學的形成伴隨著其與文學主體自主性的矛盾、衝突及其調和、解決或克服的過程。作爲具有特定利益歸屬的國家文學，它同一般（或廣義）的文學之間必有其難以完全彌合的分歧或距離，因此，國家文學的建立必須完成它對「普通」文學的充分整合或改造的過程。特別是對對抗性的「異質」、「異見」的文學（因素），必須壓抑其生存的空間，剝奪其生存的可能，至少也要最大程度地消除它的影響力，將其置於徹底的邊緣化位置。對此，除了組織制度（行政）措施外，還必須借助或運用政治權力手段，在文化和意識形態領域進行經常性的思想「清潔」運動，改造或清除可疑的政治異類，保障國家文學的純潔和健康。顯然，這是一個無限漫長的過程。在此過程中，整風──作爲一種手段，它已被反覆使用──的作用和意義就凸現得十分鮮明和重要了。

〔註 2〕 參見《國家文學的想像和實踐》（上海古籍出版社，2007 年 6 月初版）中《〈人民文學〉：與新中國共生的國家最高文學刊物》、《政治變局的文學見證》等。

　　建國伊始，爲鞏固政權，重建經濟，幾乎同時或相繼進行了四次重大的政治、社會運動，即抗美援朝、土地改革、鎮壓反革命和「三反」、「五反」運動。而在意識形態領域，則有黨內的整風運動、知識分子的思想改造運動和對電影《武訓傳》的批判。《人民文學》歷史上遭遇的第一次重大「挫折」，也就發生在 1951 年下半年至 1952 年上半年的文藝界整風學習運動期間。不僅創刊以來的一系列「嚴重錯誤」被逐一「清算」，而且副主編艾青被公開點名嚴厲批評，導致刊物領導層的首次重大「改組」。整風運動和領導改組，還影響到了刊物的正常出刊時間，1952 年 3 月脫刊一期，次月補足出版了三、四月號合刊。

　　知識分子的思想改造運動繼對電影《武訓傳》的批判而起，它們直接啓動了文藝界整風學習運動的興起。也就是在上述兩場運動的進行之中和展開之初，1951 年下半年，全國文聯決定在文藝界開展整風學習運動。11 月 24 日，北京文藝界召開整風學習運動動員大會，胡喬木代表黨中央、周揚則以文藝界領導人的身份，分別作了題爲《文藝工作者爲什麼要改造思想》、《整頓文藝思想，改進領導工作》的講話。從這兩篇講話稿的標題措詞中就能作出兩點基本判斷：一，文藝整風已被決策層納入到了知識分子的思想改造運動中了，特別是圍繞電影《武訓傳》及其討論所引發的問題，使文藝整風即文藝界知識分子的思想改造必須成爲當務之急。二，伴隨著思想、意識形態的改造和整頓，文藝界的領導層（班子）將要或有必要進行幹部和組織人事的調動或調整，以此改進並加強黨對全國文藝界特別是重要的和主要的文藝單位、團體組織、常設機構等的全面而有效的領導和掌握。

　　作爲新中國文學「國刊」的《人民文學》，就此不能不被捲入文藝整風運動之中。而且，它還因自身所犯的「錯誤」，首當其衝遭受了「改造」和「整頓」的暴風驟雨。胡喬木代表黨中央的講話，所針對和解決的主要問題可概括爲：階級立場問題、政治觀念和思想鬥爭問題、領導權問題、工作作風問題、組織管理和紀律問題。這也就是 1951～1952 年文藝整風學習運動中的核心內容，即文藝界思想改造的主要問題。運動的目標（目的）既在解決具體問題，但最終是在建立一種全面且嚴格規範化的「國家文藝」或「國家意識形態」的體制。思想問題、文藝問題、權利問題、工作問題、組織問題等，都應歸屬於立場問題和政治問題。所有問題的解決都必須服務於最終目標──國家文藝或國家意識形態的體制建設──的完成，當然同時，它們本身最終也構成了國家文藝或國家意識形態的體制建設中的組成部分。

　　《人民文學》是黨和國家政權體制內的最高刊物（習稱之爲文學「國刊」），它如不能成爲「一個統一思想的刊物」，也就不可能承擔並完成建立典範、權威的「國家文學」的政治文化使命。創辦《人民文學》的（意識形態）制度動機及其運作，顯然在《人民文學》自身的實踐中遭到了（部分）消解。也就是說，國家政權（制度）對於「國家文學」的想像、設計和實踐，被其產物的《人民文學》對於文學的想像和實踐引入了歧途、偏離了正軌。文學（思想）的價值觀（立場）發生了問題，這才是《人民文學》的實質問題（即錯誤的嚴重性），也就是整個《人民文學》所犯「錯誤」的要害所在。因此，必須重新確立文學和意識形態的政治統一性，使意識形態的表現與其制度規範保持高度、完全的一致性，至少不使其構成對制度的明顯分歧或衝突。這也是「國家文學」的基本要義，是國家（意識形態）制度運作所要達到的基本目標〔註3〕。

　　第三，國家文學的形成伴隨著屬於其特有的一系列文學運作機制和手段的建立與實踐的過程。國家權力、組織制度及占統治地位的意識形態等，雖然是國家文學的強大基礎，規範和制約著具體的文學活動，但它們事實上也並不能完全取代具體的文學運作（手段）。國家文學如何被操作，國家文學如何成爲文學的日常活動或狀態，還將取決於國家文學的策略和技術水平。這種策略和技術水平的發揮，將全面影響於國家文學的整體面貌。看似局部或個案的問題，其實關乎全局的利益。這也就是一部（篇）文學作品何以往往會釀成大風波、大事件的原因。對此，具體的文學活動如組稿、發表和一般的文學批評之類，在當代中國文學即國家文學中就具有了特殊的意義。比如，習以爲常的組稿，其實就並不一般。它有著可供政治解讀的豐富和深刻的內容。

　　在中國當代文學制度中，一般意義上的「組稿」其實佔據著特殊的政治─文化地位，具備有特定的意義、功能和價值。概而言之，「組稿」是一項由特定政治─文化的權利所支配而進行的制度化、組織性的文學業務。它關乎中國文學的制度和組織建設及其運作，也關乎中國文學的資源利用、權利地位、價值歸屬及時代命運等重大問題。對具體的組稿者（如刊物、編輯等）而言，其切身利益更是往往繫於組稿的（一時）成敗。因此，組稿不能不是高度自覺的，有明確目的的，富於計劃性的，需要講究策略的。特別是，組稿不僅承擔著文學的義務，而且還負有著文學的責任。這決定了它必須進入、滲透、

〔註3〕參見上書中《新中國的第一場「文藝整風運動」》等。

參與乃至影響、左右、支配文學寫作的各個環節和全部流程，當然也包括文學寫作的結果（如修改、定稿、發表或出版等）。如同計劃體制內的計劃經濟一樣，文學也被納入了「計劃文學」的制度之中。由宏觀的「計劃文學」的方針、政策，設計、制定具體的「文學計劃」。組稿就是對「文學計劃」的實際操作，或者說，組稿是對「計劃文學」的具體落實。在此意義上，組稿可謂中國當代文學（可特指「十七年」文學、「文革」時期的文學，其實也包括「文革」後新時期初的文學）書寫的「無形之手」。作爲一種制度化和組織性的操作或運作機制（方式、手段），組稿全面參與並影響了中國當代文學的形成及其歷史。假如有一部中國當代文學「組稿史」的話，我以爲它幾乎就會是一部（別樣的）中國當代文學史。

《人民文學》既被制度化、組織性地設計、規定爲新中國的「文學國刊」，它的組稿，或它與組稿的關係，不能不在動機、方式、效果諸方面具備遠較其它文學刊物更爲深廣的自覺思考和多重訴求。它不可能僅僅著眼於刊物的自身（本位）利益，而必須自覺承擔新中國文學建設的義務、責任和使命。因此，它的組稿既屬刊物自身（特定）的一種文學關切方式和目標，同時也是中國當代文學宏觀走向的一種風向標和價值取向。概言之，它示範性地體現了新中國「國家文學」的想像、設計和實踐。

首先，組稿的資源爭奪及權利的分享（乃至獨享），最爲深刻地表現在對政治資源及最高權利的爭奪上。在《人民文學》的組稿史上，此類的「大手筆」並不鮮見。其中，向毛澤東的組稿並獲成功，就堪稱經典範例之一。這類組稿所透露出來的政治信息，對《人民文學》來說當然極具重大意義，它證明了刊物獲得了最具價值、也是最高價值的文學資源和政治資源的支持，享有了「文學政治」意義上的最高權利。這同時其實也就是對刊物自身的最高地位的再次「法定」確認。

組稿，組的往往就是（文學和政治的）權利。組稿的動機或目標，指向的往往也就是權利。往往就是對權利的渴望（有時是因爲恐懼），構成了組稿的自覺動力。《人民文學》的獨特地位，則使它有自信也有「野心」，可以將組稿指向最高權利。這是當代中國文學（或國家文學）中所謂組稿的最爲突出而深刻的特性之一。

從政治解讀的角度來說，中國當代國家文學體制中的組稿常態（或其職業的、專業的責任和使命），主要體現爲對新中國文學（或稱「人民文學」、「社

會主義文學」、「工農兵文學」、「無產階級文學」等）的形態及其發展方向的塑造、引導，其中也包含著評價。顯然，《人民文學》對此的責任在所有文學刊物中應該是最突出和最巨大的。它（的組稿）首當其衝也是理所當然地被視爲中國當代文學的（政治）風向標，塑造著中國當代文學的實際景觀、具體格局和發展生態。就此而言，不妨說《人民文學》的組稿，「領導」並「生成」著中國的當代文學。這實在是不由任何個人的意志可左右或改變的，而是由國家制度（意識形態的最高權利）所「賦予」的，而後，這又成爲《人民文學》的一種自覺和使命——以及榮譽感。比如，五十年代中期，由周揚授意《人民文學》向沈從文組稿及「要『請動』多年擱筆的老作家」，就正反映了在雙百方針新形勢下中國文學的一時風向，體現了對文學景觀的一種政治塑造動機。

當然，並非所有的組稿都有宏大的政治背景或戰略企圖，但組稿這種文學的業務，仍然不能不以「政治標準第一」的，因此，在組稿的文學形式中，或隱或顯地總能讀出一些政治的潛臺詞。作爲具體的組稿個案，特別是那些重要的組稿個案，其中還幾乎必然性地會折射出中國文學領域中人際政治利益關係的（部分）真相。也就是說，組稿有時就是中國當代文學領域裏人際政治鬥爭的一種表現形式。——利益劃分（歸屬）是目的，組稿是形式，政治則是尚方寶劍。

五十年代初，胡喬木、周揚同爲中共中央宣傳部副部長，連同部長陸定一，他們在處理相同問題時的（個人）具體態度有時是很不一樣的。如對丁玲的《太陽照在桑乾河上》，周揚的批評意見比較顯著，而胡喬木則主要是支持的態度。對於胡風及「胡風派」的作家，周揚的態度眾所週知，胡喬木起初卻並未視如仇讎。1955 年毛澤東就「胡風集團」問題的處理徵求陸定一和胡喬木的意見時，只有胡還認爲證據不足，對毛提出了不同意見。特別是，在此前的兩三年，正是因爲胡喬木的直接干預，路翎才被安排去朝鮮體驗抗美援朝戰爭的實際生活，同時，胡喬木還明確支持發表胡風、路翎的作品。「當喬木指示了向胡風、路翎約稿，處在第一線的嚴文井、葛洛親自出馬組稿。」胡風作品此處不談，1953～1954 年，路翎就連續在《人民文學》發表了《記李家福同志》、《戰士的心》、《初雪》、《窪地上的「戰役」》等多篇反響顯著的小說。這都是在當時特定情境中經由胡喬木等人的具體「指示」而由《人民文學》專門組稿才得以實現的。鑒於周揚與「胡風派」的歷史和現實的關係

「死結」，只有超越了周、胡的權力及其之間利益關係的胡喬木，以其特殊的政治身份和政治地位，才能決定《人民文學》在組稿與發表上充滿著人際權利角力的勝負結果。如果沒有胡喬木的因素，那麼，是否向「胡風派」作家組稿或發表其作品，就將完全取決於周、胡之間的權利關係了。如此，結果肯定會是另一種樣子了。相信胡喬木的「動作如此之大」應該含有政治方面的潛臺詞，將之視爲單純是對《人民文學》組稿工作的業務指示，恐怕是膚淺的。不過，具有最終決定意義的政治形勢畢竟越來越明顯地不利於胡風、路翎們，最高權力者（毛澤東）的決策最終還是決定了周揚的「正確」和勝利。連胡喬木一度也只能「出局」了。組稿包括發表，尤其是《人民文學》這種刊物的組稿或發表，即使無關乎宏觀政治，實際（個案）上也包含了特定的政治潛臺詞，顯現出特定的人際政治利益關係。組稿由此成爲中國當代文學中權利鬥爭或利益博弈的一種文學活動形式〔註4〕。

第四，國家文學的形成伴隨著它建構自身的文學信譽及其合理性的過程。政治正確當然是國家文學的首要前提，但是，在當代中國，文學仍然需要關注屬於「第二位」的藝術水準問題。在國家文學的建立過程中，關於其自身藝術水準的問題，之所以經常會被提到政治的高度來強調或討論，原因即在其關乎國家文學的文學信譽，關乎其地位的充分合理性與否。正如與之反面的說法，藝術水平愈高的「毒草」，它的毒性也就愈烈。因此，只有堪與政治正確性相當的高度的藝術水準，才能真正使國家文學成爲能夠充分滿足廣大人民群眾的文化需求的精神產品。而在消極意義上，國家文學由此也才能壓倒、打垮一切「反動」的文藝作品，徹底、全面地佔領並鞏固上層建築、意識形態領域中的所有陣地。說到底，國家文學建立其自身的文學信譽及其合理性的過程，也就是如何調整、改善並發展文學的生產力和生產關係的過程。這一過程貫穿了當代中國文學即國家文學建設的始終。

對此，新中國的新農民將如何被塑造——泛言之，合乎各時期國家利益需要的文學形象的塑造——這個新中國的新文學觸及最多的問題，一直都在考驗和檢驗著當代中國的國家文學及其作家的智慧。

以《人民文學》爲例，「十七年」期間共發表中國作家創作的小說896篇（譯作不計），其中農村題材爲386篇，占43.08%，軍事題材爲258篇，

_____

〔註4〕 參見上書中《組稿：文學書寫的無形之手》等。

占28.79%，工業和其它題材爲252篇，占28.13%〔註5〕。顯然，農村題材
作品佔據著絕對的數量優勢。這就使得農村形象、農民形象而特別是「新
農民」形象的塑造，既成爲當代國家文學中的主要政治問題之一，同時也
成爲其主要的藝術問題。因爲國家文學的政治價值已由制度所規定，那麼，
它的藝術價值就將主要由「新農民」形象的塑造成功程度所決定。換言之，
「新農民」形象的塑造，對國家文學產生著直接的支持作用。在此，藝術
水平問題其實也就是政治問題。政治錯誤固然不能犯，同時，藝術水平低
下也會對國家文學產生破壞作用。只不過在實際的文學史演進過程中，引
起我們關注的主要都是有關於此的政治風波，而對國家文學在「新農民」
形象塑造的藝術努力方面則往往顯得有些輕視。佔據著絕對數量優勢的農
村題材作品這一文學史的事實，難道還不足以說明當代中國國家文學建設
的關注重心所在嗎？農村題材作品和「新農民」形象的塑造，既標誌著當
代中國國家文學建設中文學生產力發展並達到的高度，同時也支持並體現
著當代中國國家文學的文學信譽及其合理性程度。對此，我們的價值判斷
並非可以簡單了事〔註6〕。

作爲學術對象或問題的「國家文學」

「國家文學」之命名，或其概念的提出，一般而言兼有了兩方面的價值
判斷或定位。一是作爲文學史反思的用途或目的。國家文學並不是一個先驗
的、先入爲主的判斷或概念，它的提出建立在對當代中國文學的政治考察的
基礎之上，由此將它視爲當代中國文學進程中的一個核心概念，特別是視其
爲一個癥結性的問題。也就是說，在我的研究視野中，國家文學是當代中國
文學問題的主要責任者。從反思或批判的角度探討當代中國文學的進程及其
問題，國家文學是最終必須正面、深入觸及並解決——或至少提供解釋——
的核心問題。因此，它不能不承擔文學史的說明性責任，不能不承擔特定的
價值內涵及其文學史定位。事實上，這個概念的提出伊始，價值評判的立場
和動機也就隨之明確了。

〔註5〕 這些數據由我任教於華東師範大學時指導的研究生郭戰濤統計得出，見其碩
士學位論文《「十七年」初期的農民形象》。

〔註6〕 參見《國家文學的想像和實踐》中《「十七年」初期的農民形象》、《政治改造
的另類標本》諸文。

第二，國家文學也是作為一個描述和分析用途的概念（或現象）而出現的。一個宏觀性概念的提出，雖然有助於建立一種宏觀視野的基點，有助於促成對探討對象的整體性認識，但是，它並不能在任何意義上取代個案研究，不能取代具體的分析和判斷。尤其是在（文學）歷史研究中，描述的過程是不可或缺的。這就意味著必須重視細節，必須重視特定的歷史語境的還原，必須重視事物、現象之間的準確關係的建立，必須重視邏輯推演的事實依據──而不僅僅是理論上的合理性或可能性，必須重視理論概括的適用範圍──任何一種理論，應該都是有其有效性的特定領域或限度的。國家文學或許──哪怕肯定──是當代中國文學問題的終極原因（之一），但是，它不可能成為所有問題的直接原因。國家文學不應該遮蔽歷史所必然含有的生動性、曲折性和複雜性。因此，在我的（文學）歷史研究中，國家文學經常是作為一個描述性的概念而出現和使用的，它首先是作為個案的（可能）原因之一而提出的，是作為學術探討的具體維度之一而受到重視並確立其學理研究價值的。國家文學是否具有「終極性」的理論概括力，取決於個案研究及其結果對其的支持程度──而不是相反，由國家文學的理論命名去覆蓋或籠罩所有的個案現象或問題（的處理和解決）。這是從方法論角度判斷學術研究成立與否的關鍵。

不過，我仍然要強調，「國家文學」這個概念或許能夠更準確地在政治解讀中國當代文學的性質上對其作出內涵方面的界定。也就是說，在我們認識到「當代文學」命名中的政治意識形態性之後，國家文學的概念可以更進一步揭示「當代文學」的實際政治內涵。而且，在更廣泛的意義上，我認為當代中國文學的進程實際上也就是被國家文學逐步取代的過程。相比於國家文學的命名及其概念內涵，中國文學或中國當代文學似乎都顯得有些抽象，至少很難顯示其對特定文學歷史（時期）的中國文學政治性質的說明性。在我的具體研究中，所謂文學制度的運作和實踐，其實也就是國家文學的形成即其想像和實踐的過程。顯然，我是將《人民文學》作為「國家文學」的一個標本而提出探討的。即主要從《人民文學》提取個案，經由歷史細節和理論問題的具體分析途徑，描述並論述國家文學的不同演繹方式或形態，以及包含其中的諸多──特別是核心價值訴求。但是，所涉及的每一項個案研究，都只是對所及話題的專門探討，它們對國家文學的命名及其概念的理論貢獻，支持的程度並不一致。而且，我更願意承認，這其實還是一項尚未完成、有待繼續進行的研究課題。

批評史、文學史和制度研究
——當代文學批評研究的若干問題

　　我這次的演講主要是圍繞當代文學批評史的研究，涉及批評史、文學史與制度研究的關聯這個話題。我儘量把主幹內容，我自己的思考，主體上的幾個觀點性的想法，還有一個思考的邏輯跟大家交代一下，具體的東西就略過了。

　　第一個是談怎麼去認識中國當代文學，因爲我們一般談批評、批評史啊，都是把它看成當代文學範疇裏的話題。前幾年我主要是受到林建法先生（《當代作家評論》主編）的支持，在他的雜誌上發表過幾篇文章，這幾篇文章都有相對來說一個核心的觀點，這個觀點可以這樣來表達，就是當代文學在政治上可以說就是一種特定的國家文學。我們的研究不管是當代文學，還是批評，還是批評史，都有一個角度，任何人的研究不管自覺和不自覺都是有一個角度的，你說我要覆蓋全部的角度是不可能的，所以實際上也就是都有一個限度的問題。

　　我的切入主要是從政治的角度來切入的，這是一個研究中國文學的比較常態的角度，很普遍的角度。同時在我看來也是比較契合當代中國文學的一個宏觀性的思考角度，因爲從一般的文學形態和發展來看，當代文學，包括當代文學的概念產生的本身都有政治性，當代主要不是一個時間的概念。但是大家用的時間長了以後，就把它看成一個時間概念了。其實還有近代史等的概念劃分，都有特定的意識形態的理由來切割的，這個不展開了。

　　從我的角度比較準確地去概括、定義中國當代文學的政治特徵，我把它界定是國家文學。這個觀點或有價值判斷性，但在文學史研究中它首先是一

種概括性的描述。從政治的角度來說，當代文學與現代文學，或者是與其它的文學時代相比，它的一個非常大的特徵是什麼？當代文學是全方位的國家權力制度下的文學；當代任何一種文學現象，文學因素，文學流程，它都要被納入進國家權力所支配的制度設計框架中。也就是，文學必須得到權力的全面管控。這是種制度性的特點。

比如我們從創作主體來說，個體的人，作家個人，在當代文學的許多時間裏是不存在的，或者說是被漸漸取消了的，因為每個人一開始就被納入到國家的行政單位裏去，成為後來說的單位人。組織體制在中國是有特殊資源支持的，它有魅力。跳躍一點來看近年的一個例子，本來很多當紅作家是在體制外的，但成名之後也進入到體制裏面去了，比如郭敬明就是由王蒙和陳曉明兩位介紹加入作協的。王蒙是曾經的中國文化部部長，中央委員，他是有明確的官方身份和背景的人，陳曉明原來是中國社科院文學研究所的研究員，後來做了北大教授，他是學院學者和教授。這兩個人的身份把郭敬明介紹進了作家協會，這是非常有意味的典型例子。所以從個體的人的角度來說，個人的存在是納入到組織系統裏面去的，這是作家和當代文學生態的一個特點，和以前的文學時代是大不一樣的。

再從刊物來說，1949 年以後到 1950 年代中，所有的刊物都納入到國家體制裏面去了，一直到現在為止，所有的刊物都是國家的刊物，不要說私營的民營的刊物都沒有了。以前的同人刊物早已經不存在了。我看有些文化人的日記裏面，在 1950 年代還提到同人文學的希望，他們在做夢。建國最初的文藝整風運動中，丁玲明確說過，不要對同人文學再抱幻想了，這個時代過去了。除了刊物外，個人和個人之間要在國家協會、國家制度以外組織文學團體，至少在 50 年代、60 年代、70 年代，從制度的操作上來看是不允許的，而且這種企圖會有非常可怕的危險性。舉一個例子，郭沫若的兒子在大學裏面就參與了一個馬克思主義理論的研究小組，最終成為他喪命的罪證之一。所以即使高官的官二代也沒有例外。

然後看其它的文學生產流程，如果你要在社會上流傳、銷售、傳播，其中的數量、方式、範圍也是有規定的。我們現在說一個出版社給某個作家印多少本書，他是按照市場的預計或徵訂數來定的，印數和版稅在合同里還會被細分。這個作家被市場看好，印 10 萬冊、20 萬冊，甚至有百萬冊的。但有的作家印這麼多會虧本的，只能印 2、3 萬冊，甚至幾千冊。但以前多是按照

政治需要、人的級別、作者身份等來確定你的基本印數。同時，銷售也是全國只有新華書店這一個主要途徑，文學傳播的手段和方式完全由國家掌控。制度外的傳播就成為非法或地下文學。那也是危險的。現在還有非法出版的罪名。

當然還有評價系統。文學批評是一種評價，文學評獎也是一種評價，要注意的是，歷來搞的政治運動、思想運動、社會運動，也直接作用於評價系統的調整。文學評價從來也不是單純、單方面的事；文學評價的推手都是國家政治。這不多說了，後面還會談。

正是在這樣一種國家權力支配的文學格局和文學生態的制約下，中國的文學整體進入了另外一個時代，就是國家權力的完全支配時代。這是我的一個基本想法，但是我這樣說了，這並不完全是一個價值判斷性的概念，主要是一個概括性的描述概念。剛才我說的這些例子，全是基於對史實的描述。

我們要認識當代文學的話，你必須要瞭解當代文學是怎麼樣子活在這個制度當中的。換句話也可以說，當代文學是怎樣被制度性設計的。所以這第一個問題，從政治角度來說，中國當代文學是制度設計的國家文學。什麼是國家文學？我的概念就是國家權力全面支配的文學叫國家文學。

再談第二個問題，就是制度研究的重要性。從前面的定義，我們就可以看出政治制度的問題。制度問題說它簡單也很簡單，說它複雜也很複雜。明文制度看起來很簡單，比如憲法、刑法和一般法律規章等，中國作家協會章程也是制度規定。宏觀來看沒啥稀奇的。制度還有另外一面，它還有約定俗成的部分，不成文的制度，這可能和文化習俗有關，可能和職業行規有關。潛規則也是制度。制度認識的複雜性和困難在於，各種制度的關係往往並不統一，甚至還互相矛盾、對立。同時，制度的實踐則是個更大的問題。

略作區分來說，明文制度和約定俗成的制度之間會有衝突。這個衝突，麻煩就來了，我們到底按照潛規則來辦事，還是按照明文制度來辦事，就無所適從了。而且有的制度它會變，我舉最簡單的例子啊，最近剛剛過了情人節，我有一次在國外碰上過情人節，就收到了禮物，是辦公室一個年紀比我大的女職員，她送給我巧克力，她說你辛苦了。她的意思就是你作為外國人到我們這裏來，很辛苦，應該關心你，讓你感覺到友誼。可見情人節不一定是情人之間送禮的關係，其次，不是專門規定男人向女人送禮的，女人也可以向男人送禮。但是現在你看這個制度在我們生活中的情況吧，約定俗成就

是單一的男人向女性送禮，而且必是戀人關係。那天的校園裏拿著花亂竄的都是男生，沒有女生，女生只管接受花。所以制度之間不僅有衝突，而且制度會演變，同一種制度在不同的時空它會變化，變化了以後大家也接受。

　　所以，給我們的啓發就是，制度研究的關鍵不在於看制度的文字表達、理論表達，而是看制度的實踐和操作。哪種制度好，不在於它的文字，而在於它的實踐，在於它的效果。探討制度的眞諦和價值，必須從操作層面來看。爲什麼有的制度專門會出同一類的問題和弊端，這不是個案，因爲這種制度在操作實踐當中肯定會出現這種問題，反映出制度的普遍性問題。在這個意義上來說，中國 1949 年以後的政治一直在不斷地完善、改善我們的制度，廣義的制度，包括我們的文學制度，都在完善。這是一件非常有意義的事情，而且是一件根本性的事情。這事與我們草根、底層也有關吧，有人則認爲應該先有「頂層設計」。從最近的兩會，中國政府總理的報告裏邊和答記者問裏邊也可以看出，中國高層對這樣一個廣義的制度的關注，已經有了一個非常大的明確態度。

　　對我們的研究來說，要注重制度之間的矛盾性，這種矛盾性使得制度研究比較複雜。其次，要注重制度實踐，沒有制度實踐的制度研究只是紙上的制度，它不會貼近現實和實際，多是空頭理論。

　　第三個問題就談到了文學批評。還是從政治角度上來看，文學批評是制度實踐的文學方式，或者是國家意識形態文化的制度實踐方式，這裏可以從兩個方面來說。第一個尤其是中國當代的文學批評，它和國家的政治和文化策略走向有關。但要落實這個策略，就要靠國家動員的運動手段。以前的運動是怎麼搞起來的？嚴格來說運動不是制度，運動只是策略，是手段，用運動的方式來進行制度的實踐。運動之頻繁，給人以爲運動制度的感覺。制度是很抽象的，它規定一個原則，你要落實的話必須有具體的操作手段。但是我們中國當代不管文學還是政治，它都是用運動的方式來落實制度。沒有政治動因，任何一個策略不會出臺，這也是常規。有的時候因爲不同的決策方向，它引起的社會振蕩效果會很不同。比如我們學習中國當代史，你會發現1940 到 50 年代初，國家領導人說中國進入社會主義前還有一個階段是新民主主義，它大概要 15 年到 30 年的時間，那也就意味著至少要到 60 年代後才進入社會主義。但是很快，這個時間大大縮短，到了 1956 年，社會主義改造就宣告完成了，中國提前進入社會主義。這影響到什麼呢？影響眞是太大了，

中國農村從土改進入了集體化、合作化、國家化的過程。在文學上，土改文學寫作的走向改變了，農村生活和生態的文學表現因之有了新的政治正確標準，等等。這關係到當代文學史的書寫和評價。

以前很少有人關注土改小說，土改文學，前年復旦大學陳思和教授到南京大學做了一個土改文學研究的報告，這個話題的空間還是非常大的，後來我自己也關注這個話題，有個博士生還做了學位論文。我注意到陳湧在 1950 年發表的對丁玲《太陽照在桑乾河上》的長篇評論，一開始他就是用中共中央關於土改的政策前後不同來作為評價丁玲這部小說的一個政治標準。丁玲在寫這部作品的時候，中共的最新土改政策還沒有出臺，但是出版了以後，中共中央對土改的政策和口徑，包括對待富農的問題有了一個新的說法，新的政策。因此呢，小說對於人物命運，人物的階級劃分，要進行重新設置，你必須符合這個東西啊，你瞭解背景的話就會知道陳湧這樣說的根據，就會理解不同階段土改文學的創作依據。同時再根據土改之後合作化的發展，你又會瞭解中國的土改文學為什麼不發達的原因。簡單說吧，土改是把土地歸到農民個人和家庭所有，合作化是要把土地交出去，社會主義文學就很難再正面大寫土改了。文學的潮流完全跟著政策的走向走。

我的例子主要是說國家的意識形態和策略是基於一個階段的政治動機，國家策略的手段導致了中國文學生態的問題，這是我們文學批評要關注的問題。寫作是提供一種生態素材，文學批評是要將這種貌似原生態的東西，無序的東西，進行審美化、邏輯化、歷史化，由此到達一個學術研究主體的地位。顯然，這種批評的過程不能不和政治有關。你不瞭解這些緣由的話，理論批評的目標就不能充分達到了，這是比較能夠體現文學批評所含的制度實踐性的方面。

第二從更廣大的範圍來說，主流文學地位的批評模式，它是國家意識形態的文學表達方式，是專業的表達方式。就是說中國的文學批評它不完全是純粹的文學專業，它是要體現主流意識形態的一種表現，這是中國的主流文學批評當中的一個非常大的特徵。結合剛才所說的，如果不符合國家的策略需要，那麼文學批評就不能夠充當一個時代的國家意識形態的表達，文學批評就不會受到權力的支持。在當代文學史上的許多時候，遠離國家意識形態主流的文學和文學批評，總是邊緣化的。這和專業性程度無關，和理論無關，只和立場有關。主流或邊緣，雖說是種稍嫌簡單的劃分，但能夠說明歷史上

的大勢格局。對文學批評史的研究來說，這個時候就需要挖掘歷史當中被遮蔽的，被邊緣化的批評價值。在把文學批評這樣一種貌似文學專業的學術活動同我們的制度實踐背景相關聯的時候，注重一下制度實踐的不同層面，能夠體現歷史中的多樣性和多元性。

可能有人會說，難道我們每個人的文學批評都受到國家意識形態的控制嗎？我說不能絕對地這樣說，但是你要說你完全擺脫了國家文學的控制，那我估計問題會很大。我現在這樣說，是在一個宏觀面上討論，談的是宏觀的特點，你不要拿一個微觀的獨立個案來說事，那不太恰當。拿我個人來說，某個時段寫的某篇文章，裏面到底有什麼政治性，那或許是沒有。但是你要看本人在 20 多年間寫的文字的總趨勢，我就可以告訴你，我的文字，而且其它批評家的文字，真的是跟國家的策略走向和權力意識形態密切相關，國家政治真是和我個人有關，直接有關，它導致了我們很多問題的表達方式，表達可能。怎麼會沒關呢！

第四個問題就是要談到批評和批評史研究的問題，就是關於文學批評和批評史的學術研究問題。關注這個話題是源於一個現狀，就是關於批評史研究學術缺失的問題。在我們的專業領域裏，文學史、思潮史和作家作品研究，都很多。但是到現在為止，中國當代文學批評史這樣的著作是幾乎沒有的。為當代寫史本來就很困難，困難在哪裏？因為政治的干預，第二我們就活在當代，我們和當代不能擺脫功利的關係，這影響著我們的價值判斷。所以嚴格規範的當代史研究很困難，中國當代文學批評當然也不容易。但它到現在還是沒有，這個正常嗎？我覺得不正常。為什麼？有明顯事實可以證明這點不正常。現代文學史、還有當代文學史，都很發達，撰述極多，連現代文學批評史也不少了，何獨當代批評史沒有呢？

在中國大學教育裏，批評史的學科專業其實是很成熟的。我們有很發達的古代文學史，也有很發達的古代文學批評史。我在復旦讀大學的時候，中國古代文學批評史的奠基人郭紹虞教授，就還健在，我們用他的教材。批評史在復旦有傳統，現代文學批評史至少在 30 年前也是由復旦大學老師專門授課的，有現代文論選作批評課教材，後來許道明教授有專門的教材著作出版。我在復旦時，他還像是小青年，前些年卻已不幸英年早逝。北大的溫儒敏教授也有現代批評史教材。這些都說明批評史的專業學科發展相對來說已經成熟了。

　　另外你從客觀的條件來看，現代文學多少年？也就是 30 年左右。但是當代文學狹義點說從 1949 年到現在，超過 60 年了，是整個現代文學的一倍左右。30 年的早已經寫史了，不管是文學史還是批評史。當代文學 60 年，我們至少能把前面的 30 年專門寫史吧，但到目前爲止這樣的著作沒有出現。這種現象在近兩年終於有了變化。很榮幸的是我們南京大學中國新文學研究中心，教育部的重點基地，在 2010 年和 2011 年，正好中標成功兩個相關的研究項目，也是本學科專業發展的基礎性課題，一個是中國當代文學批評史，另外一個是中國現當代文學制度史。現在可以這樣說，當代批評史和制度史研究，代表了中國現當代文學研究的前沿領域。由此就可以看到以往的批評史研究的缺失，在近年開始會有一個彌補。——正是從這種學科專業的意義上，再聯繫到國家政治和文學史的高度，你就會發現這次的重建當代文學理論批評的話題，其實不僅有對歷史的回顧和總結，也有一個當下關懷和前瞻性的思考在裏面。

　　歸納一下，從當代文學批評史研究的缺陷、缺失，與同期文學史繁盛的狀況相比，現在正是將中國當代文學批評史作爲獨立的研究對象和獨立的研究主體，置於專業研究領域中的前沿位置的最佳時刻。學術權利的訴求碰巧能夠獲得國家資源的支持。

　　那麼接著就要談批評史到底是什麼東西。這個問題也是承接著剛才說的要建立批評史研究的一個主體性、獨立性地位來說的。既然要建立它的主體性和獨立性的話，你首先要跟我說批評史研究到底是什麼。

　　不需要把批評史說成很複雜的東西，批評史就是把有關作家作品的研究進行歷史邏輯化的處理。這是狹義的、也是簡單的一種說法。狹義的批評就是對於作家作品的批評，將批評作歷史化的研究，廣義地也可算是文學史的範疇。但在實際的文學史研究中，這種批評史往往只能處在邊緣地位。這個問題稍後還要提到。文學批評主要是當代性、當下性的，嚴格說不太講究學術性，沒有規矩，也無從立規矩，而且，還總有些功利性在裏面。需要一定的條件，將批評進行一點客觀化、對象化，也可以說是抽象化、理論化，或者說歷史化、置於一種明顯的距離位置，至少脫去了直接的利害關係，這就比較能夠獲得一個可供觀察的相對具備公信力的視野和立場。雖然歷史研究總有今天的影子，但爲今天而研究歷史，卻總是歷史研究的大害。

　　所以，概括地說，批評史首先是對文學批評的研究。第二，批評史是對文學批評的一種歷史化的研究。第三，批評史是對文學批評現象之間的邏輯關係的研究。第四，批評史也包括對文學批評與一般文學現象的關係的研究。至於批評史它是不是需要成為純粹的理論型態，我認為倒不是批評史必須回答的問題；批評史型態更近於歷史，而非文藝學。雖然批評和理論往往被人連帶說及。它們有連通，但有區分。在學術層面上來說，理論更具有抽象思維的色彩，嚴格說的理論應該和現實沒有直接的對應關係。文學批評更多是借助於感性的審美經驗表達，批評史的對象因之多屬審美感性經驗，而理論主要是以抽象概念或符號為思想載體，它是思辨性的專業方式。所以你要談理論的時候，借助的是概念符號。而批評借助的是感性經驗，有其具體性的特點。這已經是談了第四個問題了。

　　然後談第五個問題，就是批評在當代的價值地位，包括當代批評史研究在一般社會政治中的意義。這會涉及到我們現在的多元社會現狀和所謂新電子媒體時代的特徵。

　　批評史的研究和關於文學批評的研究，這兩個概念有交叉，一個是關於文學批評的一般、廣義研究，它不一定是批評史的方式；另外一個是關於文學批評歷史的研究。在中國當代政治格局裏邊，其實批評史的演變也體現了中國當代文學權力演變的過程。什麼時候，什麼現象，什麼人是最有話語權的？什麼時候，什麼人，喪失了話語權，失去了聚焦的意義？這不完全是學術上的問題。

　　我現在談兩個現象，主要是在後面一個現象。第一個現象是在國家文學一統的時代，文學批評主要有兩種批評方式或現象，一種當然是主流的表達方式，這是我們在研究 50 年代、60 年代、70 年代、80 年代，甚至包括 90 年代，當下，都有這個情況。越是國家文學主流的時候，只要有合適的條件，異端、邊緣的聲音會顯得格外的突兀。一個完全封閉的時代，幾乎扼殺了所有不同的聲音，但是它的另一面會是什麼？越是鴉雀無聲，越是眾口一詞，只要你稍微有一點兒不同的口氣，在歷史裏面就會顯得很響亮，很耀眼。我有個比喻，一點最微弱的光，什麼時候最亮？在最漆黑的時候最亮。這一點上我非常佩服我的導師錢谷融教授，他在 50～60 年代研究中國的戲劇，在那樣的時代，一個中國文學的批評家能夠寫出那樣的文章，我是指《〈雷雨〉人物談》，真可以用不朽兩個字，或者至少應該用經典兩個字來形容。它體現的

是我們的文化，一個時代，一個國家，一代人的智慧高度。這種智慧會有波及性的影響，不要單看專業上的影響。我們的文學史、批評史和歷史研究，就是要發掘這樣的智慧，重視這種智慧的意義。

第二個現象是和當下有關，我把當下說成是多樣、多元的博弈時代。為什麼這樣說呢？因為進入 90 年代到現在，我們的生活和世界的面貌因為一樣東西發生了變化。因為什麼？因為網絡。怎麼來理解網絡？我從差不多 10 年前就有這個觀點，這個觀點到現在為止沒有變，要從三個層面上去研究、去看待網絡。第一是技術工具，網絡首先是一種工具，這是大家都容易理解的。第二是從制度角度來說，網絡已經形成了一種新的社會表達和社會文化的制度，很多制度設計、包括約定俗成的習慣行規，現在都是主要因為網絡而改寫的，甚至連國家法規制度，我例子不多舉，大家都會明白有很多例子可以說明這個問題。

第三是網絡不僅是一個文化的標誌，而且是文明的標誌。我這個觀點看似激進，其實很保守，完全是從傳統經典理論來的。有一個說法，一個時代的文明標誌是什麼？是生產力的發展水平；生產力發展水平的高低是由什麼東西來做標誌的？生產工具。這就很簡單了，我把重大問題作簡單化處理，當網絡成為現在和未來主要的生產工具、生活工具的時候，它就是一個時代的文明水平的標誌了。也就是我們人類因為網絡成為主要的生產工具，我們其實已經進入到了新的文明階段。史無前例的大時代已經到來，時代巨變、社會重新整合必然帶來權利的重新調整和爭奪。這就使得利益的博弈成為必然和常態化；但同時，保障博弈的公平和公正的制度建設，尤其顯得重要且為首要之事。

因為我們現在這個階段還沒有完成，就像從猿到人一樣，你問它是猿嗎？他說不是人，但更像人，不完全是猿了。你問他是人嗎？應該還是猿。後來就發明了一個說法，類人猿。在我們文學裏面這種事情也是有的，又像散文，又像詩，沒辦法，整出個散文詩來。其實散文詩是個什麼東西呢。

在「80 後」之前，有新生代、晚生代等，後來發現概念都用光了，新人類、新新人類，文革後、後文革，新新、後後。終於無法可想了，80 後 90 後之類出籠。聰明的人另創新詞，總之必須得有話說，這也是一個話語權問題，關係重大。當然我也不能完全排除理論動機。於是就說到了新世紀文學。我能夠理解新世紀文學提出的理論動機，但也就是從理論上說，這個說法實在

有點荒謬，我這話冒犯了我的朋友們。新世紀文學大致是在 2006 年、2007 年的時候大張旗鼓鬧起來的，那時候進入新世紀未足 10 年，如果說新世紀文學是個文學史概念的話，文學批評與文學史研究的區別會在哪裏呢？還有必要區別嗎？是不是當下的文學批評都可以納爲文學史研究範疇呢？學術概念如果不講邏輯，包括歷史邏輯，沒規矩，信口就說，而且還強詞奪理，那就是亂講了。亂講的概念都沒有限制，對象邊際總是十分廣大，大到沒有了任何外延的限制，放諸四海而皆準，那就不必說了，沒有意義。把一個當下的時間概念，客觀的時間概念，認定作爲一個文學史的概念，專業所指的概念，這其實是違反了基本的學術倫理和學術規範的做法。這種做法的後果會取消學術概念的嚴肅性和理論性。貌似清晰的新世紀文學之說，混淆和遮蔽的是概念的內涵或性質的區別。但是現在的學術界也就這樣，抄襲也沒人管，這個「人」其實是制度，所以你胡說更沒人管，也不犯罪，不說白不說，大家就胡說。胡說多了，事情也就一片糊。最後變得沒人有興趣去理清楚了。正因爲要反對這種胡說，便要把當代文學批評的研究上陞到文學批評史的學術層面，批評史強調歷史研究和理論研究的規範性和嚴肅性。

當代文學爲什麼這麼熱鬧，會有很多人介入，庸俗的說就是裏面有利益，比其它領域可能有著更多的名利，只不過是用什麼方式來實現這種利益及相關的價值。每個從業人員的目標和價值觀、立場是什麼，這是非常重要的。或許平時並不討論這個話題，但這個話題在具體實踐中還是存在的，它會在我們的文學活動中表現出來。過於輕信崇高的宣示當然幼稚，但也別以爲現在就是個腐敗無救的社會，每個人都有善根啊，用佛教的說法。關鍵是什麼樣的力量激發他把善的能力表達出來，相反，則是什麼樣的力量會把他的邪惡激發出來壓制善心。在這個情況下，廣義博弈的概念就很重要了。只有在多方利益的博弈當中，符合社會公共價值的利益才會凸顯出來。一種利益，一個好處，大家都在爭奪，但是落到誰手，用什麼方式在社會上實現才是最有好處的呢？這個時候大家就發表看法，如果只有一股獨大，一家說了算，那肯定很糟糕，一家的利益會凌駕社會之上。只有多方介入，包括力量很懸殊的各方也能獲得博弈的資格和能力，自由介入，這種利益價值的重要性和它對社會的關聯度才會凸現。制度設計須保障最廣大的社會利益，同時不損害個人利益。哪怕是力量最懸殊的幾方，他們也能夠在同樣的條件下構成一種利益博弈的關係方，這就重新塑造了我們的社會生態和文學生態。什麼是

好文學，什麼是壞文學，不能只看某個機構說了算。好文學和壞文學，它的價值標準，不同的讀者和不同的文學參與方觀點是不一樣的，現在普遍性的價值觀，文學價值觀，實際上崩潰了，不再有共識存在。你再用統一的文學價值觀來衡量當下的文學是不可能的。博弈在一定意義上也就是社會利益的妥協分配。這是個理想。在文學界，就需要展開充分自由的批評活動；文學批評也就是關於文學利益的一種博弈表現。我們能在這種博弈中聽到最為個人化的聲音。批評的自由和發達是文學健康繁榮的標誌。

總之，文學生態的重塑，歸根到底就是傳統資源的再分配，如果傳統的資源不能夠完全覆蓋新的文學，那就必須創造新的資源價值進行再分配。改革開放、經濟發展到如今，這個社會的各個階層地位已經有了充分調整，比如說原來資本家是沒有政治地位的，搞不好還會被鎮壓，但現在很多人成了新的資本家了，他不再像以前的資本家低頭夾尾巴沒有地位了，他進了堂皇的人大政協，成為明星似的代表委員，他的地位完全變了，成為這個社會的權勢者。

政治地位的重新劃分，社會階層的重新劃分，裏面必然蘊含著社會價值、社會利益獲得制度保障的再分配。所以文學生態的重塑，它背後的推動力一定是對於文學權利——一個是力量的力，權力，另外一個是利益的利——對這兩種文學權利的再分配，這是最關鍵的一個目標。我們這個社會為什麼要學雷鋒，因為只有這個社會我們大家都變成雷鋒了，至少是雷鋒多了，我們這個社會就好了。所以要給我們動力學雷鋒，這個動力就是利益。試問，學雷鋒有什麼好處呢？這不是個庸俗的問題，而是關於社會制度設計的根本問題。文學批評當然也是一種文學權利的體現。

這就要談最後一個問題，就是文學批評在市場條件下的實現方式。剛才說到，不管是在政治的特定權力之下，還是在多樣多元的電子媒體環境中，歸根到底，新的生態形成都暗含著對權利的再爭奪和再分配的問題。權利的爭奪和分配，從公平的市場來看，它不是巧取豪奪，而是有序的競爭市場，也就是說它必須要建立交換規則。你的東西大家的東西我想要，我喜歡，但是我不能把它搶過來，我必須交換，必須回報別人和社會，這叫公平理性，這個社會才有序。那麼這個交換用什麼來交換呢？這就涉及到我們批評家的一個價值觀，一個涉及專業價值和道德價值的問題。你也可以用錢來交換，可以從專業的理念出發來交換，當然也可以從權利、人際關係等許多可能的

角度來交換。抽象的交換本身並沒有道德與否的問題，但這個交換的立場和原則卻有道德不道德的區別。文學批評的交換，雖然不能完全用道德與否來劃分，但是可以根據不同的利益交換目標和內容，來判定我們所持的文學批評的動機與立場究竟是什麼。你捨棄了什麼，你獲得了什麼，我們可以由此來判斷文學批評的價值定位。這個時候，交換的標準，你按照什麼來交換你的文學權利，確定了你交換的價值層次在什麼地方；然後與社會利益相比，你這個價值層次是否更有益於社會。在大家都不講道德的情況下，我覺得道德的原則比政治的原則更重要；在大家都無視專業學術規範的時候，講規矩、講學術邏輯也要比政治更重要。因為這與專業存在的前提、我們安身立命的根本有關。人是感情的動物，人人都六親不認也不行。所以在網絡上為什麼大家會同情弱勢呢？弱勢有的時候並不是有道理，但是他已經是一無所有了，你還要把他怎麼樣呢？

　　不同的交換帶給我們的是生態的廣義平衡，尤其是與主流價值觀發生分歧的那種文學的聲音，另類的文學立場，它也是任何一個時代的文化生態的平衡力量，所以多樣和多元的生態永遠是健康社會的標誌。但這種複雜性也成為文學批評的困難和挑戰。批評介入現場，批評研究需要恰當地超脫現場。當代文學批評史的研究要用學術的方式來介入眾生喧嘩的文學批評現場，通過歷史研究的方式來挖掘其中的理性思考。說起來就這麼簡單，我的水平也很難再複雜了。再說夜色正在來臨，到此為止了，謝謝各位這麼耐心。

（根據錄音整理，文字略有改動，基本保持了現場感。）